悪い男

アーナルデュル・インドリダソン

柳沢由実子＝訳

東京創元社

ARNALDUR INDRIÐASON

MYRKÁ

悪い男

登場人物

エーレンデュル…………………レイキャヴィク警察犯罪捜査官
エリンボルク……………………エーレンデュルの同僚
シグルデュル＝オーリ………エーレンデュルの同僚
フィンヌル………………………エリンボルクの同僚
テオドール（テディ）…………エリンボルクの夫
ヴァルソル………………………エリンボルクとテディの長男
アーロン……………………………エリンボルクとテディの次男
テオドーラ………………………エリンボルクとテディの長女
ビルキル…………………………テディの甥。エリンボルク夫婦の養子
ルノルフル………………………電気通信会社技師
クリスチャーナ…………………ルノルフルの母親
ヴァルディマル…………………自動車修理工
ベルティ…………………………麻薬の売人
ヴァルール………………………麻薬の売人
ウンヌル…………………………睡眠薬でのレイプの犠牲者
フリーダ…………………………ルノルフルのジムの仲間
ローア……………………………ルノルフルが作業をした家の女性
ニナ………………………………ルノルフルが作業をした家の女性
コンラッド………………………ニナの父
エドヴァルド（エディ）………ルノルフルの友人。学校の教師
リリヤ……………………………過去に失踪した少女
アスロイグ………………………リリヤの幼友達
ベルクステイン…………………エリンボルクの前夫
ヨハンナ…………………………アジア雑貨を売る店の主人
ペトリーナ………………………ルノルフルの近くの住人。電磁波に悩む女性
アダルヘイデュル（アディ）…ヴァルディマルの姉
ヴァラ……………………………村の若い女性

1

男は黒いジーンズに白いシャツ、ゆったりとしたジャケット、この三年ほど気に入っているブランド靴という姿で、繁華街の馴染みのバーをいくつか思い浮かべていた。

強めのドリンクをゆっくり飲みながらテレビの前に座り、外出するまでの時間をつぶしている。早い時間には出かけたくなかった。人があまり出ていない時間帯に何時間もバーに居座っていれば人目につく恐れがあるからだ。それだけは避けたかった。人の中に紛れ込み、目立たず、他の客と区別がつかないようにしていたい。注目されたくない。人の記憶に残りたくない。もしなにかあったら、自分は家にいてずっとテレビを観ていたと言えばいい。とにかく計画どおりにしていれば、自分を見かけたと言う人間はいないはずだ。

ようやく時間が来て、男はグラスを飲み干し、外に出た。少し酔いが回っていた。男のアパートはレイキャヴィクの中心街にある。秋の暗い夜の街を男は目指すバーに向かってゆっくり歩きだした。土曜日の夜、繁華街は遊びに繰り出した人々で賑わっていた。人気のある店の前には人が並んでいた。ドアの前にガードマンが何人か立っている。待ちきれない客が中に入れてくれと叫んでいた。店のミュージックが外まで聞こえてくる。道沿いのレストランからは料理の匂いと酒の香りが漂ってきていた。道行く人の中にはすでにまっすぐに歩けないほど酔っ払っている者もいた。男は酔っ払いが嫌いだった。

　さほど待たずに一軒のバーに入ることができた。その店はとくに人気があるわけではなかったが、その晩は空いている席がほとんどないほど混んでいた。男にとっては好都合だった。外を歩いているときから彼はあたりに目を配り、若い娘(こ)、二十代で遊び慣れていなそうな娘(こ)を物色していた。少しくらいなら酔っ払っていてもいいが、グデングデンに酔っ払っているのはダメと決めていた。

　男は目立たないようにカウンターのそばに立ち、上着の胸ポケットを上から今一度軽く触って、そこにあるものを確かめた。ここに来るまでも数回胸ポケットを触っては確かめていた。いつも自分でもどうかしているのではないかと思うほど、玄関の鍵は閉めたか、鍵は持ったか、コーヒーメーカーのスイッチは切ったか、ＩＨコンロは消したかと、何度も確かめる。なにかの雑誌で強迫観念についての記事を読んだとき、そうだ、自分はある種の強迫観念に苛(さいな)まれているのだと思った。同じ雑誌で、自分の行動が強迫観念によるものかもしれないと思われる他の記事も読んだ。例えば一日に二十回以上も、手を洗うことなど。

　カウンターのそばに立っている人間たちのほとんどが大ジョッキでビールを飲んでいた。男も同じものを注文した。バーテンは彼の方をほとんど見なかった。男はすぐ現金で支払った。大勢の中に埋没するのは簡単なことだった。ほとんどが彼と同年輩で友達同士か会社の同僚のようだ。耳をつんざくような大音量のラップミュージックに負けじとばかり大声で話している。彼はゆっくり、男友達と来ている女たちや、女同士で来ている女たちを眺めていった。一人で来ている女はいないようだ。注文したビールを飲み干しもしないまま、彼はそのバーを出た。

　三軒目のバーに見覚えのある女性がいた。年齢は三十歳ほどだろうか。一人のようだった。喫煙コーナーでタバコを吸っていたが、周りにも人が大勢いた。だが、連れはいないようだ。彼が遠くから見ている間に彼女はタバコを二本吸い、グラスからマルガリータを少しずつ飲みながら、話しかけてくる男たちを無視していた。彼女の肩をつついた男も二人ほどいたが、彼女は首を振り、男たちは立ち去った。三番目の男は簡単に無視されないぞとばかり、座っている彼女の上に覆いかぶさるようにして誘っていた。

女性は黒髪で、体に丸みがあって、上はTシャツ、下はスカート姿だった。肩にきれいなスカーフをはおっている。Tシャツの胸の部分に大きくSan Franciscoの文字があり、そのFの部分から小さな花が飛び出すように描かれていた。

彼女は三番目のしつこい男もどうにか追い払った。その男は大声で彼女を罵(ののし)って出て行った。遠くから見ていた彼は、少し時間をおいてから彼女に近づいた。

「行ったことあるの、そこに?」と彼は訊いた。

黒髪の女性は顔を上げた。知っている男かと訝(いぶか)っているようだった。

「サンフランシスコに」と言って、彼はTシャツを指差した。

女性は胸を見下ろした。

「これのこと?」

「素晴らしい町だよ。いつか君も行ったらいい」

女性の目が彼の顔に移った。他の男たちのようにこの男も追い払うべきかどうかためらっている様子だった。だが、すぐに彼女は彼をどこで見かけたのか思い出したようだった。

「フリスコ。あそこでは何でも起きるんだ。観るところもたくさんあるし」

「え、あなたなの?　ここで会うなんて」彼女が言った。

「うん、奇遇だね。一人？」

「わたし？　ええ」

「フリスコ。いいよ。いつか行ったらいい」

「うん、知ってる。わたしは……」

　あたりの騒音で言葉がかき消された。彼は上着のポケットの上を撫でながら、彼女の方に顔を寄せた。

「飛行機代が高いけどね。でも僕は……行ったことあるんだ、一度。ファンタスティック、としか言えないね。ほんとに素晴らしい町だった」

　彼は何度か意識的にその言葉を使った。彼女は目を上げて彼を見た。今まで何人の男から〝ファンタスティック〟という言葉を聞いたことがあっただろうかと考えているに違いないと彼は思った。

「ええ、知ってるわ。わたし、行ったことがあるから」

「そうなんだ？　座ってもいいかな？」

　彼女は一瞬ためらったが、すぐにうなずいた。

　店の中で彼らに目を留めた者はいなかったし、およそ一時間後、一緒に店を出て暗い夜道を彼の住居に向かって歩いていく姿を見た者もいなかった。その頃にはすでに薬は効果を発揮し始めていた。店で彼はマルガリータをもう一杯勧め、カウンターから彼女にとっては三杯目のマルガリータの入ったグラスを持って席へ戻る途中、ポケットから錠剤を取り出してグラスの中に入れたのだった。バーで愉快に話しながら、この女は面倒なことを起こしはしないだろうと彼は確信していた。

　警察に通報があったのは二日後のことだった。受けたのはエリンボルクで、すぐにチームを招集した。エリンボルクが現場に到着したとき、すでに交通課がシンクホルトの街路を通行止めにしていて、鑑識課と地域担当医もそれぞれ到着したところだった。まず鑑識課が犯行現場のアパートに入り、捜査を開始し、そのあとエリンボルクが中に入るという順番で、彼女は外で寒さに震えながら待っていた。鑑識課から入室ＯＫの知らせが来るまでの間、彼女はかじかむ手でチェック項目のリストを作った。すでに報道関係の車が集まり始め、エリンボルクは彼らの動きをすぐそばで見ていた。彼らの態度は傍若無人(ぼうじゃくぶじん)で、警察の規制を破る者もいた。テレビの報道番組のリポーターでエリンボルクにも顔馴染みの男たちもいた。一人はまだ駆け出しの洟垂れ小僧、もう一人は政治討論会などの番組でよく見かける男だった。この男が犯罪現場からなにをリポートするのだろうと、エリンボルクは訝った。

エリンボルクは自身が警察官として働きだした頃のことを思い出した。女性警察官がまだほとんどいない時代のことで、当時報道番組のリポーターは少なく、たいてい行儀がよかった。だが、彼女にとっては、新聞記者の方が扱いやすかった。印刷される言葉、すなわち新聞に記事を書く者たちはリポーターよりも時間の余裕があったのだろう、もっと落ち着いていた。一方、カメラを担いでいるテレビのリポーターたちはしつこくて横柄だった。新聞記者たちの中にはちゃんとものが書ける人間もいた。

近所の住人たちの姿がチラホラ見え始めた。窓辺に、あるいは戸口に立って、寒さに腕を組み、背中を丸めて眺めている。いったいなにが起きたのかとうかがう顔つきだ。その人々に警察官たちが、不審な者を見かけなかったか、通りでいつもと変わったことはなかったか、とくに建物の近くでいつもと違うものを見たり、音を聞いたりしなかったかと訊いて回っていた。

エリンボルクは昔、このあたりのアパートに住んでいたことがあった。まだこの地域が人気住宅地となる前のことだ。レイキャヴィクの街の中心部に向かって坂道を下っていくこの近辺は住み心地のいい地域だった。建物は古いものから新しいものまで入り混じっていた。それはまたこの地区の百年を表してもいた。貧しい人々の質素な小さな家から、裕福な人々の住む豪邸まで様々な建物がここにはあった。労働者と金持ちがついこの間まで仲良く隣り合わせに住んでいたところでもあった。それが変わったのは、レイキャヴィク郊外に住むのを拒み、どんなに狭かろうとバスに乗らなくてすむ街の中心地に住みたがる若者が増えたためだ。アーティストや様々な業種の人々が移り住んできた。大金持ちは古い屋敷を買い占め、新しい住人たちはこの地区の郵便番号である一〇一レイキャヴィクと記したバッジを自慢げに胸に飾っている始末だ。

鑑識課長が建物から出てきて、エリンボルクに合図した。気をつけて部屋に入れ、また、何にも触るなと注意した。

「とんでもない現場だぞ」

「そう?」

「ああ。血の海だ」

その部屋は建物の一階にあり、建物の裏側の通路から直接入ることができるようになっていた。通りから部屋のドアは見えない。部屋の中に入ったとき、最初にエリンボルクの目に映ったのは、リビングの床に横たわっている若い男の死体だった。ズボンが足首まで引き下げられていて、上半身は血まみれのTシャツ姿。シャツの胸にSan Franciscoと大きく文字があり、そのFから小さな花が飛び出すように描かれていた。

2

エリンボルクは帰宅途中、近所のスーパーに寄った。たいていの場合、彼女はゆっくり時間をかけて食料の買い出しをする。値下げ品は原則買わないことにしていた。数も種類も限られているし、値下げするのも無理はないと思うほど品質も良くないからだ。だが今日は急がなければならなかった。息子二人が電話をかけてきて、夕食を作ってくれると約束したじゃないかと文句を言った。エリンボルクは二人をなだめて、仕事で少し遅くなっていると言い訳した。

エリンボルクは毎晩きちんと食事を作って、家族揃って食事をするように心がけている。たとえそれが、息子たちが掻き込むように食べるわずか十五分の食事でも。彼女はまた、息子たちはもし彼女が食事を作らなければ、夏の間に貯めたアルバイト代で外からとんでもなく高いテイクアウトの料理を買ってくることも知っていた。そんな食事を買わせに父親を走らせることだってあるのだ。

夫のテディは自動車修理工場を経営していて、自身も修理工である。料理はからきしダメ、せいぜいオートミール粥（がゆ）とか目玉焼きを作る程度で、とても夕食の用意などはできない。だが食後の片付けはできるし、他にも家事全般よくこなす。

エリンボルクは手早くできる料理を考えた。高級食材のところに魚のすり身が売られているのを見つけて買い物かごに入れ、玉ねぎなど足りない食材を買って十分後には車に帰った。

約一時間後、家族は食卓についた。上の息子は魚のすり身のフィッシュボールを見て、前の晩も魚料理だったじゃないかと文句を言った。彼は玉ねぎが嫌いだった。フィッシュボールの中の玉ねぎをフォークでつついて取り除いている。下の息子アーロンは父親似で、出されたものは何でも食べる。末っ子は女の子で名前はテオドーラ、その晩は宿題を一緒にしたいからと言って、友達の家で夕食を食べてもいいかと連絡してきていて、家にはいなかった。

「このソースしかないの？」と上の息子が訊いた。名前はヴァルソル、高等学校に入ったばかりだ。将来なにになりたいかはもう決めていて、基礎学校のあと、高校は商業科を選んでいた。エリンボルクはヴァルソルにガールフレンドができたことを知っていた。ヴァルソルから直接に聞いたわけではない。彼は決して自分のことを母親に話したりはしなかった。それでもエリンボルクがそのことを知っているのは、息子に隠れて嗅ぎ回ったからではない。先日洗濯物をかごから取り出したときに、ヴァルソルのズボンのポケットからコンドームが落ちたためだった。

彼女は息子にそれを問い質したりはしなかった。年頃なのだから自然なことだと思った。むしろコンドームを使うだけの配慮があるのを嬉しく思った。エリンボルクはヴァルソルからあまり信頼されていなかった。二人の間には常に緊張感があった。ヴァルソルは独立心の強い子で、ときにはかなりわがままだった。エリンボルクにはその点が我慢できず、誰からそんな性質を受け継いだのだろうと訝った。夫のテディの方がヴァルソルとうまくいっていた。父親も息子も車好きという共通の趣味があった。

「そうよ。今日は魚用のソースを作る気力がないから、これで我慢して」と言ってエリンボルクは瓶に残った白ワインをグラスに注いだ。

息子に目をやって、発見したもののことを言おうかと思ったが、話をするだけの気力がなかった。それにこの子はきっとその話は嫌がるだろうという気がした。

「今晩は肉料理だと言ったじゃないか」と息子は愚痴を続けた。

「あのさ、死んだ男を見つけたんだって？　それ、誰？」二番目の息子アーロンが訊いた。彼はテレビでそのニュースを知り、母親の姿がちらっと映ったのを見ていた。

「三十歳くらいの男」エリンボルクが答えた。

「殺されたの？」ヴァルソルが訊いた。

「そう」とエリンボルク。

「ニュースでは殺人事件かどうかわからないと言ってたよ。殺人事件の可能性があるという言い方だった」とアーロンが言った。

「殺されたことは確かよ」とエリンボルク。

「その男、誰？」夫のテディが訊いた。

「わたしたちの知らない人」

「殺されたって、どんなふうに？」今度はヴァルソルが訊いた。

　エリンボルクはまっすぐに息子を見た。

「そういうことは訊いちゃダメってこと、知ってるよね」

　ヴァルソルは肩をすくめた。

「また麻薬（ドラッグ）事件か？　ドラッグに関係して殺されたのか？」今度はテディが訊いた。

「お願いだから、この話はもうやめて。まだなにもわからないんだから」

　家族は全員、こんな話をしてはいけないとわかっていた。エリンボルクが仕事の話を家でするのはよくないと考えていることもわかっていた。だが、息子たちも夫も、ふだんから警察の仕事に大いに関心を持っていて、それも殺人事件のような身の毛もよだつような話なら余計に興奮して聞きたがる。そしてああではないか、こうではないかと自分たちの推測をとうとうとまくしたてるのだ。

たいていの場合、事件解決が長引けば彼らは関心を失い、エリンボルクは何とか質問から解放されるのだった。

子どもたちは小さい頃よくテレビで警察もののドラマシリーズを観て、自分たちの母親もまた犯罪捜査官であることを自慢し、格好いいと思ったものだったが、そのうちに母親が話してくれる実際の仕事とテレビのヒーローたちのやってることはまったく違うとわかった。テレビの警察官たちは格好よくて、まるでモデルみたいだったし、銃も百発百中で絶対に的を外さない。猛スピードの車で犯人を追いかけながら格好いいセリフを吐く。毎回恐ろしい殺人事件が解決され、犯人は必ず最後には捕まって、ふさわしい罰を受けるのだ。

男の子たちは母親が常々、決して高給とは言えない給料を稼ぐのに大変な思いをしているとこぼしているのを知っていた。カーチェイス？　そんなのレイキャヴィク警察では、ナシナシ。リボルバーも自動小銃もないわよ。第一、アイスランド警察は職務遂行時に銃を携帯しない決まりなんだから、と。犯罪者の多くは不幸な者たちで、シグルデュル＝オーリに言わせれば〝みじめな奴ら〟で、たいてい警察に顔が割れている。一番多いのは空き巣狙いと自動車泥棒で、次に喧嘩、暴力事件。麻薬課が麻薬に関係する犯罪を取り締まっているが、他の重い犯罪、例えばレイプなどはエリンボルクに回されることもある。殺人事件は滅多にない。もちろん年によって異なるけれども、年に一件もないこともある。また、ときには年に四件も殺人事件が起きることもある。最近は全体として悪化の傾向にあると警察はみていた。犯罪は以前より計画的で、しばしば銃器が使用され、暴力がさらにエスカレートしてきている。

たいていの場合、エリンボルクは夕方疲れ切って帰宅すると、すぐに料理して食事、そのあとは趣味の料理のレシピをチェックしたり、テレビの前のソファに横たわり眠ってしまうという日々を過ごしていた。

息子たちはそんな母親を横目で見て、アイスランド警察は〝ショボイ〟と思っていた。

一方、末っ子のテオドーラは兄たちとはまったく違っていた。幼いときからかなり頭がいいことが判明していたが、そのために学校生活はあまりうまくいっていなかった。エリンボルクはテオドーラを飛び級させたらどうかという学校側のすすめに反対していた。同じ年齢の子たちと一緒に成長するべきだと思ったからだったが、実際には授業の程度もテンポもこの末娘には合っていなかった。

テオドーラは活発な子で、ハンドボール、ピアノレッスン、スカウトにもすすんで参加していた。テレビはあまり観なかったし、ネットで映画を観たりもしなかった。兄たちが夢中になっているコンピューターゲームにも興味を示さなかった。一方で彼女は本好きで、朝から晩まで本ばかり読んでいた。テオドーラがまだ小さい頃は、エリンボルクとテディがしょっちゅう彼女のために図書館に本を借りに行っていたが、一人で図書館に行ける年齢になると、自分で借りに行くようになった。今彼女は十一歳。つい先日、エリンボルクに『宇宙――その簡単な歴史』を説明してくれたばかりだった。

ときどき、エリンボルクは子どもたちが聞いていないと思うとき、テディに同僚の話をすることがあった。そのうちの一人はエーレンデュルという男で、じつに変わり者だということを子どもたちは盗み聞きして知っていた。エリンボルクはときどきその男と一緒に働くのが嫌でたまらないようだった。そうかと思えば、彼なしでは事件解決はあり得ないように話すこともあった。子どもたちは母親がしょっちゅう、どうしてあんなに父親としてダメな男が、また職場では融通の利かない一匹狼（おおかみ）が、しばしば事件を解決する飛び切り優秀な警察官なのかわからないと父親に話しているのを耳にしていた。その男の仕事ぶりを称賛しながらも、人としてはとても好感が持てないと言うのだった。もう一人、彼女がときどき夫のテディに小声でつぶやくのはシグルデュル＝オーリという名前で、この男もまた変わり者らしい。子どもたちの耳には母親がつくため息しか聞こえないこともあった。

エリンボルクがちょうど眠りかけたとき、部屋の外から微(かす)かに音が聞こえた。家中が寝静まっているとき、起きていたのは上の息子のヴァルソルだけだ。いつも夜遅くまでパソコンの前に座っている。宿題をしているのかチャットをしているのか、それともブログを書いているのかわからない。いつも真夜中まで起きていた。彼はたいてい自分の気の向くままに時間を使っている。明け方にベッドに就き、そのまま夕方まで眠る。自分で決めることができることなら、すべてそうしたいらしかったが、そうはいかないこともしばしばあるようで苛立っていた。エリンボルクはそんな息子を心配していたが、注意すれば言い争いになるだけだと我慢していた。じつは何度か彼の生活態度のことで話をしかけたのだが、いつも完全に無視された。

シンクホルトで殺された男のことがエリンボルクの頭から離れなかった。男は喉を掻き切られ、テーブルと椅子の脚は男の体から流れた血に染まっていた。病理学者から詳細な報告が上がってくることになっているが、現場に駆けつけた警察官たちの意見は一致していた。犯行は計画的だということ。現場には暴れた痕跡がほとんどなかった。切り傷は迷いなく、喉が端から端まで一気に切られていた。また殺された男の喉には小さな切り傷が数箇所あり、被害者はナイフを当てられた形で少しの間押さえつけられていたと推測された。

襲撃は突然だったと思われた。犠牲者にとってはまったく予期していないものであったかもしれない。その男のアパートの入り口ドアは壊れていなかった。ということは、被害者は犯人のためにドアを開けたと見ることができる。もう一つの可能性は、被害者と一緒に部屋に入った者が、あるいは訪ねてきた客が彼を突然襲ったのかもしれない。住居からはなにも盗まれていないようだったし、置いてある物が動かされた形跡もなかった。忍び込んだ泥棒に襲われたという可能性はないように見えた。もちろん百パーセントそうだとは言い切れないが。

男の全身から血がすっかり流れ出ていたために、リビングの床は一面赤く血で染まっていた。男はナイフで喉を掻き切られてからしばらく生きていたと思われた。

その晩エリンボルクがどうしても血のしたたる牛肉を料理する気になれなかったのはそのせいだった。息子に文句を言われても、これぱかりは仕方がなかった。

3

シンクホルトで殺された男の名前はルノルフルといい、年齢は三十歳。過去に警察の厄介になったことはなく、刑罰の記録もなかった。電気通信会社に勤務していて、十年ほど前にレイキャヴィクに移り住んできた。独身。警察官一名と牧師が息子の死を知らせに田舎に住んでいる母親へ派遣された。母親は息子とはほとんど行き来がないという。父親は数年前にホルタヴルドヘーデンで自動車事故で亡くなっていた。ルノルフルは一人っ子だった。

アパートの大家はルノルフルに好感を持っていた。家賃の支払いは一度も滞ったことがない、部屋はいつもきちんとしていた、彼の部屋から騒音が聞こえたことは一度もない、毎朝きちんと仕事に出かけていた、などと言い、借り手について最大級の褒め言葉を連ねた。

「しかし、この床全体の大量の血を見てくれ」と、彼はエリンボルクに悲嘆に暮れた顔で言った。

「専門の掃除会社に頼まなければならない。床板はすっかり取り替えなければならないだろう。こんなことをするのは頭のおかしい人間に決まってる。いったい誰なんだ？　こんなことをしたのはこのアパートは床を張り替えたところで借り手が見つからないかもしれない」

「近くに住んでいるんですよね？　なにか聞き慣れない音は聞こえませんでしたか？」エリンボルクが訊いた。

「私の部屋まで音は聞こえないんだ」と大家は答えた。ビール腹で、白い無精髭に禿頭、撫で肩、そして腕の短い初老の男だ。彼はルノルフルの部屋の上の階に住んでいて、以前から一階のアパートを貸していた。ルノルフルは二年ほどそこに住んでいた。

ルノルフルを発見したのはその家主で、警察に連絡したのも彼だった。ルノルフル宛の郵便物が間違って届いたため、一階のルノルフルのアパートの郵便受けに差し込み、戻ろうとしたとき、リビングの窓から男の足が、それも血に濡れた両足が見えたのだという。彼はその場ですぐに警察に通報した。

「土曜日の夜は家にいましたか？」エリンボルクが訊いた。そして、好奇心の強いこの大家は部屋を覗いたに違いないと思った。窓の外からはほとんど見えなかったはずだ。カーテンは閉まっていて、中を見るにはほとんど隙間がなかった。

現場の初動捜査によれば、ルノルフルが殺されたのは土曜日の夜から日曜日の早朝にかけてらしかった。報告書には突然やってきた何者かが彼を襲ったのではなく、ルノルフルと一緒に部屋にいた者が彼を殺害したと見られる、犯人は女性と推測される、ルノルフルは殺害される前に性行為をしたことが判明している、と書かれていた。

ベッドルームの床にコンドームが落ちていた。発見されたときルノルフルが身につけていたTシャツは彼のものではなく、女物だった。Tシャツのサイズでそれがわかった。男物にしては小さすぎた。またTシャツには女の黒っぽい毛髪が付着していた。同じ髪の毛がリビングのソファの上にも見つかった。またルノルフルの上着にもおそらく同じ女のものと思われる毛が付着していた。夜、彼は客と一緒に帰宅したと思われる。リビングに続くベッドルームのベッドには、性毛が見つかった。

ルノルフルの住んでいた建物の裏庭と隣の三階建ての建物の庭は通じていて、その建物は次の通りに面していた。過去二日の間にその通りから中庭を通ってこの建物にやってきた人間を見かけた者はいなかった。

「私は日中はほとんど家にいる」と大家は言った。

「確かあなたは、ルノルフルは夜遅く外出したと言いましたね？」

「そう。彼がこの通りを歩いていくのを見た。十一時頃だったと思う。その後は見かけていないがね」

「ということは、彼が帰ってきた時間は知らないのですね？」

「そう。きっともう眠っていたんだと思う」

「つまり、あなたは彼が誰か他の人間と一緒だったかどうか、見ていないのですね？」

「そう」

「ルノルフルは女の人と暮らしてはいなかった？」

「そう。男とも一緒に暮らしていなかったよ」と言って、大家は意味あり気な笑いを見せた。

「彼がここに住んでから、一度もそういうことはなかった？」

「そのとおり」

「女の人が彼のアパートに泊まったことは、ない？」

大家は禿頭を掻いた。ちょうど昼食後で、彼は馬肉ソーセージを食べたばかりで、エリンボルクの前のソファにだらしなく座っていた。馬肉ソーセージであることは、残りがキッチンテーブルの皿の上にあるのでわかった。馬肉ソーセージを茹でた匂いが部屋中に漂っていて、エリンボルクはバーゲンで買ったばかりのコートに匂いがつくのではないかと不安になった。ここには長く居たくなかった。

「そういうことがあったとしても、しょっちゅうじゃなかったと思う」しばらくして大家は言った。

「いや、考えてみると、彼が女性と一緒にいるのを見かけたことはないな。そう、見たことがない」

「ということは、あなたはルノルフルと親しかったわけではない？」

「そのとおり」と大家は言った。「最初から彼は人に邪魔されたくないタイプだと思った。そう、一人でいたいのだと。だから……、そう彼とはほとんど付き合いがなかったね」

エリンボルクは立ち上がった。窓からシグルデュル＝オーリが向かいの家の住人と話しているのが見えた。他にも警察官たちが近所の住人に聞き込みをしている。

「床は、いつまであのままにしてなければならないんだ？　いつ掃除できるのかな？」

「近いうちに知らせます」エリンボルクが答えた。

ルノルフルの遺体はすでに前の晩運び出されていたが、遺体が発見された翌日にエリンボルクがやってきたときには鑑識官たちはまだ現場を調べていた。そこは気持ちのいい住いで、いかにもきちんと住もうとしている若者の部屋という感じだった。壁には若い人の住居では滅多に見かけない刺繍（ししゅう）を施した飾り布が掛けられていた。木の床には美しいカーペットが敷かれ、その上にはカーペットとよく調和したソファと安楽椅子が二脚置かれていた。バスルームは小さかったがすっきり片付いていて、ベッドルームにはダブルベッド、リビングの隣のキッチンの調理台もまた汚れ一つなく磨きあげられていた。リビングには本が一冊もなく、また家族写真の類もまったくなかった。代わりに大きなテレビと額縁に入ったスーパーヒーローの写真が飾られていた。スパイダーマン、スーパーマン、そしてバットマン。また片隅のテーブルには同じくアクション・ヒーローのフィギュアが並べられていた。

「あんたたち、事件が起きたときどこにいたのよ？」と言ってエリンボルクはヒーローたちを睨みつけた。

「格好いいじゃないか」と、そばにやってきたシグルデュル＝オーリが言った。

「え？　これが？　馬鹿馬鹿しくない？」とエリンボルク。

シグルデュル＝オーリは真新しそうなステレオに目を凝らした。そのそばに携帯電話とｉＰｏｄが置かれていた。

「ナノだよ。それも一番いいやつ」

「この薄いのが？」とエリンボルク。「うちの二番目の男の子が、女の子向けのものだと言ってたわ。どういう意味だかわたしにはわかんないけど。こういうものを近くで見たこともなかったから」

「きみらしいよ」とシグルデュル＝オーリは言って、洟をかんだ。彼は最近インフルエンザに罹って、調子が悪かった。

「それがどうしたっていうの？　なにか文句ある？」と言いながら、エリンボルクは冷蔵庫を開けてみた。中に入っているものから、ここの住人はとくに料理上手というわけでもないらしかったことがわかった。バナナ、パプリカ、チーズ、ジャム、アメリカ製のピーナッツバター、そして卵。スキムミルクの入った紙パック。

「パソコンはなかった？」とシグルデュル＝オーリは鑑識の男たちに訊いた。

「もう署に運んだよ」と一人の鑑識官が答えた。「まだこの血の海の理由を説明するようなものはなにも見つかっていない。ロヒプノールのことは聞いたかい？」

鑑識官はエリンボルクとシグルデュル＝オーリを交互に見た。年齢は三十歳くらい。髭も剃っていない。髪の毛もまるで今起きたばかりのようだ。エリンボルクの目にはまさにだらしない格好の典型に映った。どんな場合も隙のない格好をしているシグルデュル＝オーリはうんざりした顔つきでエリンボルクの方を見ながら、これが今どきのもっとも流行りの格好らしい、と言った。

「ロヒプノール?」と訊き返して、エリンボルクは首を振った。

「ああ、そうだ。上着の胸ポケットに数錠入っていた。そしてまた、リビングのテーブルの上にもかなりの量があった」と言って、白いつなぎの作業着と手にラテックス製の手袋をはめた鑑識官はうなずいた。

「レイプドラッグの、ロヒプノール?」エリンボルクが確認の声を上げた。

「そう」鑑識官が答えた。「今鑑識課の方から知らせがあった。これから我々はロヒプノールを焦点にして捜査を開始するところだ。男は上着のポケットにロヒプノールを入れていた、ということは、彼はそれを……」

「彼はそれを土曜日の夜に使った、ということね」エリンボルクが続けた。「大家が土曜日の晩、男が街の方へ出かけるのを見かけている。そうか、彼はレイプドラッグを上着のポケットに入れて出かけたということか……」

「ああ。もし出かけるときに着ていたのがこの上着だったら、そういうことになる。そしてこの上着であることはほぼ間違いない。他は全部クローゼットに掛けてあるから。上着とシャツが椅子に掛けてある。ブリーフと靴下はベッドルームにあった。男は我々が今いるリビングの床にズボンを引き摺り下ろされた形で横たわっていたが、ブリーフははいていなかった。もしかすると、男は喉が渇いて水を飲むために起きたのかもしれない。キッチンにグラスが一個置いてある」

「彼はロヒプノールをポケットに入れて街に出かけた……」エリンボルクがつぶやいた。

「我々の見立てでは、彼はセックスのあとすぐに殺されたのではないかと思われる」鑑識官は言った。「コンドームは彼のものだろう。彼の格好を見てもそれははっきりしている。解剖をすればすぐにわかることだが」

「ロヒプノールねえ……」とエリンボルクはまたつぶやいた。最近捜査した一件が頭に浮かんだ。コーパヴォーグルのニービラヴェーグルで、道端で吐いていた若い女性――薄着姿で、年齢は二十五歳とあとで判明するが――を、車で通りかかった親切な男性が助けた件だった。女性はどこから来たのか、どこにいるのか、まったく記憶がない様子で、家まで車で送ってくれと男性に頼んだ。女性の様子から、男性はまっすぐ病院の緊急搬送口へ運ぼうとしたが、彼女はその必要はないと言って断った。

女性はなぜ自分がニービラヴェーグルにいたのか、まったくわからなかったという。家に着くなり彼女はすぐに眠り、そのまま半日眠り続けた。目を覚ましたとき、全身が痛いことに気がついた。性器がヒリヒリと沁みるように痛み、両膝が赤く擦れていて痛んだが、前の晩のことは何一つ思い出せなかった。それまでアルコールを飲んだことで記憶を失ったことも一度もなかった。前の晩どこにいたかは思い出せなかったけれども、一つわかっていたのは、意識を失うほど大量のアルコールを飲んではいないということだった。彼女はシャワーで全身を丁寧に洗った。女友達がその晩電話をかけてきて、いったいどこに行ってしまったのかと訊いた。女同士三人で出かけたのだが、途中で彼女はいなくなってしまった、と。女友達は知らない男と彼女が店を出るのを見たと言った。

「えっ？　それ、憶えてないわ。昨日の晩のこと、何にも憶えていないのよ」と女性は言った。

「あの男、誰？」女友達が訊いた。

「知らない、ほんとになにも憶えていないのよ」と彼女は繰り返した。

彼女はそのまま女友達とかなり長い時間電話で話した。そのうちに、レストランで出会った男にドリンクをおごられたことを思い出した。それまで会ったこともない男だった。外見もぼんやりとしか思い出せない。それでも、よさそうな男だと思ったのは憶えていた。一杯目をまだ飲み終わらないうちに、男は二杯目のドリンクを勧めた。彼女がトイレから戻ってくると、男は別の店に行こうと彼女を誘った。それが最後の記憶で、それ以上はなにも思い出せなかった。

「どこへ行ったの？」と女友達は訊いた。

「わかんない。ただ……」

「その人、前から知ってたの？」

「ううん、知らない」

「その男、ドリンクの中になにか入れたんじゃない？」

「なにか入れたって？」

「だって、あなた、何にも憶えてないんでしょ。ほら、聞いたことない？　よく……」女友達は迷った。

「なにかって？」

「レイプドラッグのようなもの」

翌日彼女はフォスヴォーグルにある国立病院のレイプ被害者救済センターに行った。エリンボルクにこの件が回ってきた頃には、女性はレストランで会った男にレイプされたと確信していた。診察でその晩性行為をしたことがわかったが、彼女の血液に薬の痕跡は残っていなかった。それは当然でもあった。一般にレイプドラッグとして知られているロヒプノールは摂取後数時間で体から排出される。

エリンボルクはレイプ犯として警察が把握している男たちの写真を女性に見せた。だが、女性はどの男も見覚えがないと首を振った。またエリンボルクはその晩食事をしたというレストランに女性を連れて行ったが、ウェイターたちは彼女にも一緒にいた男にも覚えがないと口を揃えて言った。エリンボルクはそれまでの経験から、レイプドラッグを使った暴行の痕跡を見つけるのはむずかしいことを知っていた。薬(ドラッグ)は血液にも尿にも残っていないからだ。被害者が検査を受ける頃には、薬の成分はすでに体外に出てしまっているのだ。それでも多くの場合、他の痕跡を残していることもある。被害者の記憶喪失、膣(ちつ)に残った精液、体に残っているアザなどである。おそらくドラッグを飲まされたのだろうとエリンボルクは女性に言った。男はもしかするとロヒプノールと同じ成分の調合剤GHBを使ったかもしれない、と。それはロヒプノールと同じ効用がある薬で、無臭、無色、液体か粉末の形状で、神経中枢に影響を与える。この薬を与えられた人間は自己防衛ができない状態におかれ、部分的記憶喪失、あるいは全面的記憶喪失の状態になる。

「この薬にはこのような特徴があるので、なかなか犯人を捕まえることができないのよ」とエリンボルクは女性に説明した。「ロヒプノールの薬効は三時間から六時間。その後は体から完全に消えてしまう。相手を眠らせるにはほんの数ミリグラムもあれば足りる。そして時間が経てば体から完全に出てしまう。この薬はとくにアルコールと一緒に摂取すると効き目が早いと言われているのよ。副作用は幻覚、落ち込み、そしてめまい。てんかんの発作を起こす人もいる」

エリンボルクはシンクホルトのルノルフルのアパートで、殺人犯は誰であれ、ルノルフルを激しく憎悪していたに違いないと思った。

「ルノルフルは車を持っていた?」エリンボルクが鑑識課の男に訊いた。

「ああ、外に停めてある。署に牽引して調べるつもりだ」と一人が答えた。

「調べてもらいたいことがあるの。つい最近暴行された女性がいるんだけど、彼女のＤＮＡを調べてほしい。もしかすると暴行したのは今回殺された男と同一人物かもしれない。そう、もしかするとその女性をコーパヴォーグルまで車で運んで、道端に置き去りにしたのもこの男かもしれない」

「わかった」と鑑識の男は言った。「それともう一つ」

「もう一つ？」とエリンボルク。

「このアパートにあるものは全部ここに住んでいた被害者のものだった。服も、靴も、ヤッケも……」

「ええ」

「ただし、これだけは別だ」と言って、鑑識官は透明のビニール袋に折り畳んで入れられているものを指差した。

「なに、それは？」

「スカーフだと思う」と言って、鑑識官はビニール袋を持ち上げた。「ベッドの下の床に丸められて落ちていた。被害者が女性と一緒だったということの証拠品だ」

そう言うと鑑識官はビニール袋を開けてエリンボルクの鼻先に突き出した。

「なにか、独特の匂いがする。タバコの匂い、香水の匂いもあるが、他に、香辛料のような匂いがするんだ」

エリンボルクはビニール袋を鼻先に持ってきて匂いを嗅いだ。

「これが何だか、これから調べるつもりだ」と鑑識官が言った。

エリンボルクは深く匂いを嗅いだ。スカーフはピンクで、薄いウール地だった。タバコの匂い、香水、そして鑑識官の言うとおり、香辛料の匂いがした。しかもそれは彼女にとって馴染みのある匂いだった。

「この匂い、知ってるのか？」とシグルデュル＝オーリが驚いた顔でエリンボルクを見た。

エリンボルクがうなずいた。

「ええ。わたしの好きな香辛料よ」

「好きな香辛料?」と鑑識官がおうむ返しに言った。

「君の好きな香辛料?」そばからシグルデュル＝オーリが繰り返した。

「ええ、そう。でもこれは一つの香辛料じゃないの。いくつもの香辛料が混じったもの。インドの、ね。これは、そうね、このスカーフの匂いはタンドーリ・チキンの香辛料の匂いよ」

4

隣人たちの多くは協力的だった。警察は事件が発生した建物近くの住人たち全員に——その中にはなにも知らない者たちもいたが——聞き取り捜査をおこなった。住人たちの言葉が参考になるか否かは警察が判断することだった。事件の起きた建物はシンクホルト地区の低い地域にあり、聞き取り捜査に応じた者たちは、夜中だったので眠っていてなにも知らないと答えた。事件が起きたアパートの大家の男を知っている者は一人もいなかった。ここ数日、その建物の周辺で人の姿を見たと言う者もいなかった。捜査官らはまず建物の近隣の住人に聞き込みをし、次第にその範囲を広げていった。エリンボルクは他の捜査官らと密に連絡をとり、住人の証言をチェックしていった。そして、ある女性の証言に注目した。事件の起きた建物から少し離れたところに住んでいる女性だった。あまり参考にならないかもしれないとも思ったが、ともかく直接会って話を聞くことにした。

「いやあ、会っても、意味がないという気がするな」と女性の話の聞き取りをした捜査官が言った。

「そう?」

「ちょっと変わっているから」と捜査官は言葉を続けた。

「どんなふうに?」

「電磁波がどうのこうのという話ばかりするんだ。電磁波の放射のせいでいつも頭が痛いとか」

「電磁波の放射?」

「自分で放射線を測定したと言うんだ。住んでいるアパートの壁から放射線が発せられるとか言って」

「なにそれ？」

「だから、話を聞いても、あまり役に立たないんじゃないかと思うよ」

その女性は殺された男ルノルフルの住んでいた通りの一筋先の通りにあるアパートの二階に住んでいた。少し離れているので話の信憑性は少し疑わしいかもしれないと思ったが、何となく興味が湧いて、エリンボルクは話を聞いてみることにした。いずれにせよ、今のところ他にこれといって注目すべき証言は得られていなかったので、女性が見たというものが何なのか、少し手助けして聞き出してみようと思った。

女性の名前はペトリーナ、八十歳前後だろうか。モーニングガウンにくたびれたフェルトのスリッパ姿でドアを開けた。髪の毛は乱れ、顔色が悪くしわくちゃで、目が血走っている。片方の手の指にタバコを挟んでいた。エリンボルクの顔を見て、ようやく来てくれたと声を弾ませて言った。

「ずいぶん待ったのよ。これから見せるわね。とにかく放射線の量が半端じゃないんだから」

そう言ってペトリーナは奥に入り、エリンボルクはその後ろに続いた。家中にタバコの匂いが充満していた。屋内は薄暗かった。どの窓もカーテンが閉められていたからだ。エリンボルクはリビングルームの窓から道路が見えることに気がついた。ペトリーナがベッドルームへ行った。ペトリーナがベッドルームから呼ぶ声が聞こえ、エリンボルクはリビングから台所を通ってベッドルームへ行った。ペトリーナは天井から下がる裸電球の下に立っていた。ベッドとナイトテーブルは部屋の中央にあった。

「本当はこの壁を取っ払いたいのよ」とペトリーナは言った。「でも電気の配線を引き直すにはお金がかかるの。とにかく、あたしはすごく過敏なのよ。見てちょうだい、これを」

エリンボルクは長方形の部屋の長い方の壁が両方とも床から天井まで全面アルミ箔で覆われてい

るのを見て目を見張った。

「放射線のせいで、ひどい頭痛がするのよ」ペトリーナが言った。

「これ、全部、自分で張ったんですか?」エリンボルクが訊いた。

「あたし一人で張ったのかって? そうよ、これ全部一人でやったのよ。これで頭痛は少しはましになったけど、まだ全然足りないの。ほら、これを見てちょうだい」

そう言って、ペトリーナは二本の金属製の棒を手に取ると、手のひらの上に置いた。二本とも棒の先端が部屋の入り口に立っているエリンボルクの方を向いていたが、ゆっくりと反対側の壁の方に向いた。

「これが電気の流れよ」ペトリーナが言った。

「はあ?」エリンボルクが訊き返した。

「見たでしょう、アルミ箔が役に立ってるってこと。こっちに来て」

ガウン姿のペトリーナは金属棒二本を手に持ってエリンボルクの前を急ぎ足で歩いた。まるで漫画に登場する科学者だった。居間に行くと、ペトリーナはテレビをつけた。国営テレビのテスト画像が現れた。

「袖をまくり上げて」とペトリーナが言い、エリンボルクは言われたとおりにした。

「片方の腕をこのテレビの画面に当ててみて。でも、動かさないで」

エリンボルクはテレビ画面のすぐそばに腕を近づけた。腕に生えている毛が立ち上がるのが見えた。テレビの画面に現れた電磁波を強く感じた。それは家でテレビをつけたときにすぐそばにいると感じるのと同じ現象だった。

「ベッドルームの壁ですっかり同じ現象がおきるのよ。そう、まったく同じなの。なにしろ髪の毛が引っ張られるんだから。まるで毎晩そんな現象を引き起こすベッドのシーツにくるまって寝ているようなものなんだから。あいつら、壁を木材で囲んでベニヤ板を打ち付けて、その中に電流を流し込んでるのよ」

「あの、あなた、わたしを誰だと思っているんです？」エリンボルクはそっと訊き、姿勢を正した。

「あんた？　え、電力会社の人じゃないの？　誰か専門の人を送り込むと言ってたから。あんた、違うの？」

「ええ、違います」とエリンボルク。「わたしは電力会社の者じゃありませんよ」

「だって、あんたたち、あたしの部屋の寸法を測りに来るって言ったじゃない？」ペトリーナが口を尖らせた。「今日来るって、約束したでしょ。こっちはこんな状態なのよ、これ以上なにもできないんだから」

「わたしは警察の者です」エリンボルクが言った。「この近所で重大な事件が起きたんです。あなたはその時間、誰か人を目撃したそうですね、通りを通る人物を」

「今朝、警察の人と話したわ。どうして二回も来るの？　それに、電力会社の人はどこにいるの？」

「それは知りません。電話してあげましょうか？」

「ずっと前に来るはずだったんだから」

「あとで来るのかもしれませんね。あの、夜中にあなたが見たことの話を聞きたいんですけど、いいですか？」

「あたしが見たもの？　あたしがなにを見たというの？」

「今朝こちらに来た捜査官によれば、あなたは日曜日の早朝、朝というにはまだ暗いうちに、男の人が一人この道を歩いているのを見たとか？」

「あたしは電力会社の人に来てほしい、この壁を調べてほしいと何度も連絡してるんだけど、来ないのよ、あの人たち」

「いつもカーテンを閉めてるんですか?」

「もちろんよ」と言って、ペトリーナは頭を掻いた。

部屋の暗さに目が慣れてきた。次第に散らかった部屋の中の様子が見えるようになった。古い家具、壁に飾られた額縁入りの絵、いくつかの小テーブルの上の家族のものと思われる写真。その一つのテーブルに若者と小さな子どもたちの額縁入りの写真があり、おそらくそれはペトリーナの孫とか親戚の子どもたちだろうとエリンボルクは思った。吸い殻が山のように盛り上がっている灰皿があちこちにある。それだけでなく、明るい色のカーペットの上には焦げ跡や焼け跡もそこここに見受けられた。ペトリーナは吸い殻の山の上に今吸い終わったばかりの吸い殻を捨てた。エリンボルクはカーペットの焦げ跡を見ながら、これはペトリーナがときどき火のついたタバコを落とした跡だろうと思った。福祉関係者に連絡する方がいいのかもしれない。ペトリーナが自分自身に、あるいは他の者に被害を与えたりしないうちに。

「いつもカーテンを閉めていたら、外で、通りで、なにが起きてもわからないかもしれませんね?」

エリンボルクが言った。

「そんなことはないわ。だって、なにかあったら、カーテンを開けるもの」と言って、ペトリーナはそんなわかりきったことを言うなんて、あんた、少し頭が足りないんじゃないのという顔でエリンボルクを見た。「ところであんたはなにを知りたいんだって?」

「わたしは警察の者です」とエリンボルクは繰り返した。「土曜日の夜中から日曜日の朝にかけての時間帯に、あなたが見たという、家の前を通った男性のことを聞きたくて来たんです。憶えていますか?」

「あたしは放射線のためによく眠れないのよ。わかる? だからあたしは家の中を歩きまわりながら、電力会社の人を待っていたのよ。ほら見て、あたしの目を。見える? 見える?」

ペトリーナは血走った目をエリンボルクに見せようと顔を近づけた。

「放射線のせいよ。そのせいで目がこんなになってしまったのよ。まったくいまいましいったらありゃしない。おかげでしょっちゅう頭痛がするんだから」

「もしかするとタバコも関係あるかも」とエリンボルクは控えめに言った。

「だからあたしは窓のそばに座って、待ってたのよ」ペトリーナはエリンボルクの言葉を完全に無視して話し続けた。「ここに座って一晩中待ってたの。日曜日も待っていたのよ、あいつらを。今だって待ってるんだから」

「誰を待っているんです?」エリンボルクが訊いた。

「電力会社の人たちに決まってるじゃない! だからあんたがそうだと思ったのよ」

「それであなたはこの窓辺に座って、通りを見ていたんですね。夜でも来ると思ったんですか?」

「いつ来るかなんて、わからないじゃないの。とにかくそのとき、今朝警察の人にしゃべった男の人を見かけたのよ。その人、あたしはてっきり電力会社の人だと思ったんだけど、うちには来ずに、そのまま通り過ぎていってしまったのよ。あたし、呼び止めようとしたんだけど」

「その男の人、今までこの通りで見かけたことがありましたか?」

「ううん、一度も」

「その男の人のこと、もっと詳しく言えますか?」

「詳しく言えるようなことじゃないの。でもあんた、なぜその人のことを知りたいの?」

「この近所で事件が起きたんです。その男の人に聞きたいことがあって」

「それ、できないと思う」ペトリーナが言った。

「どうして？」

「だって、どこの誰かわかんないじゃない」エリンボルクの無知を笑うようにペトリーナは言った。

「そうです。だからあなたの協力がほしいんです。あなたが見たのは男性に間違いないのですね？

今朝、捜査官にあなたはその人は黒っぽい上着を着て、帽子をかぶっていたと言ったでしょう？

上着はレザージャケットだった？」

「そんなこと、わかるはずないじゃない。帽子はかぶっていたわ。毛糸の」

「下半身は？　ズボンはどんなでした？」

「べつにどうってことない、ヤッケの下にはくような普通のジョギングパンツだった。膝のあたりまでファスナーを開けてた。よくあるパンツ」

「車は？　近くに車が停まっていた？」

「車は見なかったわね」

「一人だった？　他に人は見かけなかった？」

「一人だった。でもあたしが見たのはほんの一瞬のことよ。その人、すごい早足で歩いていたから。

片方の足を引きずっていたのに」

「足を引きずっていた？」今朝ペトリーナに聞き込みをした捜査官からそれは聞いていなかった。

「そう。片足を引きずっていた。かわいそうに。脚にほら、よく見るようなアンテナをつけてたわ」

「急いでいるようだった？」

「それは間違いない。でも、みんな急いでいるのよ。急いであたしのそばを通り過ぎるの。放射線のせいよ。あの人だってきっと放射線が怖かったのよ。放射線を脚に受けたくなかったのよ」

「脚に、脛（すね）にアンテナをつけていたって？　どういうものだった？」

「どういうものって訊かれても、わかんないわ」

「足を引きずっていたというのは、確かかね？」

「そう」

「放射線を脚に受けたくなかったって、どういうこと？」

「だから、足を引きずっていたのよ。放射線の量がものすごいから。脚にものすごい量の放射線を受けたからよ」

「あなたは放射線を感じたんですか？」

ペトリーナはうなずいた。

「あんたは誰だっけ？」ペトリーナが訊き返した。「あんたは電力会社の人じゃないの？　あたしが何と思っているか知りたい？　教えてあげましょうか？　すべてはウランのせいなの。雨と一緒に降り注ぐ大量のウランのせいなのよ」

エリンボルクは微笑（ほほえ）んだ。この目撃者と話してもあまり役には立たないだろうと言った捜査官の言葉を思い出した。ペトリーナに笑いかけ、邪魔をして申し訳なかったと謝り、あなたの生活を滅茶苦茶にしている放射線量を測る人間を送り込むように電力会社に電話をかけると約束した。そう言いながらも、この激しい頭痛を訴える老女のために電話をかけるべき相手は、電力会社でいいのだろうかと思った。


他にはほとんど注目するべき目撃者はいなかった。一人、シンクホルトを通ってニャルダルガー夕へ向かう家路を歩いていたという中年の男が警察に通報してきた。二日酔いでまだ気分が悪いが、それでも通報する方がいいと思うのでと言いながら、家への道を歩いていたとき、道端に駐車している一台の車を見かけたと言った。女性が一人、後部座席に座っていたが、それが何となくあたりをはばかるような様子だったという。他になにか変わったことがあったわけではない、と。通報してきた男が告げた通りの名前は。犯罪現場から少し離れているところだった。後部座席の女性は六十歳ぐらいで、オーバーを着ていたと思うということぐらいしか言えなかった。そして、自分は車のことに疎くて、車の特徴、色、型もわからないと言った。

5

飛行時間は短く、プロペラの音も心地よかった。国内旅行のとき、エリンボルクはいつも窓際の席に座る。窓から景色を見ようとしたが、午後の時間、その日の午後は曇りで、フィヨルドの一部と谷間、そして真っ白く光る雪の地面の間を緩(ゆる)やかに流れる川ぐらいしか見えなかった。彼女は年とともに飛行機に乗るのに恐怖を感じるようになった。若い頃は飛行機で行くのも車を走らせるのと同じようなものだった。空の旅を恐れるようになったのは年齢と関係があるという気がした。子どもがいる。彼らへの責任が大きくのしかかっていた。それでも短いフライトの国内旅行ならそれほど怖くなかった。ただ一度、怖い思いをしたときを除いては。イーサフィヨルデュルへ飛んだある冬のこと。ひどい悪天候で先が見えず、飛行機は文字どおり空中で止まってしまった。それはまるでパニック映画のようだった。これが自分の最期だと覚悟し、目をしっかり閉じて一心に祈った。次の瞬間、氷の滑走路に飛行機が着陸し、九死に一生を得たのだった。それまで会ったこともない乗客たちは互いに抱き合って喜んだ。海外旅行をするときは、彼女は必ず通路側に席をとる。満席の客を乗せ、重い荷物も大量にのせた、それ自体が重いはずの飛行機が宙に浮かんでいる、そして飛んでいるということは考えないようにした。

到着すると地元の警察官が飛行場まで車で迎えに来てくれた。車はルノルフルの母親が住んでいる小さな漁村に向かって走りだした。地面には白く雪が降り積もっていて、紅葉している木々ときれいな対照を見せていた。

エリンボルクは後部座席に座って車窓から美しい景色を見るともなしに見ながら息子のヴァルソルのことを考えていた。少し良心が痛む。これからどうしたものだろうと思っていた。数週間前のこと、偶然にヴァルソルがブログを書いていることを知った。それはヴァルソルの部屋に汚れた洗濯物を取りに行ったときのことで、ふとパソコンの画面を見ると、ヴァルソルが自分のこと、家族のことを書いているブログが見えたのだった。そのとき足音が聞こえ、彼女は何食わぬ顔で息子と部屋の入り口ですれ違った。ブログのアドレスは目に焼き付いていたので、良心の痛みを感じながらも彼女はテレビを見る部屋にある家族のパソコンで息子のブログを見たのだった。息子のプライベートライフを覗くようでためらいがあったのだが、そのブログは制限なしに誰でも読むことができるものだった。息子が自分自身のことを包み隠さずに書いているのを読んでエリンボルクは驚いた。それは彼が両親にも弟妹にも話したことがないようなことだった。ヴァルソルのブログは他のブログにもリンクしていたので、エリンボルクはそれらにも目を通した。そしてそこにある開放的というか、包み隠さずプライベートな事柄を書くというやり方は、彼に限ったことではないと知った。多くの人が個人的なことをオープンに、ためらいもなく、友人のこと、家族のこと、日々の出来事や自分の行動、希望、憧れ、感情、意見など、パソコンに向かっているときに心に浮かぶことをブログに綴っているのだ。これはやめておこう、などという自己検閲はなさそうだ。すべてがオープンになっているのだ。エリンボルクは仕事上ブログを読むこともあったが、それ以外は一切個人のブログなど読んだことがなかった。

自分の子どもがこんなふうにブログを書いているなどとは考えたこともなかった。

ヴァルソルがブログを書いているとわかってから、彼女は数回彼のブログを覗き見た。そして息子の好きな音楽、観た映画、友達とどこへ出かけてなにをしたか、学校をどう思っているのか、教師をどう思っているのか、つまり、彼が家では話さないことのすべてを読んだ。アイスランド社会で話題になっている事柄について母親がどう言っているかも書いていた。また飛び切り頭のいい妹について、こんなに頭のいい子のために学校は適切な教材を見つけるのに苦労していると母親が言っているなどと書いていた！

エリンボルクは息子が自分について書いていることに腹を立てた。息子には母親の意見を誰彼かまわずに伝える権利などないはず。ヴァルソルは父親のこともときどき書いていたが、たいてい二人の共通の趣味である車のことだった。それ以外にも父親から聞いた少々怪しげな噂話なども披露していた。

「この子はどこかおかしいのかしら？」とエリンボルクはため息をついた。

だが、もう一つ彼女の関心を引いたものがあった。ブログを読むかぎり息子は大変なドンファンだということ。彼のポケットにコンドームが入っていたのは偶然ではなかったのだ。知っている女の子の名前をずらりと書き並べ、学校のダンスパーティー、映画を一緒に見に行ったこと、キャンプの参加など、エリンボルクがまったく知らないところでの出来事を書き並べていた。〈言いたいことがあったらどうぞ〉のコーナーには二人の女の子が、いや三人か、ヴァルソルの言葉に反応して書いていた。どの子もヴァルソルに熱を上げているようだった。

車は色彩豊かな秋の田舎道をスピードを上げて走った。エリンボルクは舌打ちしながらヴァルソルのブログのことを頭の片隅に追いやった。

「失礼しました。今何と？　よく聞こえなかったもので」と運転していた警官が言った。もう一人の警官は前席で居眠りをしている。彼らはルノルフルの母親のこと、住んでいる土地のことを簡単に説明したが、その後は二人とも無言だった。

「いえ、なにも。失礼、ちょっと風邪気味なもので」と言って、エリンボルクはハンドバッグの中からハンカチを取り出した。「このあたりに交番はあるんですか？」

「いいえ、予算がないもので。なにをするにも金がかかるんです。しかし、この辺は辺鄙なところですが、物騒なことは起きないですよ」

「あとどのくらい？」

「約三十分です」そう言うと警察官たちは黙った。今、そのまま三十分が経ったところだった。

ルノルフルの母親は二列に並んだ小さな集合住宅の一棟の二階に住んでいた。あらかじめ警察が来ることは知らされていて、戸口でエリンボルクを迎えた。疲れ切っている様子だった。玄関ドアを開けたままにして、挨拶もせずにエリンボルクの先に立って家の中に入っていった。エリンボルクは敷居をまたいで中に入ると、ドアを閉めた。母親とは二人きりで話したかった。

すでにあたりはかなり暗かった。気象予報によれば、午後雪が降るらしかった。一瞬雲間から強い太陽の光が差し込んでリビングを照らしたが、すぐにまた家の中は薄暗くなった。

ルノルフルの母親はテレビの向かい側の椅子に腰をかけ、エリンボルクはソファに腰を下ろした。

「詳しい話は聞きたくない」クリスチャーナという母親は言った。「牧師が少し話してくれたから。ニュースなんかふだんから見てないし。ナイフでひどく切りつけられたって聞いたけど、詳しいことは知りたくない」

「お悔やみを言わせてください」

「ありがとう」

「知らせに驚かれたでしょう？」

「驚いたかって？　どう感じたかなんて、とても言えない」クリスチャーナは重い口を開いた。

「亭主が死んだときはまったくなにが何だかわからなかった。でもこれは……、これは……」

「誰か一緒にいてくれる人はいないんですか？」相手が途中で言葉がつかえているのを見て、エリンボルクが訊いた。

「あの子はあたしがいい年になってから産んだ子でね」とクリスチャーナはエリンボルクの言葉が聞こえなかったように語りだした。「あたしは四十歳になるところだった。バルドゥル、亭主だけど、あの人はあたしより四歳年上で、あたしらはもうかなりいい年になってから一緒になったのよ。その前にあたしは他の男と何年か一緒に暮らしていたがね。バルドゥルは連れ合いを亡くして独り身だった。二人ともそれまで子どもがいなかった。だからルノルフルは……。あの子は一人っ子だよ」

「ルノルフルのことをお伝えした警察官から訊かれたと思いますが、わたしも訊かなければならないことがあるんです。彼を殺すほど憎んでいた人物に心当たりがありますか？」

「ないね。これはもう今朝警官に言ったことだよ。息子を殺したいと思うような人間に心当たりなどないと。いや、相手が誰であろうと、そんなことをしたいと思う人間になど心当たりはないよ。あたしが思うに、ルノルフルはたまたま運悪く、こんな目に遭ったんだ。そう、交通事故に遭うみたいに。バルドゥルの場合がそうだった。居眠り運転だったんだろうと言われたよ。ぶつかった方のトラック運転手は、バルドゥルは挨拶するみたいにうなずいたと言ってたけど。あたしは生き残った自分をかわいそうだなんて思わないよ。自分が哀れだなどと思っちゃおしまいよ」

そこまで言ってクリスチャーナは黙った。すぐ近くのテーブルの上にティッシュペーパーの箱があって、クリスチャーナはティッシュを引き抜くと音を立てて洟をかんだ。

「自分を哀れだなんてと思ったら生きてなどいけないじゃないか」

エリンボルクはティッシュをきつく握りしめているシワだらけの相手の手を見た。髪の毛は後ろでゴムで縛られている。目は鋭い。

クリスチャーナは七十歳であることをエリンボルクは報告書で読んで知っていた。この村から一生涯動かなかったことも。車で迎えにきてくれた警察官たちは、彼女が一度も首都のレイキャヴィクへ行ったことがないということは、この辺ではよく知られていると言っていた。あんなところに用事はないと言っていると。息子が十年以上も住んでいる町なのに、母親は訪ねていったことがないと。また、息子は村に滅多に、いや一度も帰ってきたことがないと。多くの村人が彼女の息子と同様に村を出て行ったのだが、クリスチャーナだけはなぜか時空を超えて村に居残ってしまったのだとエリンボルクは思った。アイスランドが劇的な変化を遂げた時代、クリスチャーナの世界は取り残されてしまったのかもしれない。エリンボルクはエーレンデュルを思い出した。クリスチャーナはこの点、エーレンデュルに似ていると思った。過去から自由になれない、いや、自由になりたくない、考えが古く、態度も古臭い。世の中の価値観がものすごいスピードで変化している間も、古い考え、古い習慣にしがみついてきたに違いない。そして彼らが取り残されていることに誰も気づかない、いや、気にかけないのだ。

この女性に、息子がポケットにレイプドラッグを潜ませていたことをどうやって話そうか、とエリンボルクは思った。

「最後に息子さんから連絡があったのはいつでしたか？」

クリスチャーナはすぐには答えなかった。まるでさもむずかしいことでも訊かれたかのように、ゆっくり考えるような態度だった。

「そうねえ、一年ほど前だったかねえ」と、しばらくしてから答えた。

「一年ほど前?」エリンボルクが繰り返した。

「あの子はあまり連絡してこないから」

「そうですか。でも、電話はどうですか?　電話でも一年も話していなかったのですか?」

「そう」

「最後に息子さんに会ったのはいつですか?」

「三年ほど前かねえ、ちょっとだけ顔を見せたのは。一時間もいなかった。あたしだけに会いに来た。他には誰にも会わなかった。近くまで来たからと言ってた。でも時間がないんだ、と。あたしは近くってどこ、とは訊かなかった」

「つまり、息子さんとはあまり仲がよくなかった?」

「いやあ、そういうわけではなかったよ。ただあまりこっちに来たくなかったんだろうよ」

「でもあなたは?　あなたは息子さんに、ルノルフルに、電話をかけなかったんですか?」

「あの子は何度も電話番号を変えた。それで、もういいってことになってしまった。向こうがあまり関係を持ちたくないのなら、こっちもかまわないということよ。邪魔したくなかったんだよ。そっとしておいてくれってことだと思ってさ」

二人はしばらくなにも言わずに座っていた。

「誰があんなことをしたんだと思う、あんた?」ようやくクリスチャーナが訊いた。

「わかりません」エリンボルクが答えた。「捜査はまだ始まったばかりで……」

「時間がかかりそうかい?」

「そうかもしれません。そうですか、あなたは息子さんの私生活のことはあまり知らない。友達のこと、交際していた女性たちのことなど……」

「そう。とくにそういうことは知らないねえ。あの子は誰か女と暮らしていたのかい？　最後に会ったとき、あたしは訊いたけどそんな女はいないと言ってた。結婚はしないのか、家族を作る気はないのかと訊いたときに。ほとんどなにも言わなかったがね。またうるさいこと言ってると思ったんだろうよ」

「息子さんは一人暮らしだったと思いますよ」エリンボルクが言った。「彼の大家の話では、一緒に暮らしている女の人はいないようだったと。この村に友達はいました？」

「いや、もうみんな村から出て行ったから。若い人はみんないなくなってしまうんだ。べつに新しいことじゃない。ここにある学校は閉鎖して、隣村まで子どもたちをバスで通学させようって話が出ているくらいだから。この村はなにもかもが死にかけているのさ。あたしも多分引っ越しとけばよかったんだろうよ。ファンタスティックとみんなが言うレイキャヴィクにでもね。あたしは一度も行ったことないし、行こうとも思わないがね。一昔前にはみんな旅行なんかしなかったもんさ。気がついたらあたしは首都に一度も行ったことがない。今じゃそれが珍しいことだとさ。あたしはレイキャヴィクに用事はないね。ほんと、べつに何の用事もないよ。ひょっとしてあんたは、レイキャヴィク生まれかい？」

「ええ。わたしはあの町がとても好きですよ。人があの町に引っ越したい、あの町に住みたいというのもよくわかる気がします。それで、息子さんはこの村の人の誰とも付き合いがないのかしら？」

「ないね」クリスチャーナはきっぱりと言った。「あたしの知るかぎり、ない」

「息子さんはこの村でなにか問題を起こしたことはなかったですか？　法を犯すようなこと、敵を作るようなことは？」

「この村でかい？　ないね。そんなことはまったくなかった。この村を出てからのこともあたしはまったく知らない。今あたしの話を聞けばわかるだろう、あんたの質問に満足に答えられないほどなんだから。残念ながら。あの子はあの子だよ」

そう言ってクリスチャーナはエリンボルクを睨みつけた。

「自分の子どもがどんな人間になるかなど、誰がわかるというんだい？　あんた、子どもは？　子どもはいるのかい、あんた？」

エリンボルクはうなずいた。

「あんた、自分の子どものこと、知ってると言えるかい？」クリスチャーナが訊いた。エリンボルクはすぐにヴァルソルのことを思った。

「自分の子どもがなにをしてるかなど、親は知らないもんさ。そんなことは今の人たちは言わないもんだということぐらい、あたしだって知ってるさ。あたしは自分の息子をよく知らなかった。日頃なにをしているのか、なにを考えているのか知らなかった。まあ、あの子はあたしにとって、いろんな意味で他人だったね。よくわからなかった。あたしが特別だったとは思わないよ。そのうち子どもは家を出て、だんだん他人になっていくのさ、もし……」と言って、クリスチャーナは口をつぐみ、手に持ったティッシュをきつく握りしめた。「だから自分にも厳しくしなければならないのさ。あたしはまだ若いときにそれを学んだよ。自分を甘やかしちゃだめだって。今度だって、歯を食いしばって耐えなければ」

エリンボルクの頭にロヒプノールのことが浮かんだ。あの錠剤が遊びに出かけた彼女の息子のポケットにあったこと、そして女性と一緒に家に帰ってきたことを思えば、彼がなにをしようとしていたかは歴然としているではないか。

「ここに住んでいた頃、彼は」とエリンボルクはゆっくり話し始めた。「誰か女の子と、村の女の子たちと付き合ってました？」

「そんなこと、あたしは知らないね」母親は答えた。「なぜそんなことを訊くのかね？　女の子たち？　女の子たちのことなど、あたしはなにも知らないよ！　何なんだい？　なぜそんなことを訊くんだい？」

「村の人で、ルノルフルを知っていた人、わたしが彼について訊くことができる人を知っていたら教えてほしいのですが」とエリンボルクは落ち着いた声で言った。

「答えておくれよ！　なぜあんたは女の子たちのことなど訊くんだい？」

「ルノルフルのことはまったくわからないので。でも……」

「なに？」

「女性との関係で、彼はちょっと異常な方法を使ったかもしれない」

「異常な方法？」

「そう。クスリを使ったのではないか、と」

「クスリ？　何の薬？」

「レイプドラッグと呼ばれるものです」エリンボルクが答えた。

クリスチャーナはエリンボルクを睨みつけた。

「もしかすると、ルノルフルはそんなクスリを横流ししていただけかもしれない。でも、彼自身がそれを使っていたのではないかという可能性も無視できないのです。もちろん、それは間違いかもしれない。今の段階ではまだわからない。発見されたとき、彼がなぜそんなクスリをポケットに持っていたのかわからないのです」

「レイプドラッグ？」

「ええ。ロヒプノールという睡眠薬です。眠気を誘発し、飲んだ人は意識を失う。警察はあなたにこれを知らせるべきだと考えました。報道されたら、嫌でもあなたの耳に入るでしょうから」

吹雪が激しくなったようだ。激しい雪で窓の外が見えないほどになった。家の中はすっかり暗くなった。クリスチャーナはしばらくなにも言わずに座っていた。

「なぜあの子がそんなものを必要としたのか、あたしにはわからない」

「そうですね」

「やっぱり終わらないんだ」

「これはあなたにはつらい話ですね」

「今となっては、どっちが最悪かわからない」

「え?」

クリスチャーナはリビングルームの外に目を向け、激しく降る雪を睨みつけながら言った。

「あの子が殺されたこととレイプ犯だったこと」

「いや、その二番目のことはまだわからないのです」

クリスチャーナは目を上げてエリンボルクを見た。

「そう。あんたたちには絶対にわからないだろうよ。なにも」

6

エリンボルクはその村に一泊することになり、村から少し離れたところにある丘の上の小さなペンションに宿をとった。気持ちのいい広い部屋だった。シグルデュル＝オーリに電話をかけてルノルフルの母親クリスチャーナに会ったこと、犯人の手がかりになるような情報は残念ながら得られなかったことを伝えた。家にも電話をかけて夫のテディと話をした。彼は近くの店でファストフードを買ってきたところだった。娘のテオドーラがそばにいて、スカウトで二週間後にウルフリョッ湖へキャンプに出かけることになったと興奮して話した。息子たちは映画に出かけていたが、その感想はきっとヴァルソルのブログで読むことになるだろうとエリンボルクは思った。

ペンションの近くに小規模のショッピングセンターのようなものがあり、食堂、スーパー、スポーツ用品店、レンタルビデオ店、クリーニング店が入っていた。中に入ると、クリーニング店のカウンターで男が洗濯物を渡しながら、木曜日までにできるとありがたいのだがと話しているのが聞こえた。食堂に入ってメニューを見ると、お定まりの料理が書き出されていた。サンドウィッチ、フライドポテト付きのハンバーガー、ラムステーキ、魚のフライ。エリンボルクは魚のフライを注文した。二つのテーブルに先客がいた。片方は三人の男たちでビールを飲みながら大型テレビでスポーツ観戦をしていた。もう一組は年配の夫婦で、エリンボルク同様旅行者のようだ。魚のフライを食べていた。

テオドーラが恋しかった。もう二日も会っていない。娘のことを考えると自然に頰がゆるむ。テオドーラはときどき昔風の、あまり子どもが使わない言葉を口にすることがある。学校でそのためにいじめられたりしないだろうかとエリンボルクは心配したこともあるが、そんなことはない様子だった。例えばテレビを観ているとき、「どうして彼は苦渋に満ちた顔をしてるの？」とテレビのアナウンサーの顔を見て言ったり、新聞記事でなにかおかしいことを読むと「これはじつに滑稽(こっけい)ね」と言ったり。おそらく図書館から借りてくる無数の本の中にむずかしい表現を見つけると使ってみたくなるのだろう。

魚料理はおいしかった。一緒に出されたパンも素晴らしくおいしかった。フライドポテトはいらないと断った。それは彼女の食事の好みでは上位には入らないものだった。食事が終わると、エスプレッソはあるかと訊いた。まもなく食堂の女主人が——年齢不詳で、食事は全部彼女が一人で作っているようだ。パンも彼女が焼く、レンタルビデオ店もクリーニング店もすべて彼女が仕切っていると見えた——味の濃い、おいしいエスプレッソを持ってきてくれた。エリンボルクは食事をしながらタンドーリ・チキンを料理する土鍋と香辛料のことを考えていた。入り口のドアが開き、ビデオショップの方に人が入った気配がした。

ルノルフルのアパートにあったスカーフがエリンボルクの頭を悩ませていた。現場で見つかったからといってルノルフルを襲った女のものとはかぎらない。さらにいえば彼を襲ったのが女かどうかもまだわからない。スカーフは二、三日前から、ベッドの下の床に落ちていたのかもしれないのだ。しかし、ルノルフルがその晩レイプドラッグを使ったこと。これはおそらく間違いないだろう。彼と一緒にアパートにやってきた女がいた。自分の意思で行ったのかどうかはわからないが。そしてなにかが起きて、残虐な事態に発展したのではないだろうか。クスリの効き目が切れて女が意識を取り戻し、近くにあったナイフで凶行に及んだのだろうか。凶器はアパートには残っていなかった。襲った者が憎悪と激怒でルノルフルに向かったことは間違いない。

ルノルフルがスカーフの持ち主をレイプしたとしたら、そしてその女が彼を襲い、殺害したとしたら、警察にとってスカーフはどういう意味を持つのだろう？　スカーフはどこで買われたものか？

警察は町中のスカーフを売る店を調べて突き止めなければならないだろう。新しいものではないから売った店は見つからないかもしれない。スカーフの持ち主は香水を使っていた。まだ特定はできていないが、いずれそれはわかるだろう。それとは別に香辛料のこともある。これも特定できるだろう。スカーフにはさらに別の匂いも混じっていた。タバコの匂い。これはおそらく入ったバーで付着したのだろう。またスカーフの持ち主が喫煙者だったとも考えられる。ルノルフルは三十歳の誕生日を過ぎた年齢だった。同じくらいの年齢の女性に近づいたということは考えられる。黒っぽい髪の毛がスカーフに付着していたし、彼のアパートでも同じ毛髪が見つかった。毛を染めてはいない。黒っぽい髪のショートカットの女性だ。見つかった髪の毛はいずれも短かった。

その女性はレストランで働いているかもしれないとエリンボルクは思った。タンドーリ・チキンを提供するレストランだ。エリンボルクは料理に関してはかなり知識があった。すでに一冊料理本『法と権利』（同じ単語で『料理と一品』の意味もある掛け言葉）も出版している。その本に彼女はタンドーリ・チキンも載せていたのでタンドーリ・チキンのことや香辛料のことにはかなり詳しいと自負していた。タンドーリ・チキン鍋も家に二つある。インドではタンドーリ・チキンを入れた鍋を土の中に埋め、薪を焚くという。その方法で土鍋全体が高温で焼かれるのだ。エリンボルクは二度ほど家の庭にタンドーリ・チキンを入れた鍋を埋めて下から焼いて料理したことがあったが、たいていは鍋のまま高温のタンドーリ・オーブンで料理するか、庭で古いグリルの上に鍋を載せて薪で焼くという方法で料理する。だが、味を決定するのは何種類もの香辛料の混ぜ具合である。エリンボルクはヨーグルトに様々な香辛料を混ぜる。赤い色がほしければアナトーの種をつぶして入れ、黄色がほしければサフランを入れる。香辛料はたいていの場合、カイエンペッパー、コリアンダー、生姜、ニンニク、ガラムマサラ、それにカルダモン、クミン、シナモン、黒コショウ、そしてナツメグを混ぜ合わせる。

ときにはアイスランド産の香辛料を加えることもあった。例えばアイスランドタイム、セイヨウトウキの根、たんぽぽの葉、セロリの根などである。これらの香辛料をたいていは鶏肉、あるいは豚肉に擦り込んで数時間置いてから土鍋で料理する。

ときにタンドーリ・チキンに擦り込んだこれらの香辛料が火の上にこぼれ落ちることがある。燃えるとその匂いが一層強くなるのだ。エリンボルクが嗅いだスカーフの匂いはまさにそれだった。スカーフの持ち主の女性はタンドーリ・チキンを提供する店で働いているか、それとも自分と同じようにアジア料理、とくにタンドーリ・チキンが好きでよく家で料理する女性か。もしかすると専用の土鍋を持っていて、複雑な味を出すたくさんの香辛料を使ってタンドーリ・チキンを家で料理している人かもしれない。

いつの間にか中年の夫婦はいなくなっていた。三人の男たちはフットボールを観終わると店を出て行った。エリンボルクはしばらく一人食堂に残ったあと、レジに行って店主の女性に勘定を払い、食事の礼を言った。エリンボルクはパンがとてもおいしかったと褒め、店主の女性は何の用事でこの村に来たのかと訊いた。エリンボルクは率直に答えた。

「ルノルフルは低学年のときうちの息子と同じクラスだったわ」と女性は言った。黒いノースリーブのシャツ姿で、エプロンをしているが肉付きがいいことがわかる。「残念なことね」と彼女は付け加えた。ニュースをテレビで見たと言う。ルノルフルのニュースは今やこの村で知らない者はいないと言った。

「あなたも以前からルノルフルを知っていた？」とエリンボルクは窓の外を見ながら言った。再び雪が降りだしていた。

「この小さな村ではみんながみんなを知っているのよ。ルノルフルは普通の子どもだった。ちょっと乱暴なところもあったけど。基礎学校を卒業するとすぐにこの村を出て行った。それはどの子も同じだけどね。彼を直接は知らなかったけど、母親がとても厳しく彼に当たったということは知ってる。クリスチャーナはルノルフルがなにか悪いことをすると、体罰を与えたんじゃないかな。そう、厳しい人だから。鉄の女よ。閉鎖されるまで魚の冷凍会社で働いてた」

「ルノルフルの同級生たち、昔の友達はまだここにいるのかしら？」

体格のいい店主は少し考えてから答えた。

「どうかしら。みんな村を出て行ったと思う」と言った。「ここ十年で村の人口は半分になったのよ」

「そうですか。どうもありがとう」エリンボルクは礼を言った。

店を出ようとしたとき、入り口のそばのＤＶＤやビデオの棚が目に入った。エリンボルクはめったにビデオは見ない。息子たちが格闘シーンのあるビデオを借りてくるときはとくに。警察ものもうんざり。甘い恋愛ものも苦手だった。コメディの方がよかった。テオドーラもだいたい母親と好みが同じで、二人でコメディを借りてきて観ることもあった。そんなとき夫と息子たちは別室でアクションものを観ていた。

エリンボルクはビデオの棚に目を通した。観たことがあるものも二、三あった。すぐそばに二十歳ほどの若い女性が立っていて、うなずいて挨拶してきた。そして小声で「レイキャヴィクの警察の人？」と訊いた。

エリンボルクは自分がこの村に来ているということがすでに知れ渡っているのだとわかった。

「そう」とエリンボルクは答えた。

「この村に彼のことを知っている人が一人いるわ」

「彼のこと？　彼って……」

「ルノルフルよ。ヴァルディマルという男の人。村のはずれで自動車修理工場をやってる」

「あなたは誰？」

「ビデオを借りに来ただけ」と言うと若い女性はエリンボルクのそばを通り抜けて外に出て行った。


エリンボルクは雪の降る中を歩きまわり、ようやく村の北端で小さな自動車修理工場を見つけた。古い建物のドアが半分開いていて、ぼんやりと灯りが見えた。入り口に工場の看板が掛けられていたが、字が霞み、看板板がでこぼこでほとんど読めなかった。まるで猟銃ででも撃たれたかのようだとエリンボルクは思った。入り口の受付らしき場所を通り抜けて、奥の工場に入った。三十歳ほどの痩身で顔の長い男が大きなトラクターの後ろからぬっと現れた。頭に汚れた野球帽を被り、かつては濃紺だったに違いない青い作業服は汚れてほとんど黒にしか見えない。エリンボルクは警察の者だと挨拶した。男は油だらけのぼろ布で手を拭いて、ためらいながら握手した。そしてヴァルディマルと名乗った。

「あんたが村に来たということは聞いてる。ルノルフルのことだって？」

「ごめんなさい、こんな時間にお邪魔して」と言ってエリンボルクは腕時計を見た。十時を回っていた。

「いや、べつに大丈夫だ。仕事はこのトラクターだけだから。あいつのことを聞きたいのか？」

「ルノルフルがまだこの村にいた頃、友達だったと聞いたもので。ルノルフルとはその後も連絡あったんですか？」

「いや、村を出て行ってからはほとんどなかった。以前レイキャヴィクへ行ったときに一度会ったぐらいだ」

「彼に悪意を抱いていた人間に心当たりはありますか？」

「いいや、まったく。あいつとはしばらく会ってもいなかったし。俺はレイキャヴィクにはもう何年も行っていない。喉を切られたんだって？」

「そう」

「殺された理由は？」

「わからない。じつはまだほとんどなにもわかっていないんです。この村には彼の母親に会うために来たので。ルノルフルは小さいときどんな子でした？」

ヴァルディマルは油に汚れた布を置いて、そばにあったポットから湯気の立ち上る温かいコーヒーをカップに注いだ。エリンボルクに勧める眼差しを向けたが、彼女は首を振って断った。

「この村では、多分わかると思うが、みんなが互いに知ってる仲なんだ。ルノルフルは俺より年上だったから、一緒に遊びはしなかったが。他の子に比べると無口だったな。それは多分、家のしつけが厳しかったからだと思う」

「でも、あなたたちは友達だった？」

「いや、友達とは言えないな。強いて言えば、知り合いってところか。あいつはずいぶん早くにこの村を出て行ったし。長い間に世の中は変わる。こんな小さな村でもそれは同じだ」

「彼がレイキャヴィクへ行ったのは高校に入るため、それとも……？」

「いや、働きに出たんだと思う。あいつはいつもレイキャヴィクのことを話していたし、学校を卒業するとすぐに村を出て行った。世界に羽ばたいたってわけだ。こんな小さな村で朽ちるつもりはなかったんだろう。俺はこんな村、とは一度も思ったことがないがね。俺はいつだってこの村が好きだったから」

「ルノルフルはスーパーマンとかアクション映画が好きだったこと知ってます？」

「なぜそんなことを訊くのかな？」

「彼のアパートにあったものから推測したの」とエリンボルクはルノルフルのリビングにスーパーマンやアクション映画のポスターが貼ってあったことには言及せずに答えた。

「知らないな。少なくともあいつが村にいた頃はそんなことはなかったと思う」

「お母さんが厳しい人だったらしいですね。さっきも厳しいしつけとか言ってたけど」

「そうだな。気が短いんだ、あの人は」そう言うと彼はポケットからクッキーを一枚取り出し、コーヒーに浸けて口に入れた。「ルノルフルを育てるのに、あの人なりのしつけをしたんだろうよ。子どもをぶつのは見たことがなかったが、ルノルフルは母親にぶたれたと言っていた。ただし、俺がそれを聞いたのはそのとき一度だけだが。そんなことを人に言うのはプライドが許さなかったんだろう。恥ずかしかったんだと思う。母親とは険悪な仲だったんじゃないかな。彼を頭ごなしに叱りつけて、精神的に追い詰めていたんだと思う。ひどく口が悪い人だから。他の子どもたちの前で彼を辱めるようなことを平気で言ってたし」

「父親は？」

「気の弱そうな人だった。片隅で小さくなっていたな」

「事故で亡くなったとか?」

「そう、数年前に。ルノルフルがレイキャヴィクに移り住んでからずいぶん経ってからのことだ」

「あなたはなぜルノルフルがこんな死に方をしたと思う?」

「わからない。これは悲劇だと思う。こんなことが起きるなんてこと自体悲劇だとしか言いようがない」

「彼は女性とはどうだったんでしょう。女の人と付き合っていた?」

「女との関係?」

「そう」

「レイキャヴィクで?」

「ええ。でも、べつにレイキャヴィクにかぎらず」

「いや、俺はそういうことは知らない。今度のことは女性と関係あるのか?」

「いいえ」と言ってから、エリンボルクは付け加えて言った。「いいえ、まだわからない、という方がいいわね。いったいなにが起きたのか、まだわからないんです」

ヴァルディマルはコーヒーカップをそばに置くと、道具箱からスパナを取り出した。その動きに緊張感はなかった。落ち着いた態度だった。他の箱を出してボルトネジを一個取り出した。エリンボルクはトラクターに目を移した。この男はいつもここでこのようにゆっくり落ち着いて仕事をしているのだろうか。ストレスはないに違いない。それにしてもなぜこんな夜遅くまで仕事をしているのだろう。

「わたしの夫も自動車修理工なのよ」といつの間にかエリンボルクは口にしていた。仕事で人に会うとき、彼女はそれまで一度も自分の個人的なことを話したことがなかった。だが、この工場の中は暖かくて気持ちがいいし、ヴァルディマルが感じのいい人物だったこと、安心して話せたこと、外は雪が降りしきっていたこと、そしてなによりこの村に知人もなく、家族が恋しかったこと、これらすべてが彼女に個人的なことをしゃべらせていた。

「そうなんだ。もしかすると、いつも手が真っ黒なんじゃないか？」

「いいえ。それはない。わたしが嫌うから」と言ってエリンボルクはにっこり笑った。「彼はアイスランドで最初の、いいえ、もしかすると世界で最初の手袋をはめる自動車修理工かもしれない」

ヴァルディマルは真っ黒い自分の手を見つめた。手の甲と指に古い傷跡がいくつもあった。エリンボルクは自動車修理工の連れ合いとして、それは車の修理をしているときに否応なしにできる傷跡、擦り傷だと知っていた。作業中、十分に注意しなかったのか、急いでいたためか、道具がよくなかったのか。

「女の人がいればそういう配慮ができるんだろうな」

「ハンドクリームも買ってあげた。それはよかったみたい。あなたは他の人たちみたいにこの村から出たいとは思わなかったの？」

ヴァルディマルが笑いそうになったのがわかった。

「他の人たちがどうかなんて関係ないだろう？」

「確かに。ただ訊きたくなっただけ」エリンボルクは恥ずかしくなった。まっすぐに答え、なにも恐れていない彼の態度が彼女にそう言わせたのだ。

「俺はいつもこの村で暮らしてきた。ここから引っ越そうと思ったことは一度もない。変化はあまり好きじゃないんだ。レイキャヴィクに行ったこともあるが、あまり好きじゃなかった。流行を必死で追うとか、作りモノ、もっと大きな家屋敷、もっといい車に途方もない金を払うのは馬鹿馬鹿しいと思う。みんなもうアイスランド語なんか忘れているんじゃないか。クズみたいな食事に大金を払ってブクブク太っている。そんなのはアイスランド人の生き方ではない。外から入ってきたライフスタイルにかぶれてしまっているんだ」

「そんなふうに考えている人を他にも一人知ってるわ」

「ありがたいね、他にも同じ考えの人間がいるとは」

「それで？　家族もいるんでしょう？」エリンボルクが訊いた。

「いや、俺は家族を持つタイプじゃない」と言ってヴァルディマルはトラクターの後ろに回った。

「今まで一度も他人と住んだことがないし、これからもきっとそうだろう」

「そんなことはわからないわ」とエリンボルクはそっと言った。

ヴァルディマルはトラクターの後ろから声をかけた。

「他にもなにか聞きたいことがあるのかな？」

エリンボルクは微笑(ほほえ)んで首を振った。そして礼を言い、雪の降りしきる外に出た。


ペンションに戻ったとき食堂の女主人と出会った。まだエプロンをかけたままだった。胸の名札に〈ロイガ〉とあった。ロイガはペンションから出るところで、エリンボルクはもしかするとこのペンションも彼女が経営しているのかもしれないと思った。〈シナジー効果〉という言葉が頭をよぎった。

「ヴァルディマルに会ってきたんでしょ？　なにか収穫あった？」と言って、ロイガはドアをエリンボルクのために開けて押さえた。

「ほとんどなにも」と言いながら、ヴァルディマルに会ったことがもう彼女の耳に入っていると知り、内心驚いた。

「そうでしょうね。彼は口が重いから。でも、あれはいい子よ」

「働きすぎじゃないかと思うわ。わたしが行ったときまだ働いていた」

「他にすることもないからね。彼は仕事熱心なのよ。いつもそう。トラクターの修理してた？」

「ええそう、トラクターに取り組んでいたわ」

「彼、十年もあのトラクターの直しをしてるのよ。そんなに修理に手のかかるトラクターってあるのかしらね。聞いたこともない。ま、あれは彼のおもちゃのようなものね。マウンテンバイクで有名なヴァルディ・ファーガソンの名前をとってトラクターのヴァルディ・ファーガソンってあだ名がついてるくらいよ」

「そう？　それじゃ、明日は早いのでここで」エリンボルクが言った。

「もちろんよ。あんたを一晩中引き留めておくつもりはないわ」

エリンボルクは笑ってうなずき、ロイガの後ろに降りしきる雪と暗い景色を見た。ひっそりと家々が佇んでいた。

「この村では犯罪などほとんど起きないんでしょうね」

「そう。それだけは確かね。ここではなにも起きないし、今までも起きたことがないわ」ときっぱり言って、微笑んだ。

エリンボルクは枕に頭を乗せた瞬間に眠りに落ちるほど疲れていた。が、些細（ささい）なことが彼女の頭をよぎり、それがどういう意味なのかが気になって眠れなかった。ビデオの棚の前にいた若い女性は囁（ささや）くような小さな声で話しかけてきた。まるで他の人に彼女の言葉が聞こえるのを恐れるかのように。

7

エリンボルクは翌日の昼頃レイキャヴィクに戻った。そしてすぐにレイプ被害者支援センターの相談員とともにある若い女性の家に向かった。ニービラヴェーグルで発見され、ドラッグを飲まされていたあのレイプ被害者である。相談員は四十歳ほどの女性で、名前はソールルンと言い、エリンボルクは彼女とは仕事上以前から付き合いがあった。二人はまず最近警察に通報されるレイプ事件数が顕著に増えてきたことについて話し合った。犯罪数は年によって異なる。ある年は年間四件だが、ある年は二十五件報告されている。エリンボルクは統計を熟知していて、事件の七十パーセントは個人宅で起きていて、その半数は犯人が犠牲者の知り合いであるのを知っていた。しかし近年見知らぬ者によるレイプ事件が増えてきていて、その数は年間五件から十件にのぼる。警察に届けられる数にも変化があり、また犯行者が複数である場合も少なくない。そして毎年五件から十件がレイプドラッグによるものと疑われている。

「彼女とは連絡がとれた？」エリンボルクが訊いた。

「ええ、私たちを待っているはず」ソールルンが答えた。「まだかなり具合が悪いらしいわ。親の家に戻っているようよ。誰とも会いたくないし話もしたくないらしい。完全に世間から隠れてる。週に二回心理療法士の元に通っているらしい。心療内科にも行くように伝えたけど、行ってるかどうかはわからない。回復するには時間がかかりそう」

「精神的に大きなダメージを受けているようね」

「ええ、それは確かよ」

「裁判所がこのところレイプ被害者の女性たちの苦しみを無視するような判決を出しているのも絶望を感じさせる大きな理由の一つだと思う」エリンボルクが言った。「アイスランドではレイプ犯は平均して一年半の刑期で出てくるんだから。野獣のような行為をした男たちには二度と繰り返させないほどの重い罰を与えるべきなのに」

その家に到着すると母親が出てきて、エリンボルクと相談員を中に通した。父親はまだ帰宅していなかったが、まもなく帰るという。母親は警察が来たことを娘に知らせに行った。娘の部屋の方から短い言葉のやりとりが聞こえたあと、娘が母親と一緒にリビングルームに入ってきた。その前にエリンボルクの耳に、今日は嫌、また警察と話すなんて嫌だ、誰にも会いたくない、と言う声が届いていた。

母と娘が部屋に入ってくるのを見て、エリンボルクとソールルンは立ち上がった。娘の名前はウンヌルといい、すでにそれまで彼女はエリンボルクとソールルン相談員とは話をしていたし、何の用事かも知っていたが、二人が挨拶をしてもなにも言わなかった。

「ごめんなさいね、またお邪魔して」とソールルンが言った。「でもすぐに終わります。もう帰ってほしいというときはそう言ってください。すぐに帰りますから」

二人は腰を下ろした。エリンボルクは単刀直入に訊くことに決めていた。ウンヌルは無表情で母親の隣に座っているが、気分が良くないことはその顔に表れていた。大丈夫というふりをしているだけだとエリンボルクは感じた。仕事を通して、エリンボルクはレイプされた女性たちは時間とともに心の傷が深くなるのを見てきた。レイプは殺人と同じほど深刻な犯罪だとエリンボルクはみなしていた。

エリンボルクはルノルフルの写真を取り出した。運転免許証からコピーしたものだった。

「この男に見覚えがありますか？」と言って、写真をウンヌルの方へ差し出した。

ウンヌルは写真に素早く目をやった。

「知らない。ニュースでこの男の写真を見たけど。この男に見覚えはないです」

エリンボルクは写真を手前に戻した。

「警察はわたしを襲ったのはこの男だとみているの？」ウンヌルが訊いた。

「それはわからない。わかっているのは、この男ルノルフルはポケットにレイプドラッグを入れて出かけた晩に殺されたということ。このことは公にはされていないので、口外しないようにお願いします。わたしはあなたに本当のことを話したいのです。これでなぜ私たちがあなたともう一度話したかったかわかったでしょう」

「この人がわたしの目の前に立ったとしても、わたしをレイプしたのはこの人だと指差すことはできないと思う」ウンヌルが言った。「わたし、なにも憶えていないんです。本当に、なにも。あのバーで最後にわたしが話をした男のことをぼんやり憶えているだけ。その男が誰かは知らないけど、ルノルフルというこの男ではなかったと思います」

「ルノルフルのアパートに私たちと一緒に来てくれませんか？　そこに行けばなにか思い出せるかもしれない」

「わたしは……、わたしはあれからほとんど外に出ていないんです」ウンヌルが言った。

「玄関の外には一歩も出ていないんですよ」そばから母親が言った。「もしかして写真を見せてくれれば」

エリンボルクはうなずいてこう言った。

「私たちと一緒に外に出ることができればいいと思ったのですが。ルノルフルは車を持っていたので、それも見てほしいんです」

「考えてみます」ウンヌルが答えた。

「彼のアパートで一番目を引くのは、壁に貼ってあるハリウッド映画の大きなポスターです。それもスーパーマンなどのポスター。スパイダーマンとかバットマンとか。あなたはもしかして……」

「わたし、なにも憶えていないんです！」

「もう一つ、あなたに訊きたいことがあるのです」と言ってエリンボルクはハンドバッグからスカーフを取り出した。それは証拠品として密閉したビニール袋に入れられていた。「これは犯行現場で見つかったものです。あなたがこのスカーフに見覚えがあるかどうか知りたいのです。袋から取り出すことはできませんが、あなたがその袋を開けて見るのはかまいませんよ」

そう言うとエリンボルクはビニール袋をウンヌルに差し出した。

「わたしはスカーフは使わないわ」ウンヌルが言った。「今まで一枚しかスカーフを持っていないけど、これはその一枚じゃない。このスカーフ、ルノルフルという男のアパートにあったのですか？」

「ええ。これもまた、公表していないことです」エリンボルクが言った。

ウンヌルは話の方向がわかったらしかった。

「その人……、その男は襲われたとき女の人と一緒だったの？」

「そうかもしれない」エリンボルクは慎重に答えた。「アパートに来た女性、少なくとも一人、あるいは複数の女性、と知り合いだったようです」

「彼はその女性にドラッグを飲ませたの？　ドラッグを飲ませようとしたの？」

「それはわかりません」

部屋の中が静まり返った。

「その女性は……、わたしだったとあなたは思ってるの？」ウンヌルが沈黙を破って言った。

母親が目を丸くして娘を見た。エリンボルクは首を振った。

「そうは思っていません。そんなこと思わないでください。わたしは必要以上のことを言ってしまった。どうか誤解しないで」

「あなたはその男を殺したのはわたしだと思っているのね」

「いいえ、そうは思っていません」とエリンボルクはきっぱりと言った。

「わたしはそんなことはできなかったと思う。たとえそうしたかったとしても。わたしはそんなことできない人間なんです」ウンヌルが言った。

「これはいったいどういうことなんです？」母親が口を挟んだ。「その男を殺したのはわたしの娘だと言ってるんですか？　この子は家の外にさえ出られない状態なのに？　この土日は一日中家にいましたよ！」

「そのとおりです。私たちはそれを知っています。わたしの話から娘さんが飛躍してしまったのです」とエリンボルクは母親に言った。

エリンボルクは少し迷った。母親と娘はエリンボルクを一心に見つめていた。

「でも私たちは少しでもいいからあなたからなにかヒントを得たいのです。こちらの相談員ソールルンも協力してくれています。暴行を受けたとき、あなたはルノルフルのアパートにいたかどうか、それがわかればいいのですが。もしかすると、あなたにドラッグを飲ませ、アパートまで連れて行ったのは彼かもしれないのです」

「わたしはなにもしてないわ」ウンヌルが言った。

「わかってます。あなたはなにもしていない」ソールルンが言った。「警察はあなたを彼のアパートに行った人から除外したいのです」

「でも、もしわたしがそこに行っていたとしたら？」

ウンヌルの言葉にエリンボルクは愕然（がくぜん）とした。ウンヌルには記憶がない。レイプされた晩の記憶がない、なにも憶えていないことが本人にとってどんなに恐ろしいことか、想像もつかなかった。

「もしそうだったら、我々はあなたがニービラヴェーグルの路上で発見される前にどこにいたかがわかるということになります。このことはあなたにとってとても大変なこと、痛みを伴うことであるのは承知しています。でも、本当はどうだったのか、みんなが答えを探しているのです」

「わたしは自分がその答えを知りたいかどうか、わからない。わたしはこんなこと起きなかったということにしたいんです。こんなことはまったくなかったと思いたい。わたしじゃなかったということにしたい。誰か他の人がこんな目に遭ったんだと思いたい」

「この話、前にもしましたよね」とソールルンが言った。「あなたはこの経験を記憶の奥に閉じ込めて、なかったことにしたいと思っている。でもそうしてはいけないのよ。そうしたら、あなたは悪くない、あなたがなにかしたために襲われたのではない、あなたは自分を責める必要などまったくない、ということを理解するのに時間がかかってしまう。あなたは理不尽な暴力を振るわれたのです。あなたは恐ろしい病気に罹（かか）っているわけでもなんでもない、あなたは社会から身を隠す必要などまったくないのですよ」

「わたしは……、ただ、怖いの」

「それは理解できます」エリンボルクが話した。「それは本当によくわかります。わたしはあなたのような経験をした女性たちに今まで何人も会いましたから。わたしはいつもその人たちにこう言います。レイプ男とどう対峙するかを考えなさいと。あなたが心を閉ざし、隠れてしまったら、男たちは大手を振って世の中を生きていけるようになる。あなたはそんな力を男たちに与えることになってしまう。暴力を振るわれたあなたが隠れることによって、ひどい暴力を振るった男の方が世間をはばからずに生きていけることになる。レイプ男たちがおこなった破壊を黙って引き受けずに、闘ってほしいのです」

ウンヌルはエリンボルクを凝視した。

「でも、わたしは……怖いんです。もう二度と……わたしは……、力が抜き取られたような気がする。もう二度と前には戻れない、今までのわたしには」

「でも、ウンヌル、人生はそういうものではない？　誰にとっても。失ったものは二度と戻らない。だから人は未来に目を向けるのではないかしら」相談員のソールルンが言った。

「起きてしまったことは起きてしまったこと」エリンボルクが静かに言った。「そこに立ち止まっていてはいけないわ。そうしたら、あいつらの勝ちになってしまう。彼らに逃げ場はないことをわからせてやりましょうよ」

ウンヌルはエリンボルクにスカーフを返した。

「このスカーフの持ち主はタバコを吸う人ね。わたしは吸わない。それと、別の匂いがあるわ。香水。わたしは香水を使わない。それと、なにか、香辛料のような……」

「タンドーリ・チキンの」エリンボルクが言った。

「その女の人が彼を襲ったの？」ウンヌルが訊いた。

「そうかもしれない」

「よくやったわ」ウンヌルがしっかりした声で言った。「よくやった、その男を殺すとは。よくやってくれた、悪魔の息の根を止めるとは！」

エリンボルクはソールルンをチラリと見た。ウンヌルが回復の兆しを見せているような気がした。

その晩遅く帰宅すると、息子たちが声高に喧嘩していた。いつもおとなしい二番目の息子のアーロンがなぜかその晩兄のヴァルソルのパソコンでネットサーフィンをしていたらしく、ヴァルソルが激怒し、聞くに堪えない言葉を弟に投げつけているのを見て、エリンボルクはいい加減にしなさいと大声で叱りつけた。テオドーラはキッチンテーブルでｉＰｏｄで音楽を聴きながら宿題をしていて、二人の兄たちの喧嘩にはまったく関心がない様子だった。テディはソファに横たわってテレビを観ていた。仕事帰りにフライドチキンを買ってきたらしく、キッチンにもリビングにも食べ残しのフライドポテトやドレッシングの入った容器、空になったカートンが散らかっていた。

「どうして片付けないの？」エリンボルクがテディに声をかけた。

「そのままにしといてくれ。あとで片付けるから。これを観てから……」

エリンボルクは言い返すだけの気力がなかったので娘の方に行って腰を下ろした。数日前に教師との面談があり、夫婦揃って学校へ行って担任教師にもっとテオドーラに適切な宿題を出してほしいと頼んだ。教師は喜んでそうしたいと言った。そして、もし望むならテオドーラは基礎学校九年の残りの三年を一年で終わらせることができるし、そのまま高等学校へ進むこともできると言った。

テオドーラはイヤホンを耳から外して母親を見た。

「あのさ、ニュースで男の人がレイプドラッグを持ってたと言ってる」

「わたしは警察のすること全部を知っているわけじゃないの」と言って、エリンボルクはため息をついた。

「その人、悪い人だったの？」

「かもね。それ以上訊かないで」

「ニュースでは、警察はその晩彼と一緒にいた女の人を探していると言ってたけど？」

「その女の人が彼を襲ったとも考えられるから。この話はもうおしまい。今日の給食は何だったの？」

「ブレッドスープ。まずかった！」

「好き嫌いが激しいからね、テオドーラは」

「ママのブレッドスープは好きよ」

「それはそうよ。あれはおいしいもの」

エリンボルクは娘に自分自身子どもの頃は好き嫌いが激しかったと話していた。彼女の育ったのは昔ながらの環境で、昔ながらの食事がふだんの暮らしだった。テオドーラにとってそれはヴァイキング時代と同じくらい遠い昔のことに思えるらしい。エリンボルクの母親は主婦で、食べ物は全部自分で買いに行き、夜はもちろんのこと、昼の食事も毎日手作りだった。父親はレイキャヴィクの漁業会社に勤めていたが、昼食には必ず帰ってきて家で食事をした。食べ終わるとソファに横たわって、家族のためのパンを稼いでくる彼のような男たちのために毎日十二時二十分に始まるラジオのニュースを聞くのが習慣だった。ニュースの時間は決まって彼が最後の食べ物を口に運んで、ソファに横たわった瞬間に始まるのだった。

母親は昼食には煮魚とバターをぬったパンを用意した。ミートボールやミートローフを作ることもあった。付け合わせにはマッシュポテト、ときには単に茹(ゆ)でたポテトということもあった。一週間の食事は曜日ごとに決まっていて、食事を作るのは母親の役割だった。土曜日は干し魚で、母親はそれを風呂場でたらいに浸して柔らかくしておいた。それは父親が足湯をするのに使うのと同じたらいだった。今でもエリンボルクは干し魚を食べない。日曜日はラムステーキかラムの塩漬けで、その肉汁で作るソースが用意された。付け合わせはブラウンポテトと決まっていた。薄切りのラムステーキかラム肉の鍋料理になることもあった。塩漬けの豚肉と茹でたキャベツの芯という組み合わせもあったし、馬肉をホワイトソースで食べることもあった。これらは週のうちどの曜日と決まっていたわけではなかったが、年間に数回しか食卓に上らなかった。月曜日は魚料理に決まっていた。もし日曜日の食事が余っていれば、魚料理は翌日の火曜日に出された。魚はたいていフライか焼き魚で、溶かしたマーガリンかマヨネーズをソースにして食べた。水曜日は干し魚。エリンボルクはこれが嫌いだった。羊肉の脂をどんなにたくさんかけても半分腐ったような魚の臭いと味を隠しきれなかった。魚卵と魚のはらわたもまた水曜日の食事に出されたが、これは比較的食べられた。魚卵の皮はおいしくなかった。エリンボルクはとくにタラの卵は食べられなかった。母親は木曜日にはよく新しい料理を試みた。エリンボルクはとくに記憶に残る食事としてスパゲッティが初めてテーブルに出されたときのことを憶えている。跡形もないほど柔らかく茹でられたスパゲッティはまったく味がなかった。トマトケチャップをたっぷりかけて何とか食べた。金曜日は牛肉のフライ、あるいは豚肉かラム肉のフライということもあった。ソースは魚のフライのときと同じく溶かしたマーガリンと決まっていた。

エリンボルクの子ども時代は、こんなふうに一週間の食事、一カ月の食事、一年の食事は決まっていた。食事の習慣が破られることはめったになかった。外で買ってくる出来合いの食事、それは二年に一度あるかないかで、それは父親が買ってくるサンドウィッチに決まっていた。ライ麦パンに挟んだ燻製のラム肉のサンドウィッチ、または白いパンに挟んだ小エビのサンドウィッチ。エリンボルクが初めてフライドチキンを食べたのは十九歳のときだった。フライドポテトと一緒に紙の箱に入っていた。これは記念すべき出来事だった。だが、エリンボルクはそれほどおいしいとは思わず、父親も二度と家に買って帰ることはなかった。エリンボルクは料理本を読むのが趣味になり、子どもの頃読んだ本の中で記憶に残っているのはたいてい料理本で、例えばリンゴを砂糖と一緒に煮たアップルソースを添えた豚肉料理などだった。そして今でも鮮明に憶えているのはチーズフォンデューだった。読んだだけではすぐにどんなものかわからなかった。チーズを溶かして食べるなんて考えたこともなかった。チーズはスライサーで切ってパンにのせて食べるものと思い込んでいた。

エリンボルクは好き嫌いが激しく、母親を困らせた。母親はいつも決まった手順、決まった味付けを守り、その決まりを変えることはなかった。煮魚はすっかり崩れるまで三十分も煮なければ食べることはできないと信じ切っていた。エリンボルクは煮魚の骨が喉に刺さることを恐れたし、豚肉のフライの脂身部分も嫌いだった。灰色の肉はまったく味がしないと言って食べなかった。砂糖を絡めたポテトはまずかったし、火曜日に母親が作る玉ねぎと一緒に炒めたラム肉は、心臓や腎臓部分だけ食べられた。というように、彼女の嫌いな食べ物のリストは終わりがなかった。

父親がおよそ六十歳のときに心臓発作を起こしたが、エリンボルクにとっては意外なことではなかった。父親は生き延び、母親と一緒にエリンボルクが育った田舎に住んでいる。二人とも退職し、人の手も借りずに元気に暮らしている。母親は今でも乾燥ダラを窓ガラスが湯気ですっかり曇るまで茹でている。

エリンボルクの食べ物の好き嫌いはなおらないとわかると、両親は彼女が一人で食事が作れるようになった頃、食事作りすべてを彼女に任せた。彼女は母親が買ってきたのと同じ材料でまったく別の、好きなものが作れるようになった。それまで木曜日と決まっていた魚料理は自分なりの作り方で作り、イタリア料理のスパゲッティも新たにエリンボルクの作り方で食卓に上った。そして次第に料理に興味を持つようになっていった。いつも誰かがクリスマスプレゼントや誕生日のプレゼントに料理本をくれたし、料理のレシピクラブに入ったり、新聞や雑誌でレシピを読むようにもなった。職業としてコックになるつもりはなかったが、おいしいものを作って食べたいという思いは常に強くあった。

家から独立する頃には、彼女は家族の食生活を完全に変えてしまっていた。他にもすっかり変わったことがあった。父親がランチタイムに家に帰らなくなったことである。ランチを家で食べ、ソファに横になってラジオを聴くことがなくなった。すると母親は勤めに出るようになり、夜は疲れて帰ってきて、エリンボルクが食事を作るのを喜んだ。勤め先はスーパーで、一日中客の応対で働き詰め、帰宅するとバケツに注いだ湯でむくんだ足を温めるという暮らしになった。それでも母親はそれまでよりも元気になった。もともとが社交的で、人と接するのが好きな性格だった。エリンボルクは高校を卒業すると、実家を出て下宿して自立するようになった。叔父の世話で夏の間警察でアルバイトをし、大学で地理学を勉強することにした。高校時代、友達と一緒に旅行を楽しんだ。その友達の一人が一緒に地理学を学ぼうと誘ったのがきっかけで地理を専攻し、最初は大いに興味を持ったのだが、三年後にはすっかり興味が薄れ、地理学分野の仕事につくことはないだろうと思うようになったのだった。

今、目の前で宿題をしている娘を見ながら、エリンボルクはこの子は将来どんな仕事につくのだろうと思った。自然科学、それも物理と化学に関心がある子だ。この二つを大学で勉強したいと言っている。外国で勉強したいとも言っていた。

「あんたもブログをやってるの、テオドーラ?」エリンボルクが訊いた。

「やってない」

「まだ早いのかな」

「そんなことはないよ。でもあたし、あれ馬鹿馬鹿しいと思うの。自分がなにをしたか、なにを言ったか、なにを考えてるかなんて書いてなにが面白いっていうの? それ、他の人に関係ないでしょ。あたし、そんなことをネットに載せることに興味ないの」

「そうね。人のブログを読むと、どこまで自分を見せるの、と怖くなることもある」

テオドーラは宿題から顔を上げた。

「ヴァルソルのブログ、読んだの? ママ」

「彼がブログを書いてるってこと自体、ママは知らなかった。偶然に見つけたの」

「どうでもいいことを書いてるのよ、あいつ。あたしのことは書かないでって言ってやった」

「それで?」

「バーカって言われた」

「彼がブログに書いている女の子たちのこと、知ってる?」

「知らない。ヴァルソルはあたしにはなにも言わないから。あいつ、ブログには自分のことばかり書いてる。それ、世界中にオープンなんだよ、バッカみたい。あたし、あいつとはもうずいぶん前から口きいてないし」

「わたしがあの子のブログ読んでるってこと、言う方がいいかな、あの子に?」

「言うんだったら、あたしたち家族のことは書かないで、って言ってよ。あいつ、ママのことも書いてるよ、知ってる？　パパのことも。ママに教えようと思ったこともあるけど、告げ口するみたいで嫌だから言わなかった」

「どうなんだろう？　あの子のブログを読むってことは、あの子をスパイするってこと？」

「ママが読んでるってこと、あいつに言うつもり？」

「わからない」

「と言うことは、ママはスパイしてるってことだと思う。あたしは何カ月か読んだ。でもあいつの書いたことにすごく腹が立ったのであいつに言ってやった。あいつ、あたしのことを知ったかぶりのバカって書いたのよ。あたしがあいつのブログを読んだからって、何でそんなことを言われなくちゃなんないの？　あたしのことまるでスパイかなんかのように書いたんだから」

「どのぐらいの間、ヴァルソルのブログ読んだの？　あの子、いつから書いてるのかな？」

「一年以上前からよ」

　あの子がオープンにしているブログなら、自分が読んでもスパイしていることにはならないとエリンボルクは思った。彼は自分のしていることの責任は自分でとらなければならないのだから、母親の自分が口を挟むことではないと思った。しかし彼が家族や身近な人たちのことをオープンに書くことには不安を感じた。

「あの子はわたしにはなにも言わないのよ。もしかするとわたしは直接あの子と話す方がいいのかもしれないね。それともパパが話す方がいいかな？」

「かまわなくていいんじゃない？」

「あの子はもうほとんど大人。商業高校に通っていて……。わたしはほとんどあの子のこと知らないの。前はよく話をしてたんだけど、今ではほとんどそれもない。今じゃブログを読むだけの関係になってしまってる」

「ヴァルソルは、意識の上ではもう家を出てるのよ」と言ってテオドーラは指で頭をトントンと叩いた。

そのあと彼女はまた読んでいた本に目を落とした。

「あいつ、友達いるのかな?」しばらくしてテオドーラは本から顔を上げないまま訊いた。

「あいつ? ヴァルソルのこと?」

「殺された男のこと」

「いるんじゃない?」

「その男の友達とは話した?」

「わたしはしてない。男の友達とは、他の捜査官が話してるはず。でもなぜ……、なぜそれを訊くの?」

ときどきこの子がなにを考えているか自分にはまったく理解できないとエリンボルクは思った。

「殺された男の仕事はなに?」

「電気通信会社の技術者」

テオドーラは考えている顔つきでエリンボルクを見た。

「電気通信会社の技術者って、人に会うよね」

「ええ。家に電話線を引きに行くから、人に会うわね」

「家に電話線を引きに行く……」とテオドーラは、彼女にとっては簡単すぎる算数の問題を解きながらエリンボルクの言った言葉を繰り返した。

電話のベルの音が聞こえてきた。玄関ホールに掛けてあるコートのポケットの中の仕事用携帯電話だ。玄関へ行き携帯を取り出して、応えた。

「ルノルフルの件で、最初の調査報告がきた」挨拶の言葉もなく、シグルデュル＝オーリがいきなり話しだした。

「そう」とエリンボルクはそっけなく言った。彼女は電話で相手が挨拶もしないで話し始めるのが好きではなかった。たとえそれが毎日話をする近しい同僚でも。時計を見た。明日まで待てないわけ？

「なにが見つかったか、知りたくないか？」

「それは……。落ち着いてよ」

「そっちこそ。いいか、落ち着けよ」

「シグルデュル＝オーリ……」

「ロヒプノールが見つかったんだ」

「ええ、知ってるわ。鑑識がその話をしたとき、わたしも一緒だったから」

「いや、違うんだ。ルノルフルにロヒプノールが見つかったんだ。彼の方にだよ。彼の口の中と喉に少なからぬ錠剤が見つかったんだ」

「どういうこと⁈」

「彼の口の中にレイプドラッグが詰め込まれていたってことだよ！」

8

エリンボルクとシグルデュル＝オーリは昼食後の時間に電気通信会社の技術部門主任に会った。シグルデュル＝オーリはほとんど口をひらかなかった。他に面倒な事件を抱えていてシンクホルトで起きた事件に集中することができなかったのと、妻のベルクソラとの関係が依然としてうまくいっていなかったためだった。彼女とは別居して新しくやり直そうとしているのだが、うまくいっていなかった。ある晩彼はベルクソラの家に招かれたのだが、またもや不毛な言い争いに終わった。彼はエリンボルクにそのことを話していなかった。自分のプライベートを他の人間に話す必要はないという考えだった。レイキャヴィクへ戻る車中、二人とも無言だった。例外は、エーレンデュルからなにか知らせがあったかとエリンボルクが彼に訊いたときだけ。エーレンデュルは東フィヨルド地方へ行くと言って出かけていた。

「いいや、なにも」とシグルデュル＝オーリは答えた。

前の晩、エリンボルクはシグルデュル＝オーリからの電話のあとベッドに就いたが、ルノルフルとレイプドラッグのことが頭から離れず、なかなか眠れなかった。息子にはブログに家族のことを書かないでと言うつもりだったが、出かけたらしく部屋にいなかった。テディは傍らでいびきをかいて寝ていた。彼は不眠や睡眠不足に悩まされるとかいうことはない。もちろんそれは暮らしに満足しているということの証拠である。文句や苦情を言うタイプではないし、温和な性格で、率先してなにかを始めるということもなかった。周囲が穏やかであればいいという考えだった。彼の仕事は特別にむずかしいわけではなく、仕事を家に持ち帰ることもなかった。エリンボルクは仕事が行き詰まったりすると、地理学の方に進めばよかったと思うことがあった。警察官にならなかったら、なにになっていただろう。教師になっていたかもしれない。警察内で、たまに講習会の講師を務めることもあった。教えることは嫌いではなかった。いや、あのまま勉強を続けていれば研究者になったかもしれない。そして氷河とか大地震について調査研究していたかもしれない。また、鑑識官の仕事ぶりを見ていると、自分はそっちの方が向いているのではないかと思うこともあった。だが、全体的に見れば、彼女は警察官という仕事に満足していた。ひどい虐殺死体などを見たあとなどを除けば。人間がなぜ恐ろしい怪物になれるのか、彼女にはわからなかった。

「電気通信技師とは、具体的にはどんな仕事をするのですか?」エリンボルクは電気通信技術部門の主任に質問した。「仕事の内容を教えてください」

「電気通信技師の仕事はいろいろですよ」主任のラールスが答えた。「まず電話線の傷みのチェック、電話線を新たに引くこと、電話線のメンテ、電話線の延長などです。今回、ルノルフルのリポートに全部目を通しました。我が社で働くようになってからの数年間の仕事です。彼は電気通信関係の技術的な教育を受けてからすぐにうちに就職しています。優秀な社員でした。我が社としては彼の仕事ぶりに何の不満もありませんね」

「社内での彼の評判は?」

「ああ、私の知るかぎり、評判はいいですよ。私自身は彼とは直接話したことはあまりないんですが、社員は彼が勤勉で、時間に正確で、いい同僚だったと言ってます。今回のことはまったく驚きです。彼の身にいったいなにが起きたのか、私たちには見当もつかない」

「そうでしょうね」エリンボルクは相槌を打った。「電気通信技師は個人の家に行くのですか?」

「そうです。ルノルフルもそういう業務をしていました。彼はインターネットの接続の仕事を担当していましたから。ＡＤＳＬ、屋内電話、ＴＶアンテナ、ブロードバンドの接続などです。我が社は可能なかぎりもっとも良いサービスを提供しています。客の中には信じられないほどコンピューターのこと、その技術のことを知らない人もいるんですよ。このあいだも電話があって、マウスをずっと踏んでいるけれども、ちっとも動かないというんです。マウスをペダルと勘違いしていたんですから」

「この一カ月でルノルフルが訪問した個人宅のリストを見せてくれませんか?」エリンボルクが言った。「彼はここレイキャヴィクで仕事をしていたのでしょう?」

「それには裁判所の認可が必要です」と主任は言った。「もちろんそういうリストはありますが、個人情報なので……」

「もちろんです」エリンボルクが答えた。「裁判所の許可書を今日中にこちらに届けます」

「ルノルフルが訪問した相手すべてをチェックするんですか?」

「ええ、必要となれば。ルノルフルを知っていた、あるいはルノルフルと付き合いがあった人、おたくの社内で、あるいは社外でもけっこうですが、そういう人物がいれば、名前を教えてほしいのですが?」

「いや、私は知りません。しかし、少し調べてみます、警察の要請とあらば」

ルノルフルが殺された晩、彼が通常歩いていたと大家が推測する道路に取り付けられている監視カメラのどれにも彼の姿はなかった。全部で八台、人通りの多い箇所に取り付けられていた。映っていなくとも、別段おかしくはなかった。アパートから街へ行く道は他にもたくさんあったからだ。

おそらくルノルフルは監視カメラの位置を知っていて、避けて通ったのだろう。タクシー運転手らに彼の写真を見せて、見かけなかったか、もしかして乗客ではなかったかと聞いて回ったが、収穫はなかった。バスの運転手にも同じように聞き回ったが、答えは同じだった。ルノルフルの銀行口座もチェックしたが、銀行カードで支払われていたのは食料品、コンピューターとかｉＰｏｄなどのパソコン関係、それに月々の電話代、暖房費、電気代、テレビ受信料だけだった。携帯電話の使用明細も入手し、調べたが、当該の晩、彼は携帯電話を使っていなかった。電話をかけていなくとも、彼がどこにいたかは調べられるのだが、彼自身電気通信技師なので、時間が経ってから行った場所を特定することはできないということは知っていただろう。送信機の一つは街の中心地三キロメートル四方をカバーしていた。もしルノルフルがその三キロメートル四方の外に行きたかったら、携帯を家に置いていけばいいだけで、実際その晩彼の携帯電話は中心街から移動していなかった。

ニービラヴェーグルの路上で見つけられた女性ウンヌルの毛髪が、ルノルフルのアパートと車の中にあったものと一緒にＤＮＡ鑑定のためにラボに送られた。結果がわかるのに少し時間がかかるが、それがわかれば、今回殺された男は二週間ほど前に彼女をレイプしたのと同一人物であるかどうかがわかる。ウンヌルはルノルフル殺害を疑われてはいなかった。彼女には十分なアリバイがあると認められた。他にも、殺されたときにルノルフルが着ていたＴシャツ、それと彼の部屋に落ちていたスカーフが、同一人物のものであるかどうかの検証もラボでおこなわれることになった。殺された晩にルノルフルのアパートを訪ねた者がいるかどうかの情報は、彼のパソコンにはなかった。パソコンにはその日の行動はほとんど記録がなかったが、数日前に彼が中古車を探していたことがわかった。殺された当日、パソコンには彼が検索していた中古車の長いリストが残っていた。またその日以降、中古車販売業者から長いリストが送信されていた。他にもスポーツ関係の宣伝が国内からも国外からも送信されていた。さらに、彼の仕事関係の受信もあった。メールはすべて仕事関係のものだった。

「彼は普通、人が使うような個人的なメールの使い方はしなかったようだ」とルノルフルのパソコンを調べた鑑識官が言った。「多分意識的なやり方だったと思う」

「意識的？　どういう意味ですか？」エリンボルクが訊いた。

「個人的なメールの形跡をなにも残していないんだ、この男は」鑑識課の男は言った。

エリンボルクは鑑識課のごくごく小さい部屋、部屋とも言えないスペースの入り口に立っていた。鑑識官は大柄で、その小部屋にすっぽりはまっていると言ってもよかった。

「だけど、それはべつに特別に変じゃないでしょう？　すべてオープンにしている人もいるし、用心深い人もいる。メールは誰に読まれるかわからないから」

「そう。すべて盗み取ることができるし、覗き見もできる。それはよく知られている。自分の書いた文章が突然新聞の一面に出るかもしれない時代だ。私自身、重要なことはメールには書かない。だけど、私が思うにこの男は単に用心深いという程度じゃないな。気が小さいというか、怖がりだ。この男はたとえどんなに小さいことでも個人的なことは決してパソコンに残さないよう、細心の注意を払っていた。彼のパソコンには仕事関連の履歴しか残っていない。チャットも書類もメモも日記もない。きれいなもんだ。この男が映画とフットボールに関心があることはわかる。他はなにもない」

「そう。女性関係についてはなにもないのね？」

「そのとおり」

「つまり、彼が意識的に残していないということね？」

「そのとおり」

「隠したいことがあったから？」

「それは理由の一つだろうね」と鑑識官は言い、パソコン画面に顔を近づけた。「この男は常にその日彼がコンピューターで見たり調べたりした履歴すべてを一日の終わりに消去していた」

「この男がレイプドラッグを持ち歩いていたことを思えば、それは不思議じゃないわね」

「そうだな」

「とにかくわかったのは、彼はネットにはなにも痕跡を残さなかったということね？」

「いや、なにか残っているかもしれないから、調べてみる。たとえ履歴を消去してもすべてがパソコンの記録からなくなるわけではない。彼が使っていたインターネット会社の方から調べてみるよ。外国の会社のようだから調べるのに時間がかかるかもしれないが」と言って、鑑識官が狭いスペースで姿勢を直すと椅子がきしんだ。


　解剖の結果、ルノルフルはごく健康で、病気や怪我もないことがわかった。小柄で痩身（そうしん）だがバランスのとれた体をしていた。体には異常がなく、臓器はすべて正常に機能していた。

「つまり、若い健康な男、というわけだ」と解剖医は一通り報告書を読み上げてから言った。

　エリンボルクはバロンスティーグルにあるモルグ兼解剖室で解剖医と向き合っていた。解剖が終わったあと、遺体は今エリンボルクの目の前にあった。エリンボルクは遺体を凝視した。

「とても安らかな死とは言えない」医者は説明を続けた。「彼は数回ナイフで切りつけられてから死に至っている。喉に大きな切り傷があるが、そのそばに数箇所小さい傷跡がある。何者かがきつく喉を押さえた跡が青く残っている。被害者は抵抗できなかったと思われる」

「鋭いナイフを喉に突きつけられていたら、抵抗できないですね」

「傷について言うならば、特別な特徴があるとか複雑な切り傷だとは言えないが、見事な切り方だと言ってもいいだろう。使われたナイフは鋭く、いやそれどころか、手術用のメスと同じほど鋭利で、傷跡はまっすぐで、迷いがない。まるで上手な手術のようだ。私が推測するに、襲った者はまず被害者をしっかり押さえつけた。ナイフの刃先でつけられたと思われる小さな傷跡がいくつかある。それから喉を搔き切った。被害者は床に倒れた。即死ではない。短い時間だが彼は生きていた。しかし、せいぜい一分かな。争った跡はなかっただろう？」

「ええ」

「知ってのとおり、男はその少し前に性行為をおこなっている。それが相手の意思に反するもの、つまりレイプであったかどうかは、わからない。死体にはそれを示唆するものがなにも残っていない。いや、もちろん、この男が殺されたということがそれを物語っているのかもしれないが、わからない」

「彼の体には嚙みつかれた跡とかなぐられた跡とかは残っていませんか？」

「ああ、それはない。もっとも女性がドラッグを飲まされていたのなら、それは期待できないだろうな」

　この事件の捜査に参加した警察官たちは徹底的に現場検証をおこない、分析した。ルノルフルは上半身がTシャツ姿だったが、そのTシャツは彼には小さすぎた。ほぼ間違いなく女物だろう。現場にはスカーフが一枚落ちていたが、他に彼の所有物ではないと思われるものはなかった。そのTシャツはその晩彼と一緒にアパートにいた女性のものだろうと推測された。もし、合意のセックスではなくレイプだったら、ルノルフルは女性をレイプし、そのあと嘲笑するためにそのTシャツを着てみせたのかもしれないと推測する者もいた。ルノルフルはアパートをロマンティックな晩を過ごすかのように用意していた。電気はリビングルームにだけ灯され、その他はろうそくで、燃え尽きたろうそくの跡がリビングにもベッドルームにも残っていた。

これは本当にレイプ事件だろうかと疑う者もいた。現場の状況からはっきりレイプ事件と断定することはむずかしいという意見だった。ルノルフルのアパートには確かにロヒプノールがあったが、アパートで実際になにが起きたのかを語るものではない。なぜなら水を飲んだグラスにはロヒプノールの痕跡がないからだ。女性とセックスをしたあと、彼はなにかエロチックな遊びの装いとして女性のTシャツを着たのかもしれない。そして、女性の方は何らかの理由でナイフで彼を殺したのかもしれない。また、外から来た何者かがルノルフルを殺したのかもしれないと推測する者もいた。シグルデュル＝オーリもその一人だった。エリンボルクはこのあと、はっきりした理由もなくこの三番目の推測に傾いた。凶器は鋭いナイフだったが、ルノルフルのものだったかもしれない。しかしアパートに残ってはいなかった。キッチンの壁には五本のナイフを収納するマグネットがついていたが、その中の一本が欠けていた。犯人はそれを凶器として使ったあと持ち去ったのかもしれない。シンクホルトの周辺は徹底的に捜査されたがナイフは見つからなかった。

そして注目されたのは、ルノルフルの口と喉にぎっしりと詰め込まれていたロヒプノール錠剤だった。彼自身が自分の口に詰め込んだとは考えにくかった。

「口の中に詰め込まれていた錠剤は大量だったとか？」

「そう。かなりの量が押し込まれていた」

「でもそれは血中には出ていなかった？」

「それはまだ。あとでわかる。血中に溶けたものの分析には時間がかかるのでね」

エリンボルクは医者を見てうなずいた。

「そうでしょうね」

「薬は約十分後にその効果が現れ始め、その後は、まったく抵抗できなくなる」

「それが現場に何の争いの跡も見つけられなかった理由かもしれない。ルノルフルが抵抗した跡がまったくないんですよ」とエリンボルク。

「そのとおり。彼は抵抗できなかったと考えられる。どんなにそうしたくても」

「彼がロヒプノールを飲ませた女性と同じように、ね」

「彼は自分が飲ませたクスリの味を知ったというわけだ」

「つまり、何者かが彼の口にクスリを詰め込み、そのあと首を鋭い刃物で切り裂いた、ということ？」

医者は肩をすくめた。

「それを調べるのはあなたの仕事だろう」

エリンボルクは目の前に横たわっている死体を見た。

「この人、ずいぶん鍛(きた)えられた体をしている。通っていたジムの人に訊けばわかるかもしれない」

「それは考えられる。だが、彼は実際にジムに行ってたのかな」

「もう一つ。彼は仕事で会社とか個人の家を訪問していた。電気通信技師だったんです」

「なるほど。けっこう人に会っていたんだ」

「また、レストランやバーにも行っていたはず」

「偶然の出会いだったのではないか。特定の女性を狙って、周到に用意したというよりも」

これについては、捜査官たちの間で意見が分かれていた。何人かはルノルフルが女性と一緒に帰ったことについて、計画性があったとは言えないと言った。彼は単にどこかのバーで知り合った女性を家に来ないかと誘い、そのうちの何人かは実際に彼の家に来た。彼女たちにクスリを飲ませたかどうかは確かではない。証拠がなにもないと。一方、何人かの捜査官は、彼は間違いなくクスリを使ったと主張した。すべてが計画的で、偶然によるものではなかったと。彼は女性を誘った日以前に彼女たちと何らかの接触があったのではないか、レイキャヴィクの広い範囲にわたるものではなかったにせよと言った。

「もしかするとそうかもしれない」とエリンボルク。「とにかくルノルフルがどうやって女性と、女性たちと接触したのか、それを調べなければならないわ。殺されたとき、彼は女性と一緒だったかもしれないし、彼を殺したのはまさにその女性だったかもしれないから」

「傷から見て、もしかするとそうかもしれないと思う」と医者は言った。「この男を見たときに、頭に浮かんだのはまさにそのことだった。凶器は旧式のひげ剃り用のカミソリで、ほら、昔あっただろう、刃の部分が鞘に収まるタイプの」

「ええ」

「私の頭に浮かんだのはそういうカミソリだ」

「切り傷はどういうものでした?」

医者は目の前の死体に目を落とした。

「切り口は……、どう言ったらいいかな、ソフトだった。そう、あえて言えば、女性的な切り傷とでも言ったらいいか」

9

そのバーの中は薄暗かった。通りに面した大きな窓ガラスが壊されていて、その上にベニヤ板が張られていた。最近のことに違いない。これは応急処置なのだろうとエリンボルクは思ったが、案外ずっと放置されたままなのかもしれないとも思った。ドアについている覗き窓のガラスも破れていたが、こっちはおそらくだいぶ前からに違いない。ベニヤ板で塞がれていたが、黒く塗られたその板は傷だらけで、落書き板になっていた。このバーの店主は今後も新しくガラスをはめ込むつもりはないのだろう、もう諦めてしまったのかもしれないという気がした。

店主はカウンターの内側で忙しく動き回っていた。エリンボルクは壊れたドアや窓のことを訊きたかったのだが、訊く気がなくなった。おそらく喧嘩の跡だろう。誰かがテーブルを投げて、それがドアに当たったのだろう。どうでもいいことだ。

「ベルティは今日来た？」ビールを冷蔵庫に入れる作業をしているバーの店主に声をかけた。店主の頭しか見えない。

「ベルティ？　誰だ、それは？　知らないねえ」店主は見上げもせずに言った。

「本名はフリドベルト。彼がいつもここに来てるってことは知ってるわ」エリンボルクが言った。

「うちにはいろんな客が来るからなあ」と立ち上がりながら店主が言った。五十がらみの痩せた男だった。頬がこけていて、口髭は手入れが悪くボサボサだった。

エリンボルクは店の中を見渡した。客は三人しかいなかった。

「ここって、いつもこんなふうに落ち着かないの?」エリンボルクが訊いた。

「帰ってくれ」店主はビール瓶を冷蔵庫に入れる手を休めずに言い返した。

エリンボルクは礼を言った。裏社会でドラッグを手に入れるところと言ったらこのバーしかないだろうと麻薬取締課から聞いて来たのだ。今回のシンクホルトの事件は麻薬取締課と犯罪捜査課が共同捜査することになった。ロヒプノールは医者が不眠症に対して処方する薬だとエリンボルクは知っていた。あくまで症状に対して厳格に処方されるもので、処方箋を書く医者も国の指定医だった。ルノルフルはレイキャヴィクに引っ越してきてから二回医者にかかっていることをエリンボルクは突き止めていた。記録によれば医者にかかったのは三年おきであることから、それほど深刻な不眠症ではないのだろう。それは解剖医がルノルフルの健康に異常はなかったと証言していることからもわかる。彼のかかりつけの医者二人は裁判所の許可なしに診療の内容を話すことはできないと言ったが、それぞれロヒプノールを処方してはいないと証言した。エリンボルクはそれを聞いても驚かなかった。ロヒプノールは外国で処方箋なしで買うこともできる。ただここ六年間、彼が国外に出た形跡はなかった。最後に彼が行った外国の都市はスペインのベニドルムだろうと職場の同僚が言った。三週間の滞在だった。エリンボルクは航空会社の乗客名簿をチェックして、彼がこの六年間出国していないことは確かめた。ルノルフルがロヒプノールを入手したのは国内で間違いないだろうと見当をつけた。

エリンボルクはそのバーの奥の席で自分で巻いたタバコを吸っている年齢不詳の女に近づいた。女は唇がやけどするほど根元まで吸ってから、タバコを投げ捨てた。半分飲みかけのビアグラスがテーブルの上にあった。そのそばに空っぽの大きなジョッキが置いてある。

シグルデュル＝オーリだったら、社会がこのビール代を払っているんだぞ、冗談じゃないと言うところだとエリンボルクは思った。

「ソッラ、最近ベルティを見かけてない？」と声をかけて、エリンボルクは女のそばに腰を下ろした。汚れたジャケット、ボロボロの帽子、年の程はまったくわからない。五十歳といえば五十歳に見えるし、八十歳近いといえば、そうも見えた。

「あんた、何でそんなこと訊くのさ」ソッラがしゃがれ声で言った。

「知りたいことがあるのよ」

「ふーん、あたしに訊きなよ。あたしならここにいるじゃないか」

「別のときにね。今はベルティと話したい」

「あたしと話したい人なんか、だあれもいないんだ」

「そんなことないでしょ」

「バーカ、あたしと話したい人なんかいないよ、だれも」

「ここで最近ベルティを見かけた？」

「いや、見かけてないね」

エリンボルクは店にいた他の二人の客に目を移した。男と女。今まで見たことがない二人だった。それぞれビールを片手にタバコを吸っている。男がなにか言い、立ち上がると店の片隅のゲーム機にコインを入れて遊び始めた。女は動かず、ビールを飲んでいた。

「あんた、ベルティに何の用事さ？」

「レイプ事件に関係すること」

ソッラは飲んでいたビールから顔を上げた。

「あいつ、レイプしたのかい？」

「いや、そうじゃないの。彼じゃないの。ただ、彼に聞きたいことがあるだけ」

ソッラはビールを一口飲むと、ゲームをしている男の方に目を移してつぶやいた。

「レイプ男なんぞみんな死んじまえ」とつぶやいた。

エリンボルクはソッラとは長い付き合いだった。彼女の本名はもうとっくに忘れてしまった。いや、そもそも本名を聞いたことがあったかさえ憶えていない。ソッラは若いときからみじめな暮らしをしていた。付き合うのはどうしようもない男たち。アルコールやドラッグの常用者ばかりで、いつも男たちと社会施設との間を行ったり来たりの暮らしだった。ときには路上生活することもあった。万引きをしたり、外に吊るされていた洗濯物を盗んだりして留置所に入れられる。本来はおとなしい性格だったが、酒に酔うと乱暴になり、警察に捕まることもあった。そんなときの彼女は別人のようにわめき、怒鳴り散らす。そして逆にこっぴどい目に遭わされ、病院に運び込まれたりする。そういうときは警察の留置所でしばらくゆっくり休むのだ。

「今ね、レイプ犯かもしれない男の事件を捜査しているの」とエリンボルクは、かもしれないという言葉を付け加えることに意味があるだろうかと思いながら言った。

「うまく捕まえられるといいね」とソッラ。

「レイプ男はもう捕まってるの。いや、捕まってるというか、もうその男は死んでるの。問題は誰がその男を殺したかなのよ」

「レイプ男は殺されたの？　それじゃ事件は解決じゃない？」

「我々は彼を殺した人間を知りたいのよ」

「どうしてだい？　首に勲章をかけてやるわけでもあるまいし」

「その男を殺したのは、女かもしれない」

「よくやったわ」

「ベルティはよくこの店に来ると聞いてるんだけど……」

「あいつは頭おかしいんだ」と言ってソッラは声をひそめた。「あたしはあいつの売るものは絶対に摂らないよ」

「わたしはただベルティと話したいだけなのよ。家にもいなかったし」

麻薬捜査課によれば、ベルティは処方薬を裏で売っているらしい。レイキャヴィクの町の診療所で複数の医者に処方箋を書いてもらっているという。医者たちはなにも訊かずに処方箋を出し、ベルティはそれを闇で流して、いい金を稼いでいるという噂だった。売っている薬の中に、ロヒプノールがあるらしいが、顧客の中にその薬を睡眠薬としてでなくレイプドラッグとして使っている人間がいるかどうかはわからない。ロヒプノールはコカインが体から排出されるときに起きる禁断症状を和らげる働きもするという。アパートには他の薬の形跡はまったく見られなかった。ということはルノルフルはロヒプノールをレイプの目的だけに使ったと見ることができる。

エリンボルクは黙ってソッラを見ながら、ロヒプノールとかコカインのような処方薬、それらによって引き起こされる悲劇を頭に浮かべた。

「ソッラ、ベルティについてなにか知ってる？　どこにいるのかな？」

「ビンナ・ゲイヤースと一緒にいるのを見たことある」

「ビンナ？」

「そう。その女と一緒にいるんじゃないかな」ソッラが言った。

「ありがとうね、ソッラ」

「いいよ……、あのさ、ビールを一杯おごってくんない？　あの男があたしを追い出そうと睨んでるから」そう言って、ソッラはさっきからこっちを見ているカウンターの中の男の方に頭を傾げた。

ルノルフルはジムに通っていたことがわかった。殺された当日ジムの監視カメラに彼の姿が映っていた。土曜日の午後にやってきて、一時間半ほどトレーニングをしていた。カメラに映っていた彼は一人で、誰とも話をせずに運動をして帰った。ジムのトレーナーによれば、ルノルフルは一人でやってきて一人で帰っていったという。ジムで働く者たちは彼をその日に見かけたかどうか憶えていなかったが、彼がよく来る顧客で、問題を起こすような面倒な人物ではなかったと口を揃えて言った。

ルノルフルの担当トレーナーでジムの共同経営者でもある男は、ルノルフルのことをやたらに褒めたて、彼は以前通っていたジムからここに移ってきた顧客であると強調した。エリンボルクは話しているうちに、ここがレイキャヴィクでもっとも人気のあるジムの一つであるとわかった。ジムにはあらゆる種類の運動器具が備えられていた。館内にはランニングマシーン、重量挙げの設備、固定自転車などなど、エリンボルクが名前も知らないような器具がずらりと並んでいた。壁という壁には巨大なスクリーンが用意されていて、男たちはトレーナーの映像を見ながら運動していた。

「正直、ルノルフルに僕が教わることも多かったな」とトレーナーが言った。二人は大きなトレーニングホールに立っていた。「彼はどういう運動が体のどの部分を鍛えるかなど、よく知ってたね」

「ルノルフルは決まった曜日にこちらに来ていたんですか？」とエリンボルクが訊いた。手にはルノルフルのアパートで見つかったジムの名刺を持っていた。

「必ず週に二回来てたね。仕事帰りに」

昼間の時間、運動している人間は少なかった。エリンボルクはそれまでジムに通ったことがなかったし、これからもこのような場所に通って体を鍛えようとは思わなかった。自分のコンディションは十分にいいと思っていた。少々体重オーバーであることを気にしてはいたが。タバコを吸ったことはなかったし、出鱈目な食事をしたこともなかった。アルコールも、食事のときにおいしいワインを一杯飲むくらいで、ふだんはほとんど飲まなかった。週末の金曜日と土曜日が彼女が心ゆくまで料理をするときで、テディと二人、金曜日はできるだけ早く帰宅して、チェコかオランダからの輸入ビールを飲みながら、音楽をかける。おいしい料理をテディと一緒に作るのが何よりも好きだった。食事にはワインを開ける。このところ、ワインを飲む量が少し増えたような気がしていた。食後は話をしたり、テオドーラと一緒にテレビを観たりする。そのままうとうとと居眠りしながら十時頃までテレビを観てからベッドルームに引き上げる。そのあとにテディが続くという過ごし方だった。テディは食後にビールを一杯飲むこともあったが、エリンボルクは食後は一切アルコールを飲まず、うとうとと居眠りするのが好きだった。土曜日は掃除と片付けの日で、そのあと午後に様々な料理を試すことにしていた。それが一週間で一番お気に入りの時間だった。そのときは、テディは料理することはもちろん、キッチンに入ることも、グリルに着火することさえも禁止だった。ここ数週間エリンボルクはウズラ料理の実験をしていた。ウズラは冷凍状態で入手するのだが、どうしてもうまい具合に料理できなかった。テディはウズラは食べるところがない、小さすぎると文句を言い、エリンボルクはあんたはいつも質よりも量なんだからと言い返した。

「ずいぶん鍛えた体をしてるわね」とエリンボルクはジムの筋骨隆々のトレーナーに言った。三十歳ほどだろうか。生きる喜び、未来は明るいなどという宣伝文句を思わせる男だ。茶色に日焼けした顔、真っ白い歯は航空機の滑走路に点滅する灯りのように眩しく輝いていた。

「ルノルフルはよく鍛えてたな」と言って、トレーナーはエリンボルクの体を上から下まで点検するように見た。それはまさに検査官の目で、検査の結果はどうなのだろうとエリンボルクは心の内でつぶやいた。一生涯ランニングマシーンの上を走れとか？

「ルノルフルはなぜジムを変えたのかしら？　二年前にこちらに変えてますよね。理由を知ってます？」

「いや、知らない。この近所に引っ越してきたのかもしれない。引っ越したときにジムを変えることはよくあるからね」

「以前はどこのジムに通っていたのかしら？」

「フィルマンじゃないかな」

「フィルマン？」

「誰か、僕にそう教えてくれた人がいたな。でも、みんな表面的な付き合いしかしないんですよ、こういうところでは」

「彼はここで特別に親しい人はいなかった？」

「いや、あまり付き合いはなかったんじゃないかな？　たいてい一人で来てたね。たまに友達と来てたかな。名前は知らないけど。全然運動しないタイプの男だった。なにもしないでただ見ているだけで、ルノルフルが終わるのを待ってましたよ」

「ルノルフルはあなたに女性のこと、なにか話しました？　何でも、女性に関することなら」

「女性のこと？　いいや、なにも」

「彼が話しかけた女性とか、ここで知り合ったらしい女性とか、前から知っていた女性とか？」

トレーナーは少し考えた。

「いや、僕は知らないな。第一、彼はあんまりしゃべるタイプじゃなかったと思う」

「それじゃあ、これで。ありがとう」

「いや、もっと協力できるとよかったんだけど。あんまり彼のこと知らないもので。恐ろしいことが起きた。いや、ほんとに恐ろしいよね」

「ええ、そのとおり」と言ってから、エリンボルクはこの汗だらけのスーパーマンに挨拶してジムを出た。彼はすでにルノルフルのことなどすっかり忘れた顔でにっこりとエリンボルクに笑い返した。駐車場に来てからふと思い出したことがあって、エリンボルクはすぐにまたジムに引き返した。トレーナーはベンチに横たわった六十がらみの大柄な女性に手を貸していた。女性は重量挙げのマシーンの間に挟まって動けないと文句を言っていた。

「仕事中すみませんが」とエリンボルクは声をかけた。

トレーナーが顔を上げた。額に汗が浮かんでいる。

「彼が移って来てから、こちらのジムに来るのをやめた女性はいますか？」

「やめた？」

「ええ。突然、何の説明もなくこちらに通うのをやめた人。長い間こちらのジムに通っていた人で、ルノルフルがこちらに来るようになってから急にやめた人、そんな女性はいませんか？」

「ちょっと……」と大柄な女性が手を伸ばしてトレーナーに声をかけた。

「やめる人はいつでもいるけど。いったいこれは……」

「あなたがなにか気になった、なにか変わったことはなかったですか？　いつもこちらに通っていたのに、突然やめた人とか」

「いや、気がつかなかったな。普通、そのようなことにはすぐに気がつくけどね。何と言っても僕はここの経営者で、いや、共同経営者だけど」

「人がいつやめるか、いつ入ってくるか、全部の人の動きを把握するのはむずかしいですよね。ずいぶん大勢でしょうから」

「ここは何と言っても人気のジムだから」

「そうでしょうね」

「しかし、彼が原因でやめた人はいない。それは保証できる」

「ちょっと……。いつまで待たせるつもり？」

重量挙げの道具に挟まれた女性は悲鳴を上げた。

「ありがとう」とトレーナーに言ってから、エリンボルクは女性に声をかけた。「あの……、わたしが手伝いましょうか？」

女性はトレーナーと彼女を見比べた。

「いや、大丈夫」とトレーナーは言った。「お構いなく」

出口に向かうエリンボルクの背後から、女性が金切り声でトレーナーを叱りつけるのが聞こえた。


警察はルノルフルの近所の住人や職場の同僚などの話を聞いた。誰もが彼はいい人で、変なところは一つもなかったと口を揃えて言った。彼の死も、その死に方もまったく理解に苦しむと首をひねった。職場の同僚の一人が、ルノルフルにはエドヴァルドという友達がいたはずだと言った。電気通信会社の同僚ではないが、ルノルフルはときどき彼の名前を口にしていたと。エリンボルクは警察が調べたルノルフルの通話の一覧にその名前が頻繁に出ていたのを思い出した。電話をかけてみると、エドヴァルドはルノルフルを知っていることを否定はしなかったが、自分が何の役に立つのかといぶかしげだった。エリンボルクは警察署に来てくれと伝えた。

エドヴァルドは報道でレイプドラッグなるものが存在するのは知っていたらしいが、友達が残酷な殺され方をしたと聞かされたことよりもルノルフルとレイプドラッグを結びつけることの方がよっぽどショックのようだった。ルノルフルがそのようなドラッグと関係があったとは絶対に信じられない、なにかの間違いだろう、彼はそういうタイプの人間ではないときっぱりと言った。この時点ではまだルノルフルの口の中にレイプドラッグが詰められていたことは、報道されていなかった。

「そう、彼はそういうタイプではない？　それじゃどういうタイプだったのかしら？」警察に来たエドヴァルドを自分のオフィスに通しながら、エリンボルクは訊いた。

「知らない。でもとにかく、彼がそういう人間じゃないことだけは確かですよ」

エドヴァルドは大きく目を開いてエリンボルクを見、自分はルノルフルをよく知っていると話し始めた。二人はルノルフルがレイキャヴィクに引っ越してきた当時からの友達で、それ以前は互いを知らなかった。エドヴァルドは教師として働いていた。知り合った当時は二人とも学生だったが、夏休みの間工事現場でアルバイトをしたときに知り合ったのだという。よく一緒に映画に行ったし、二人ともイギリスのフットボールが好きだった。二人とも独身でガールフレンドもいなかったから、だんだん親しく付き合うようになったと言った。

「そう。それで二人で出かけてなにか楽しいことをしたとか？」エリンボルクが話を促した。

「そういうこともあった」と三十歳ほどの、腹が少し出てきた男は答えた。顎髭（あごひげ）がまばらで、黒っぽい頭髪はてっぺんで薄くなりかけている。

「ルノルフルは女の子たちと気軽に付き合ってました？」

「いや、彼はいつだって女性には礼儀正しかった。あんたがなにを聞き出そうとしているのかはわかっている。だが、彼は他の人を傷つけるような人間じゃない。それが女性であろうと、誰であろうと」

「それじゃ彼のポケットにロヒプノールがあったのはどうしてかしらね？」

「彼はまったく普通の男ですよ。誰かが彼のポケットにそれを入れたとしか思えない」

「彼が今付き合っている女の子はいる？」

「いや、それは知らない。このニュースを聞いて警察に連絡してきた女性はいないんですか？」

「彼の周辺に女性がいたかどうか、知ってますか？」男の質問には答えずに、エリンボルクは訊き返した。「付き合っていた女性とか、一緒に暮らしたことがある女性とか？」

「ルノルフルが付き合っていた女性？　知らないな。彼は誰とも一緒に暮らしたことはないと思う」

「あなたが最後に彼に会ったのはいつ？」

「先週の週末の前に電話で話しましたよ、会おうかと思って。なにか予定あるかと訊いたら、いや、なにもないが出かけずにゆっくりしたいと言っていた」

「それで？　あなたは土曜日に彼に電話しましたよね？」

警察はここ数週間のルノルフルの通話記録をチェックしていた。家の電話と携帯電話の両方を。エリンボルクはその記録をその日の朝見ていた。受信は少なかった。ほとんどが仕事関係だったが、不明の電話番号もあって、警察は現在発信者を調べていた。エドヴァルドとの通話がもっとも多かった。

「一緒にスポーツ観戦バーでイギリスのフットボールの試合を観ようと思ったので。土曜日はそこに行ってましたよ。ルノルフルは用事があるからと言っていたが、それがなにかは言わなかった」

「それで？　彼は元気そうだった？」

「ええ、いつもどおりだった」エドヴァルドが答えた。

「ときどきジムにも一緒に行ってた？」

「何度か一緒に行ったことはあります。自分はコーヒーを飲んで待っていただけだけど。トレーニングはやらないので」

「ルノルフルが親の話をすることはありました？」

「いや、一度も」

「子ども時代のことや、彼の育った村のことは？」

「いや、聞いたこともない」

「それじゃあなたたちは、いったいなにを話してたのかしら？」

「フットボール……かな。映画の話も。いや、普通男が話すようなことですよ。とくになにってことはない」

「女性については？」

「ときどき」

「ルノルフルは女性のこと、どう言ってました？　一般的に女性をどう見てたかということだけど」

「とくにどうってこともない。不自然なことはなかった。とくに女嫌いってこともなかったし。女性とは普通の関係だったと思いますよ。きれいな女性を見れば褒め言葉をかけたりしてた。でもそれは男ならみんなすることだと思うけど」

「彼は映画が好きだった？」

「そう。アメリカのアクション映画」

「スーパーヒーローたちの映画？」

「そう」

「どうしてそういう映画が好きだったのかしら？」

「面白いと思ったからじゃないかな。それは私も同じだ。彼との共通項の一つがそれだったから」

「あなたは壁にそんなヒーローたちを飾ってる？」

「いや」

「ヒーローたちは二重生活をしてるんじゃない？」

「二重生活？　誰が？」

「スーパーヒーローたち」

「何の話かわからない」

「彼らはふだんは平凡な人間で、それが突然変身するのよね？　電話ボックスなんかに入って着替えて。わたしはそういう映画観ないからわからないけど」

「変身？　ああ、もしかするとそうかもしれない」

「あなたの友達、もしかして二重生活してたかも？」

「いや、それは知らない」

10

レイキャヴィクにあるインド料理の店の数は限られている。エリンボルクはその全部を知っていたので、一軒一軒の店を訪ね、店主や従業員にこのスカーフに見覚えがないかと訊いて歩いた。スカーフにはインド料理の香辛料の匂いはほとんど残っていなかった。どの店でも従業員たちはまったく覚えがないと首を振った。エリンボルクは訪ね始めてすぐに、インド料理の店の従業員たちは今回の事件とはまったく無関係だとわかった。数も少なく、たいていはレストランの経営者の親族で、ルノルフルが殺害されたときにいた場所もはっきりしていた。レストランの顧客名簿を見せてもらい、一人一人チェックしたが不審な者はいなかった。アイスランドに住む数少ないインド人に関してもそれは同じだった。彼らが今回の殺人とは関係ないと判断するのにさほど時間はかからなかった。

エリンボルクはレイキャヴィクでタンドーリ鍋料理に必要な道具などを売っている店を一軒知っていた。彼女はその店の顧客で、店のオーナーとも知り合いだった。インドに住んでいたことのあるヨハンナというアイスランド人の女性で、エリンボルクとは同年輩だった。ヨハンナはオープンな性格で、店にやってくる客とは誰とでもこだわりなく話をする。それでエリンボルクはヨハンナが若い頃アジアに旅行したことがあり、アジアはまさに彼女にとってドリームランド、夢の国だと話すのを聞いていた。インドには二年住み、帰国してレイキャヴィクにインド料理の材料や道具を売る店を開いたのだった。

「そうねえ、タンドーリ鍋はあまり売れないのよ。年に一、二個かな。せっかく買ったタンドーリ鍋を部屋の飾りにして、料理には一度も使わないって人もいるんだから」

ヨハンナはエリンボルクが警察の人間だということを知っていた。また料理に関心があるということも知っていた。エリンボルクの出版した料理本を褒めたこともあった。

エリンボルクは彼女に三十歳前後の女性を探していると話した。おそらくインド料理に興味のある女性だろうと。それ以上は話さなかった。もちろん殺人事件に関係のある女性だなどとはおくびにも出さなかった。それを聞いたら、簡単に好奇心を抑えられるような相手ではないと知っていた。

「なぜその女性のことが知りたいの？」ヨハンナが訊いた。

「ドラッグ関係のことなのよ」エリンボルクは言った。これならまったく嘘、というわけでもあるまいと思った。「タンドーリ鍋というよりも、タンドーリ料理に使われる香辛料の方に関心がある人。サフラン、コリアンダー、アナトー、ガラムマサラ、ナツメグなんか。こんな香辛料をあなたの店で定期的に買ってる三十歳前後のダークヘアの女性、知らないかな？」

「ドラッグ関係って言った？」

エリンボルクは微笑(ほほえ)んだ。

「それ以上は話せないって顔ね」

「単なる一般的質問ってところね」とエリンボルク。

「そう？　今話題のシンクホルトで起きた殺人事件とは関係ないの？　その事件捜査の責任者はあなただと聞いたけど？」

「そんな女性に心当たりない？」エリンボルクは相手の問いには答えず、訊き返した。

「今、うちの店はあまり経営がうまくいってないのよ」ヨハンナが話しだした。「香辛料なんて簡単にネットで買える時代でしょう？　大きなスーパーも品揃えがバッチリだし。うちには馴染みの客って、あまりいないのよ。そう、あなたみたいなお客さん、そう多くないの。文句を言っているんじゃないのよ、それはわかってね」

エリンボルクは辛抱強く待った。ヨハンナはエリンボルクに商売のことなどを言っても仕方がないことに気づいたようだった。

「そうね、心当たりがないわ。店には、ほんと、いろんなタイプの人が来るのよ。三十歳くらいでダークヘアの女性というのは、特徴にはならないわ」

「その女性はお店に何度か来たことがあるんじゃないかと思うの。アジア料理、もっと正確にはインド料理、とくにタンドーリに関心があって、お店でもおそらくインド料理の話をしたんじゃないかな」

ヨハンナはしばらく考え込んでいたが、やがて首を横に振った。

エリンボルクはバッグの中からスカーフを取り出して棚の上に広げた。スカーフはすでに鑑識の検査が済んでいた。

「これを身につけた女性が店にやってきたことはないかしら？　憶えていない？」

ヨハンナはスカーフを手に取ってじっくりと見た。

「これ、カシミアね？」

「そう」

「本当にきれい。美しいわ。インド模様ね。どこで作られたものかしら？」

生産地を示す印を探したが、どこにもなかった。

「今まで見たことがないわ。残念だけど」

「そう？　わたしも残念だけど、仕方がないわね。ありがとう」と言って、エリンボルクはスカーフを畳んでバッグに戻した。

「このスカーフの持ち主を探しているのね？」ヨハンナが訊いた。

エリンボルクはうなずいた。

「何人か心当たりの人の名前を教えてあげる」と、ヨハンナが言った。「クレジットカード払いの人の名前が残っているから」

「ありがたいわ」

「名前をどこで手に入れたかは絶対に言わないでね。それを知られてはとても困るから」

「わかってます」

「ここで人がなにを買ってるかなど、わたしが警察に話しているなんて人に知れたら大変」

「もちろんよ。それは絶対に口外しません。心配しないで」

「何年前まで遡（さかのぼ）ればいいのかな？」

「よかったら、半年前まで遡ってみてくれる？」


ルノルフルが仕事で訪問した顧客は、ほぼ全員彼を礼儀正しい技術者として記憶していた。破損した電話線の修理や、インターネット接続、ときにはテレビの接続まで手伝ってもらっていた。個人客も企業の客も、彼は親切な感じのいい技術者だったと口を揃えて言った。彼が訪問した顧客の数はかなり多く、警察は手始めに過去二カ月に絞って捜査を始めた。ルノルフルはこの間一日平均一軒から二軒訪問していた。ときには同じ客を二度、あるいは三度訪問することもあった。顧客たちは異口同音に彼は感じのいい人物だったと言った。仕事熱心で、気軽に話をする青年だったと。

作業に時間がかかったような場合、顧客がコーヒーを勧めることもあったが、そういうときは断らず、簡単な仕事ですぐに終わるような場合は、素早く仕事をして引き上げた。警察はそれでもなにかちょっと変わったこと、他の場合とは違うようなケースはないかと個別に訪問して訊いて回ったが、なにも手応えがなかった。ただ一つのケースを除いては。

それはエリンボルクがコーパヴォーグルにある数階建てのアパートに住む顧客を訪ねたときのことだった。離婚して十二歳の息子と建物の二階に住んでいるシングルマザーで、名前はローアという。ルノルフルの事件のあった週末は女友達三人と週末旅行を楽しんでいたという。

「ああ、彼のことならよく憶えてるわ」とローアはルノルフルを憶えているかというエリンボルクの問いに答えた。「キッディのためにADSLを引いてもらったから」

リビングに腰を下ろすと、ローアは話し始めた。部屋は散らかっていた。脱ぎ捨てられた衣服、テーブルの上の汚れた食器、DVDプレーヤー、ステレオ、コンピューターゲーム機器、大型のテレビ、無料新聞や広告紙などがあたり一面に散らかっていた。自分はいつも忙しく働いていて時間がなく、キッディはまったく片付けをしないのだとローアは言い訳をした。一日中パソコンの前に座ってゲームだか何だかしてるのよ、とこぼした。エリンボルクはうなずき、息子ヴァルソルのことを思い出した。

ローアは警察が来たことに驚いている様子はなかった。ニュースでルノルフルが殺害された事件についてはすでに知っていて、インターネットを接続するためにやってきた技術者が殺されたこと、それも報道によればとんでもなく恐ろしいやり方で殺されたことに驚いていた。

「ナイフで首を切り裂くなんて、どうしてそんな恐ろしいことができるんだろう?」とローアは囁(ささや)くような声で言った。

エリンボルクは肩をすくめた。会った瞬間からローアに好感を持った。まっすぐで、オープンで、言いたいことはすべてそのまま口から出るというタイプだった。生活は苦しいかもしれないが、しっかり生きているという印象だ。笑顔がきれいで、目も笑っていて好感が持てる。

「かわいそうな人」とローア。

「キッディというのは……？」

「ああ、息子よ。ADSLのこと一年以上前からしつこく頼まれてたのよ、そう、インターネットの配線。と言っても、具体的な線はないんだけどね。とにかく、あまりしつこいからついにあたしも根負けして、ADSLを頼んだの。引いてよかったわ。キッディは自分でできると言ったんだけど、なかなかできないらしかったから。とにかく電話したら、電気通信会社の方から人を送り込んでくれた。それがそのルノルフルという人だったの」

「そう、それで？」とエリンボルク。

「それだけよ。なぜ警察はあたしを訪ねてきたの？　あたしがなにか……？」

「ルノルフルと接触のあった人全部に会って情報を集めているんです」とエリンボルクは言った。

「彼について、私たちはほとんどなにも知らない。情報がないんです。なぜ彼が殺されるに至ったのか。それで、彼と少しでも接触のあった人たちに会って、訊いて回っているんです。彼は地方出身者なので、レイキャヴィクにはあまり知人がいなかったらしい。職場の人間は別としてね。それで彼と接触のあった人から話を聞いているんですよ」

「でも、ちょっと待って。あたし、その人を知っていたとはとても言えないわ。彼はうちに来て、インターネットを引いてくれただけだから」

「ええ、それは知ってます。彼の印象はどうでした？」

「いい感じだったわよ。あたしが仕事から帰ってからの時間、夕方の五時頃に来たわ。そう、今のあなたのようにね。そして仕事をした、つまりインターネットを引く仕事をしてくれたということ。短時間でね。そして引き上げてったというだけのことよ」

「そう。それで、彼がやってきたのはそのとき一度だけ？」

「あ、それは違う。翌日も来たわ。翌日じゃなかったかな。翌々日だったかもしれない。とにかく、忘れ物をしたって。ドライバーだったか、何だか。そのときは彼、急いではいなかったみたい」

「そのとき少しおしゃべりしたとか？」

「ええ、ちょっとだけ。とっても感じのいい人だった。ジムに通ってるとか言ってたな」

「あなたもジムに通ってるの？　そこであなたを見かけていたのかな？」

「ああ、それはない。あたし、仕事のあとにジムに行くなんて気力ないし。確か、あたし、彼にそう言ったわ。一度、年会費払ってジムの会員になったことがあるけど、あれは失敗だったって。二、三週間しか続かなかったから。そしたら彼、自分はケチだから金を払ったらその分は行くって言ってたっけ」

「彼、あなたに気があったんじゃない？　だからわざと戻ってきたとか？　そんな感じはなかった？」

「そんなことはなかったと思う。いい感じだったわよ」

「他の人もみんなそう言ってるわ。いい感じだったと」

エリンボルクは、ここはもうこれで引き上げようと思った。それじゃあ、と言おうとしたとき、思いがけないことにローアが話しだした。

「でも、そのあと少し経ってから、街で彼に会ったのよ」

「え?」

「あるバーで。彼、突然現れて、まるで昔からの友達のようにあたしに親しげに話しかけてきたの。すごくご機嫌で、一杯おごらせてくれと言ったのよ。すっごく可愛い感じで」

「偶然だったのね?」

「もちろん」

「あなたがそのバーにいるってこと、彼、知ってたのかな?」

「それはないと思う。まったく偶然よ」

「それで? そのあとは?」

「そのあと? べつになにも。ちょっとしゃべっただけで、なにも」

「あなた、一人だった?」

「ええ、そう」

「他の人と一緒ではなかった?」

「一人だったわ」

「彼が二度目にここに来たとき、あなたは遊びに行くときどこに出かけるかなんて話さなかった?」

ローアは少し考えた。

「話したような気がする。でも、話したとしても、少しだけ。あたしは全然……ちょっと待って。あれは偶然ではなかったと言ってるの?」

「どうかしら」

「二度目に来たとき、確か、夜出かけるときはどこに行くとかいう話をしたわ。自分はレイキャヴィクの中心街に住んでいるとか、ここコーパヴォーグルだったら、どこに遊びに行くのとか訊いてた。そういえば、そんな話、少ししたわ」

「それで？　あなたは店の名前を言ったの？」

ローアは少し考え込んだ。

「あたしがいつも行くところは一つだけなの」

「それは？」

「トルヴァルドセン」

「彼が現れたのはそこだった？」

「そう」

「偶然に？」

「そう。でも今話してみると、何だか変ね」

「なにが？」

「あのときも、何だかあたしを待っていたんじゃないかという気がしたのよ。何でそう思ったのかわからないけど、偶然だなあとか言ってすごく嬉しそうにしてたのが、ちょっと芝居がかってるような気がしたの。あの人……。わかんない。とにかく、なにも起きなかったわ。急に何だかその気がなくなったみたいで、じゃあ、とか言って出て行ったのよ」

「彼、なにか飲み物をおごった？　あなたに」

「ええ」

「それで？　あなたはそれを飲んだの？」

「あ、違う、おごってもらったけど、お酒じゃなかった」

「そう。なにを飲んだの？」

エリンボルクはしつこく訊くつもりはなかったのだが、抑えられなかった。

「あたしね、お酒、やめたのよ。飲むのを禁じられているの。一滴も飲んじゃダメなの」

「そうなんだ」

「一緒に暮らしていた男が出て行ってから、全部めちゃめちゃになってしまったの。あの男、キッディをあたしから取り上げようとしたんだから。でも、あたし、何とかお酒を断つことができたの。セラピーに行ったり、ミーティングにも出たわ。すんごく大変だったけど、お酒を断つことができたのよ」

「ルノルフルの話に戻るけど、彼、急にあなたに関心がなくなったのかな？」エリンボルクが話を戻した。

「そうね、そのようだった」

「あなたがお酒は飲まないと言ったから？」

ローアはエリンボルクの目をまっすぐに見た。

「どうしてそんなこと訊くの？」

「彼はあなたにドリンクを一杯おごりたかった。あなたはそれを断った。自分はお酒は飲まないと言って。すると彼は関心を失った。そういうこと？」

「あたし、彼がおごってくれたジンジャーエールを飲んだわ」

「それは別のことよ」エリンボルクが言った。

「別のこと？　なにと別だと言うの？」

「アルコールドリンクじゃないということ。ルノルフルがここに来たとき、あなたはお酒を飲まないということ、話した？」

「言わなかった。関係ないもの。でも、あなたはなにが言いたいの？　はっきり言って！」

　エリンボルクは答えなかった。

「これからあたしはもう男とは付き合えないっていうの？　お酒を飲まないから？」

　全然違う方向に話が行ってしまったことにエリンボルクは苦笑した。

「ルノルフルという男は、お酒に関するかぎり、特別だったの。詳しくは話せないけど」

「詳しくは話せないって、どういう意味？」

「ニュースを聞いてない？」

「あんまり」

「ルノルフルのアパートである種のクスリが見つかったのよ。レイプドラッグと呼ばれるもの」

　ローアが目を大きく開いた。

「彼、それを使ってたの？」

「そうらしい」

「そのクスリ、アルコールドリンクに混ぜるんじゃなかった？」

「そう。アルコールで効果が倍増されるから。記憶にも影響が出るの。記憶喪失の状態になるのよ」

　ローアは、自分の家に二回やってきた電気通信技術者、偶然にそのあと街で出会った男のこと、女の飲むドリンクの中にレイプドラッグを混ぜるとニュースで言っていたこと、自身が何年にもわたって闘ってきたアルコール依存症のこと、バーで飲むときは必ずノンアルコールの飲み物を飲むこと、ルノルフルが急に自分に興味を失った様子、そして彼の暴力的な死に方などを思い浮かべ、ようやく自分が恐ろしいことに巻き込まれるところだったのかもしれないということに思い至ったらしく、身震いした。

「あなたの話、信じられない」とローアは言った。「ふざけてる？　これって悪い冗談？」

エリンボルクはなにも言わなかった。

「あの男、あたしを襲うつもりだったってこと？」

「それはわからない」とエリンボルク。

「あいつ！」ローアが叫んだ。「二度目に来たとき、ドライバーをここに忘れたと言ったんだけど、ドライバーは見つからなかった。家中探したのよ。その間まるで昔からの友達のようにあたしと話しながら。始めからドライバーなんかなかったってこと？　ふりをして戻ってきたってこと？」

エリンボルクは答えられないというように首をすくめた。

「あのブタ野郎！　とんでもないヤツだったんだ！」ローアがエリンボルクを睨みつけた。

「そう、奴ら、頭がおかしいのよ」

「わかってたら、あたし、あいつを殺してたわ！　そうよ、間違いなく殺してたわ！」


ビンナ・ゲイヤースの本名はブリンヒルドゥル・ゲイルハルズドッティルというおどろおどろしいものだが、エリンボルクはその本名は彼女にふさわしいと思った。大柄でがっしりした体軀、まるで北欧サーガに出てくる巨人トロルの女のようだ。ぼうぼうと生えた髪の毛が背中まで伸び、顔はがっしりしていて鼻は赤く、顎が張っていて牛のようにたくましい首、両腕も長かった。脚は橋脚を思わせた。それに比べてフリドベルトはまるで小人トロル。小さくて、ちょこちょこと走り回り、頭は禿げ上がっていて両耳は大きく両頰から飛び出し、モジャモジャ眉の下に小さな目が隠れている。

ソッラの言葉は正しかった。フリドベルト、いや、ベルティ、ときにはその体が小柄なために

〝ちっちゃなベルティ〟とニックネームで呼ばれることもあるが、彼は巨人女のビンナの家に住み込んでいた。その家はニャルスガータにあるオンボロ家で、ビンナが親から受け継いだものだった。外壁はトタン板で覆われていてどこもかしこもすっかり錆びていた。屋根はところどころ破れ、窓はガタガタだった。ビンナは荒れ果てた我が家を修理することに持てる才能を発揮するつもりはないらしい。

二度目にエリンボルクがその家を訪ねたとき、彼らは二人とも家にいた。一度目はノックをしても誰も応えず、エリンボルクは隙間から覗いて誰もいないと確認した。二度目のとき、ノックすると玄関ドアが開き、ブリンヒルドュル・ゲイルハルズドッティルが姿を現した。彼女は明らかに苛立っていた。着古されたアイスランド・セーター、穴の開いたジーンズ、手には料理のしゃもじを持っている。

「久しぶり、ビンナ！」自分を憶えているか疑わしいと思いながら、エリンボルクは声をかけた。

「ベルティを探しているのよ」

「ベルティ？」ブリンヒルドュルは鋭い声で訊き返した。「彼に何の用があるのさ？」

「ちょっと訊きたいことがあってね。今いるかしら？」

「あいつなら、その辺で寝てるよ」そう言うと家の中の暗い隅を振り返った。「なにかしでかしたの、あいつ？」

ブリンヒルドュルは自分を憶えている、とエリンボルクは思った。ソッラと同じように、このブリンヒルドュル、通称ビンナも警察に厄介（やっかい）になったことがあるからだ。その図体の大きさと強さから、彼女は喧嘩に巻き込まれることが多かった。感情の起伏が激しく、大酒飲みで、よく大喧嘩をする。そんな彼女は一度ならず、警察官に喧嘩をふっかけ、酔いが覚めるまで警察の留置所に厄介になったことがある。付き合っていた男たちも何人かいて、ずいぶん前にその中の一人と確か男の子をもうけたはずだ。今まで正面からぶつかったことはないが、エリンボルクはブリンヒルドゥルを少し恐れていた。今回もシグルデュル＝オーリと一緒に来たかったのだが、連絡がつかなかったのだ。

「いえ、べつに。そういうわけじゃないのよ」とエリンボルク。「中に入っていいかしら？　ちょっと彼と話したいんだけど」

ブリンヒルドゥルはエリンボルクを頭のてっぺんから爪先までジロジロ見てからドアを少しだけ開けて中に入れた。家の中は馴染みの料理の匂いがした。これは乾燥ダラを煮ている匂いだ。午後ももう遅く、外は暮れかかっていた。家の中に灯りは一つも灯されていなかった。外からの街灯の灯りだけがわずかに差し込んでいた。家の中は寒かった。暖房は消してあるようだ。ベルティはソファで眠っていた。ブリンヒルドゥルはその脚を摑むとぐいと引っ張り、ベルティは床の上に落ちてようやく目を覚ました。それから起き上がるとソファに腰を下ろした。

「何だよ、いったい？」

「お客だよ。もうじき食事だからね」

エリンボルクは家の中の暗さにようやく慣れた。シミだらけの壁紙、壊れかけた古い家具、何度も塗り替えた床の上に敷かれた汚いカーペットなどが目に入った。

「ちょっと訊きたいことがあって」とエリンボルクは話し始めた。

「訊きたいことだと？　何だ？　お前は誰だ」暗い部屋で、相手がよく見えないベルティが訊いた。

「わたしの名前はエリンボルク、警察の者です」

「サツか？」

「すぐ帰るから、ちょっとだけいいかしら。ロヒプノールという薬が最近殺された男の手に渡った経路を調べているの。男が殺されたことはニュースで知ってるかもしれないけど」

「それがどうした？　それが俺とどう関係あるってんだ？」ベルティはしゃがれ声で訊き返した。まだ目がはっきり覚めていないらしい。

「あなたが処方箋で売られた薬を転売してるってこと、知ってますよ」

「俺が？　俺はそんなことはしねえよ。俺は何にも売っちゃいねえ」

「芝居はやめることね。あなたの名前はリストに載ってるんだから。薬の転売で捕まったことがあるわよね」

　エリンボルクはポケットからルノルフルの写真を取り出し、ベルティに見せた。

「この男、知ってる？」

　ベルティは写真を手に取った。フロアランプに手を伸ばして灯りをつけた。ランプのそばにあるメガネに手を伸ばして、鼻の上にかけた。それからまじまじとルノルフルの写真を見つめた。

「この写真、新聞に載ってたのと同じじゃねえか？」

「そう。同じ男よ」

「この顔、俺はニュースで見るまで見たこともねえよ」そう言うと、ベルティは写真をテーブルの上に置いた。「こいつ、なぜ殺されたんだ？」

「それを調べてるの。この男、医者から処方されていないロヒプノールをたくさん持ってた。医者以外のルートで手に入れたものじゃないかと我々はにらんでいる。あなたのような人からね。私たちは彼がそれをアルコールドリンクに混ぜて目当ての女性に飲ませていたんじゃないかと疑ってる」

ベルティはしばらくエリンボルクから目を離さなかった。この男、今ここでしゃべる方がいいか、それとも黙っていることにするか考えている、とエリンボルクは思った。台所からブリンヒルドュルが鍋のそばで皿を重ねる音が聞こえてきた。

ベルティはこれまで何回も様々な罪で警察に挙げられてきた。強盗、書類の偽造、ドラッグの売り子等々。だが、どれも大きな犯罪ではない。

「俺はあんな奴らには売らねえよ」ようやく彼は言葉を吐いた。

「あんな奴ら？」

「あんなふうな使い方をする奴らのことよ」

「あんな使い方をするって？」

「俺は異常者には売らねえんだ。そういうタイプには売らねえから。殺された男には会ったこともねえ。嘘じゃねえ。この男には一度も売ったことはねえ。誰に売ったか、誰に売らなかったかははっきり憶えているからな」

ブリンヒルドュルが台所の戸口まで出てきてベルティに険しい目を向けた。彼女と一緒に魚の腐ったようなひどい臭いが台所から流れてきた。

「そう？　それじゃあの男はどこでクスリを手に入れたのかしら？」エリンボルクが訊いた。

「俺は知らねえ」

「他にロヒプノールを横流ししてるのは誰か、知ってる？」

「俺にそんなことを訊いてどうする？　俺はなにも知らねえよ。もし知っていたとしても、あんたに言うはずねえからな」

ベルティの顔に満足そうな笑いが一瞬浮かんだ。

「これって、ニュースで言ってるあの喉を掻き切られた変態男の話？」ブリンヒルドュルの鋭い視線がエリンボルクに向けられた。

「そう」

「クスリを使ったレイプ魔の？」

エリンボルクはうなずいた。

「その男がどこでクスリを手に入れたのか、探しているところよ」

「あんた、その男に売ったの？」

ブリンヒルドュルに睨みつけられると、ベルティは素早く小さな声で答えた。

「いいや、俺は売ってねえよ。そいつには会ったこともねえと、今このサツの人に言ったところよ」

「そういうこと」とブリンヒルドュルはエリンボルクに言った。

「その男にクスリを売ったかもしれない人物に心当たりないかって、いま彼に訊いてるところよ」

エリンボルクが言った。

「その変態男がレイプ魔だったんだね？」ブリンヒルドュルが訊いた。

「そうだと言っていいかも」とエリンボルク。

「さあ、食事だよ」ブリンヒルドュルが言った。「さっさと話しちまいな」

ベルティは立ち上がった。

「俺、なにも知らねえよ。知ってもいねえこと、しゃべることできねえから」

台所に戻りかけたブリンヒルドュルが足を止めた。手に持ったしゃもじを振り上げるとベルティに向かって一言ピシャリと言った。

「言うんだよ！」

ベルティは気まずそうな顔でエリンボルクの方に向き直った。

台所からブリンヒルドュルの大声が聞こえた。

「終わったら、食事だよ！　さっさと来な」

11

エリンボルクはベッドサイドテーブルの上にある目覚まし時計に目をやった。零時十七分。目をつぶり、また一万から逆に数え始めた。九九九九、九九九八、九九九七……。

このように数えることで頭の中を空っぽにするのだ。これが眠れないときに落ち着くための彼女のやり方だった。

頭の中にあるものを全部取り払って、しまいには何の意味もない数字だけにするのだ。

エリンボルクはたまに眠れないことがある。ごくたまにだが、どうしても眠れないことがあるのだ。そういうときは、ふだんほとんど思い出しもしないようなことが頭の中をぐるぐる回る。それはたいてい前夫に関係することだ。何事にも慎重で、小さなことから大きなことまでじっくり考えるエリンボルクが、以前何とも地盤の緩(ゆる)い砂地の上に建てた家のような結婚をしていたのだ。

大学で地理学を学んでいたころ、西部地方出身のベルクステインという名の男子学生と知り合った。岩石という意味の名前は同級生たちのからかいの的だった。本人はなぜからかわれるのかわからないようだった。自信がなさそうで引っ込み思案な若者だったが、エリンボルクは感じがいいと思い、地理学の実習で遠征したときに互いに惹かれ合い、その後付き合うようになった。二人はアパートを借りて住み、当時はけっこう潤沢(じゅんたく)にもらえた学生ローンで暮らした。二年経ち、彼らは牧師に祝福されて結婚し、親族や友人たちを招いて大きな披露宴を催(もよお)した。その頃この結婚は未来永劫続くものとエリンボルクは思っていた。が、そうはならなかった。

結婚が不協和音を奏で始めた頃、エリンボルクは地理学の勉強をやめて警察で働きだした。ベルクステインは修士課程を修了し、あちこちの会議に出かけるようになった。最初は雇用主から派遣される形だったが、のち国立地理学研究所の主任として出向いていった。エリンボルクはなにかがおかしいと感じてはいた。ベルクステインの出張はしばしば長期間にわたり、妻である自分に無関心になり、将来のこと、子どもをもうけるかどうかなどは話さなくなっていた。そしてとうとうある日彼は告白した。それもしぶしぶ。ノルウェーで開かれた会議である女性に出会ったと。アイスランド人で地熱に関する専門家であると。以来、その女性と半年ほど定期的に会っている。自分が未来を共に暮らすのは彼女で、エリンボルクではないと。エリンボルクは彼がわざわざその女性は地熱の専門家だと言ったことが滑稽（こっけい）だと思った。いや、それは突然の話に対する単なる反応だったのかもしれない。次の瞬間、彼女は激怒した。言い訳など聞きたくなかったし、ましてや彼を他の女と取り合うなど考えたくもなかった。出て行け！　とだけ言った。

　自分がなにをしたというのか、自分がなにをしたから彼は他の女性に行ってしまったのかと考えて出た結論はただ一つ、自分は関係ない、これは彼の問題だということだった。なにが理由かなどと彼が説明することにはまったく興味がなかった。エリンボルク自身はこの結婚を真剣に受け止めていた。彼を尊敬していたし、愛していた。そしてそれは彼も同じだと信じていた。一番心が痛んだのは、それが自分だけの思いだったということだ。それがわからなかったのが悔しかった。もちろんそんなことは誰にも言いはしなかったが。このようになったのは百パーセント彼の責任で、離婚したいならば、彼がその手続きをすればいいと思った。彼のためにそれをしてやるつもりはなかった。離婚は事務的なものになった。ベルクステインはエリンボルクとの結婚を解消し、身の回りのものを持って出て行った。じつに簡単なことだった。

エリンボルクの母親はむしろよかったと受け止めた。ベルクステインを特別に気に入っていたわけではなかったと告白し、じつに退屈な男だったと言った。

「やめてよ」とエリンボルクは言い、母親の言葉を手で払う真似をした。

「だって、あの男は何だか頼りなさそうだったじゃないの」と母親が言った。

母親は自分を慰めようとしているのだとエリンボルクは思った。娘のことをよく知っているから、平気そうな見せかけ以上に傷が深いとわかっているのだと。エリンボルクは今までにないほど落ち込み、孤独になり、ベルクステインのことや離婚のことなど誰とも話したくなかった。今までだっていろいろ失敗があったではないか、今度もそれと同じだと自分に言い聞かせようとしたが、心の奥底には憤怒が煮えくり返っていた。彼女はそれを全力で抑え込み隠そうとしていた。

母親はテディのことは最初から気に入っていた。頼り甲斐のありそうな男だと褒めちぎった。

「テオドールはしっかりした人ね！」というのが口癖だった。

実際そのとおりだった。エリンボルクは警察署内のパーティーでテオドール、ニックネームはテディ、に出会い、面白くて楽しい男だという印象を持った。その日彼はのちに警察を辞めてしまった警察官の友達に誘われてパーティーに来ていた。その頃エリンボルクは誰かと付き合う気はまったくなかった。テディはエリンボルクと同じ年齢で、彼の方は一目でエリンボルクが気に入ったようだった。そしていろいろと彼女に誘いかけてきた。まずパーティーの帰り、家まで送ってくれた。二日後電話をくれ、そしてまたその二日後映画に誘い、そのあとレストランでの食事に招待した。エリンボルクは結婚に失敗した話をし、彼の方は誰かと一緒に暮らしたことはないと言った。またエリンボルクは彼には重いがんを患っている姉がいることも、もともと彼らを引き合わせた同僚から聞いていた。次にテディに会ったとき、彼女はそっと彼の姉のことを訊いた。テディは姉の症状はあまりよくないこと、彼女は一人で男の子を育ててきたことを言い、その子は叔父である自分をとても慕ってくれていると話した。姉は長いこと患っているのだが、余命はあまり長くないらしい、とここまで話してテディは口をつぐんだ。エリンボルクとの関係がまだ確実なものではなかったからだ。

ある日テディは、エリンボルクと出会ったことを姉がとても喜んでいて、ぜひ一度会いたいと言っていると彼女に伝えた。そして彼女はテディと一緒に見舞いに行った。二人の女性が話をしている間、幼い男の子は叔父であるテディと一緒にアイスクリームを買いに行っていた。テディの姉に対する心遣いは真心からの敬意と愛情に満ちているとエリンボルクは感じた。毎日彼の新しい面を発見するような思いがした。

半年後、彼女はテディの住んでいるハアレイトの小さなアパートに引っ越した。テディはすでにその頃親しい友達と一緒に自動車修理工場を経営していた。一年後、テディの姉が亡くなると、エリンボルクはテディと一緒に甥っ子を引き取り、養子にした。テディの姉は男の子の父親とはほとんど付き合いがなく、一緒に住んだこともなかった。なにより、その男は二人の間に生まれた子どもにまったく関心を示さなかった。ビルキルというその子どもは六歳で、テディの姉は弟とエリンボルクに息子の世話を頼むと言い残して逝った。二人は大きなアパートを買って引っ越し、母親の死をひどく悲しんでいるビルキルを養子に迎えた。エリンボルクはその子を心から可愛がり、けんめいに世話をした。彼の悲しみを少しでも和らげることができるようにと、あらゆる努力を惜しまなかった。新しい土地に引っ越してビルキルが基礎学校に通い始めたとき、彼女は休職して彼が環境に馴染むように努力した。エリンボルクの両親は始めからビルキルを自分たちの孫のように受け入れて可愛がった。

エリンボルクはテディとは結婚という形はとらなかった。二人は共同生活者（リビングトゥゲザー）だった。ヴァルソルが生まれ、続いてアーロン、そしてテオドーラが生まれた。子どもたちは三人ともビルキルを慕った。とくにヴァルソルはビルキルを心から尊敬していた。ビルキルが家を出て行ったとき、彼は母親を責めた。すでにあまりうまくいっていなかった母と息子の仲はこのことをきっかけに一層悪くなったのだった。

　エリンボルクは時計を見た。三時八分。

　もし今から眠れても最大四時間しか眠れない。睡眠不足で一日中不調になるだろうと思った。そばでテディがぐっすり眠っていた。この人には悩みというものはないんだからと、彼女は心底羨ましく思った。いっそのこと、起きて、キッチンへ行って新しいメニューでも考えようかとも思ったが、そんな気力もなかった。それでまた一万から逆に数を数え始めた。

　フィルマンという名前のジムは、先に訪ねたジムによく似ていたが、施設は少し広く、街の中央にあった。エリンボルクは睡眠不足のまま、翌日の土曜日にそこを訪れた。ルノルフルが殺害されてからちょうど一週間経っていた。午前中にもかかわらず、すでに大勢の男女が自転車を漕いだり、ランニングベルトを走ったりして汗をかいていた。中には子連れもいた。というのも、フィルマンはシッター付きのサービスを提供するのを売りにしていたからである。エリンボルクは小さなクローゼットほどのスペースにぎゅうぎゅう詰めにされて大画面のテレビで子ども番組を見入っている子たちを見て、腹が立った。この子たちと親との関係はどうなっているのだろうと思った。幼い子どもたちは朝早くから午後五時まで保育園で過ごし、休日は親がランニングベルトの上を汗をかきながら走っている間は押し込められた小部屋でテレビを見せられているのだ。子どもたちはおそらく週日は遅くても九時には眠るだろう。ということは子どもたちはベッドに入るまで二時間ほどしか親たちと一緒にいる時間がない。その二時間もおそらく食事と風呂と寝る準備で費やされることだろう。エリンボルクは首を振った。自分の子どもたちが小さかった頃は、テディも仕事の時間を短縮して、一緒に子育てしてくれた。彼も自分もそれが仕事を犠牲にすることとは思わなかった。それは必要だったし、楽しんでやったことだった。

エリンボルクはジムの責任者と会った。彼はちょうどジムの真ん中の大きなスペースにスクリーンを二つ取り付ける作業に立ち会っていた。注文と違うものが届けられたらしく、一つのスクリーンはものが違うと言って、製造会社に怒りの電話をかけている最中だった。電話を切ると、エリンボルクを睨みつけて、今度はなにが問題なんだと怒鳴った。

「問題？　べつになにも問題はありませんが？」とエリンボルク。

「そうか。それじゃ、何の用事だ？」と責任者は苛立って言った。

「二年ほど前までこちらのジムに通っていた男性のことについて、ちょっと訊きたいことがあるのです。わたしは警察のものです。その男のことはニュースなどでお聞きかもしれませんが」

「いや、知らない」

「シンクホルトに住んでいた男です」

「ええっ？　殺された男のことか？」ジムの経営者は目を剝いた。

エリンボルクはうなずいた。

「その男を憶えているんですね？」

「ああ、はっきり憶えている。当時はまだ今ほど大きくなかったから、ほとんどすべての会員を憶えていたものだ。今じゃ考えられんことだが。それで？　なにを知りたいんだね？　うちのジムとジムの経営者の部屋にまだ十代と思われる若い女性がやってきた。

「子どもが一人、ゲーゲーしちゃったんです」

「それで？」

「親が誰かわからないんです」

経営者は、いや、まったくという顔でエリンボルクの方を見てから少女に言った。

「シッラに言いなさい。それはシッラの担当だから」

「でも、シッラがいないんです、どこにも」

「今お客さんと話しているのがわかるだろう？　シッラを探しなさい。わかったね？」

「あの子、とても具合が悪いんです！」と少女は経営者を睨みつけて大声で叫んだ。「もう、あたし、知らないから！」次の瞬間、少女はいなくなった。

「そうか、用件はルノルフルのことなんだ。そうですね？」と、胸に大きなマークをつけた高価なトレーニングスーツを身につけた経営者は言った。

「彼のこと、知っていましたか？」

「客としてだけ。決まった曜日に来ていた。いや、我々が四年前にジムを開いてからいつも、規則正しく来ていたな。彼は最初に登録してくれた客の一人だった。だからよく憶えてる。しばらくしてやめましたがね。あれはいい男だったな。体作りをちゃんとしていた」

「なぜこちらをやめたのか、知っていますか？」

「いやあ、それはまったくわからない。あれ以降、一度も会っていないし。先日ニュースで聞いたのがやめてから初めてだった。いや、とても本当のこととは思えなかった。ところでなぜ警察はうちに来て、こんな質問をするのかな？　我々がなにか関係あるとでも思ってるんですか？」

「いえ、わたしの知るかぎりそんなことはありません。ただ、以前こちらに通っていたことがわかったもので、一応お話を聞こうと」

「なるほど、そういうことですか」

「彼がこちらをやめたのと同じ頃にやめた人はいますか？　こちらに通っていた人の中に」

　経営者は考えた。

「いやあ、思いつかないな」

「女の人は、どうでしょう？」

「いや、それはないいんじゃないかな」

「こちらに通っていた当時、彼はどうでしたか、人気があったとか？」

「ああ、それは言える。彼はとても人気があった。実際……」

「はい？」

「いや、今訊かれて思い出したんだが、確か、彼がやめた頃、多分同じ頃だったと思うんだが、うちのスタッフの一人のフリーダという女性が辞めたと思う。いい子でしたがね。パーソナル・トレーナーと言って、個別の客についてトレーニングを手伝うスタッフだった。もし必要なら書類を見ますか？　確か二人は一緒にトレーニングしていたと思うが」

「二人は付き合っていたとか？」

「いや、そういう関係ではなかったと思う。でも気が合ったんじゃないかな？　確か一緒に食事に行ったりしていたようだった」

ウンヌルはルノルフルの借りていたシンクホルトのアパートに足を踏み入れて立ち止まった。周りを見回している。これからなにかとんでもないことが起きるのを恐れるかのように。

エリンボルクは彼女のすぐ後ろにいた。ウンヌルの両親も一緒だった。彼女の相談にのっている心理療法士もまた彼女にぴったり寄り添っていた。じつはエリンボルクが必死に説得して、ここまでウンヌルを連れてきたのだ。しまいにウンヌルの母親がエリンボルクの懇願に根負けし、娘を説得してくれたのだった。

部屋はルノルフルの遺体が運び出されてからは何一つ動かされず、そのままになっていた。そこが殺人現場だった痕跡はまだそのまま残されていた。床の黒い血痕を見て、ウンヌルは中に入るのをためらった。

「入りたくないわ」と言って、懇願するようにエリンボルクを見た。

「わかりますよ、ウンヌル」とエリンボルクはそっと言った。「さっさと片付けましょう。すぐに家に帰れます」

ウンヌルはおずおずと玄関から中に入って居間へ行った。床に残っている黒い血痕から目を逸らしている。壁に掛けてあるスーパーマンたちのポスターを見上げ、それからソファへ、ソファテーブルへ、そしてテレビへと目を移した。それから天井を見上げた。すでに夕方近かった。

「ここには来たことない」と自分に言い聞かせるように囁(ささや)いた。それからキッチンの方へ足を運んだ。エリンボルクは影のようにその後ろにピタリとついて動いた。ここに来る前に彼女には警察でルノルフルの車も見せたが、まったく反応がなかった。

もちろん、見たことがあるのにそれを認めるのを彼女の脳が拒絶しているという可能性もあった。寝室に入ると、ウンヌルはベッドを凝視した。上掛けは床に落ちていたが、ベッドヘッドの部分に枕が二つ並んでいた。寝室もリビングも床は板張りだった。ベッドの両端にナイトテーブルがきちんと置かれている。ルノルフルは独身だったから二つもナイトテーブルを必要とはしていなかったはず、とエリンボルクは思った。ルノルフルは左右対称にするためにヘッドボードの両脇に小さなナイトテーブルを置いたのだろうと思った。ナイトテーブルにはそれぞれベッドサイドランプが置かれていた。ここの住人のインテリアセンスを示しているように思えた。このアパート全体にそれは感じられた。すでにこのアパートに入ったときからエリンボルクはインテリアが選び抜かれたものであることに気づいていた。ベッドの両側の床には小さなマットが置かれていたし、クローゼットには洋服がずらりと掛けられている。シャツ類はきちんと畳まれ、ソックスとブリーフもきれいに引き出しに収められていた。家の中のすべてがルノルフルのきれい好き、自分の持ち物を整理したり掃除したりすることが嫌いではないことを示していた。

「わたし、ここに来たことないわ」ウンヌルがつぶやいた。

エリンボルクはウンヌルが安堵したように感じられた。中に入るのが怖いのか、ウンヌルはベッドルームのドアのそばに立っていた。

「確か?」エリンボルクが訊いた。

「何の記憶もない。この場所にはまったく見覚えがないから」

「時間は十分にありますよ」

「そういう意味じゃないの。わたし、この場所はまったく記憶にないの。ここだけじゃなく、どこだってそうだけど。もう帰ってもいいでしょう? 役に立たなくてごめんなさい。悪いけど、わたし、ここにいるだけでとても気分が悪いの。もういいでしょう?」

ウンヌルの母親が懇願するようにエリンボルクを見た。

「もちろんよ。来てくれて本当にありがとう」

「その女性、ここにいたの？」

そう言うと、ウンヌルは一歩前に出て部屋に入った。

「今、わかっているのは、ここで殺された晩、彼は女の人と一緒だったということ。殺される前に性行為をおこなっていたということ」エリンボルクが言った。

「その女の人がかわいそう」とウンヌル。「ここに来たのは彼女の意思ではなかったと思うわ」

「そうね」とエリンボルク。

「でもドラッグを飲まされていたのなら、その女の人はどうやって彼を殺すことができたのかしら？」ウンヌルが言った。

「それはわからないの。なにが起きたのか、まだ私たちもわからない」

「もういいでしょう？　家に帰りたい」

「もちろん、どうぞ。もう帰っていいですよ。ここにいるのは辛いでしょう」

エリンボルクは一緒に外に出て、家族を見送った。その姿はじつに辛そうだった。本人も母親も父親も、最悪の暴力と屈辱の犠牲になったのだ。尊厳は踏み躙（にじ）られ、今はただ静かに泣くしかない状態におかれてしまっているのだ。

エリンボルクはコートを体に巻きつけるようにしっかりと押さえて、車に急いだ。今晩もまた眠れない晩になるのだろうかと不安を感じながら。

12

フリーダという女性はエリンボルクが少し前に話を聞いたローアによく似ていた。ほぼ同じ年格好で、体つきはローアより少しふっくらしていた。黒っぽい髪、小さなメガネの奥にきれいな茶色い目が見える。警察の人間が訪ねてきても驚いた様子はなかった。現場で薬が見つかったというニュースを聞いて、警察に連絡しようかと思っていたところだったと言った。オープンで元気な女性で、知っていることすべてをエリンボルクに話した。

「新聞で読んだけど、本当に気持ちの悪い話」フリーダが言った。「ショックで、あたし、どうしていいかわからなかった。考えてみてよ。あたし、その男と一晩過ごしたのよ！　あいつに薬を飲まされていたかもしれなかったんだと思うと！」

「彼の家に行ったの？」

「ううん、彼がここに来たの。一度だけ。二度と会ってない。一度っきり」

「なにがあったの？」エリンボルクが訊いた。

「うん……ちょっと変な話なの。話すのがむずかしい。あたし、ルノルフルのこと、けっこうよく知っているつもりだった。べつに特別な関係ではなかったけどね。それにふだんあたしはあんなことしないのよ。本当よ。でも、彼のなにかが……」

「あんなことって？」エリンボルクが口を挟んだ。

「ベッドへ行くこと」と言って、フリーダは恥ずかしそうに微笑(ほほえ)んだ。「その男が絶対大丈夫と思わなかったら、そんなことしない」

「絶対大丈夫って、なにが？」

「何と言ったらいいかな……。その人が信用できるってこと」

エリンボルクはなるほど、というようにうなずいたが、じつはよくわからなかった。フリーダは一人暮らしで猫を飼っていると言っていた。アパートの中を見回すと、猫が二匹さっきからウロウロしていた。一匹はエリンボルクの足に体をこすりつけてくる。まったく客に敬意を払わない猫たちだった。一匹はエリンボルクの膝に飛び乗ってきてすでに座っていた。アパートは旧市街にある古い建物の一室で、リビングの窓の外を見ると建物の間からブルー・ラグーン温泉施設が遠くに霞んで見えた。

「いえ、べつにどうってこともないけど、あたし、ほら、〝プレーヤー〟のようなサイトをよく利用してたのよ」と言って、フリーダは少し恥ずかしそうに笑った。「そう、相手探しのサイト。本気で相手を探そうとか思っていたの。でも……、登録している男たちって、王子様たちちってわけじゃないのよね」

「登録している男たち？」

「ええ」

「あなたがジムを辞めたのはルノルフルが原因だった？」エリンボルクは話を本筋に戻した。

「ええ、そう言ってもいいかもしれない。彼には二度と会いたくないと思ったから。あとでわかったんだけど、彼もあのジムをやめて他所に行ったんだって。彼とはあれ以来一度も会っていない。今回ニュースで殺されたって知って、ほんと、驚いたわ」

「そう。彼はあなたの言葉を借りれば、信用できる男じゃなかった、ってこと？」と訊いて、エリリンボルクは膝の上の猫を床に落とした。猫は振り向きもせずキッチンに姿を消した。もう一匹の猫が同じ遊びをするつもりらしく、エリンボルクの膝に飛び乗ってきた。エリンボルクは猫が好きではなかった。猫たちはそれがわかるらしく、好きになってもらおうとエリンボルクにじゃれついてくるのだ。しかし、そう簡単にはいかなかった。

「あたし、あの男を家に招いたりするべきじゃなかったのよ」フリーダは話を続けた。「あたしを自分の家に連れて行きたかったみたいだったけど、あたしはそれは嫌だと言ったの。彼は不機嫌になったけど、それを隠そうとしてた」

「彼は何でも自分の思うままにするタイプの男だった？　それで面白くなかったのかな？」

「知らない。それは警察の方がわかってるんじゃない？」

「いいえ、ルノルフルのことは私たちもほとんど知らない。彼、自分のことを話した？」

「いえ、ほとんど話さなかった」

「彼は田舎から出てきた人よね」

「それは聞いていないわ。レイキャヴィクの人かと思った」

「友達とか家族の話はした？」

「ううん。あたし、彼のことはあまり知らなかった。とにかくそんな話をするほどには親しくなかったから。トレーニングのこととか映画の話とかはしたけど。ルノルフルは自分のことや自分のバックグラウンドの話はしなかった。あ、でもエディとかいう友達のことは話していたけど。会ったことはなかったわ」

「そう。あまり長い付き合いじゃなかったようだけど、ルノルフルの印象はどうだった？」

「自己崇拝的というか、自信たっぷりだった」と言って、フリーダは鼻の上のメガネを押し上げた。

「あたし、わかってた。自信たっぷり、自己顕示欲が強い人だってこと。フィルマンというジムでは間違いなくそんなふうに振る舞ってたわ。鍛えた体を人に見せたくてしょうがなかったようよ。胸を張ってそこらじゅう歩きまわって、その場に女の子でもいようもんなら得意げに裸の体を見せてたわ。そう、いつだって自分の体が自慢だったのよ、あの男」

「そう？　それで……」

「異常だったんだと思うわ、一言で言えば」とフリーダはエリンボルクの言葉を遮って言った。

「異常？」

「そう。例えば……女性との関係で」

「警察はルノルフルがレイプするために女性にクスリを飲ませたかどうかは、わかっていないの。彼の家でその種の薬が見つかってはいるけど」とエリンボルクは言った。彼の口の中に大量のクスリが見つかったことは言わなかった。

「あたしはそういう意味で言ったんじゃないの」フリーダが言った。「新聞にロヒプノールというクスリが見つかったとあったけど、あたしにはそれが意外じゃなかった」

「そう？」

「彼はあのときすごく変だった。その、つまりあたしと……」

「話がよくわからないけど……？」

「だって、この話をするのは本当に嫌なんだもの」と言って、フリーダはため息をついた。

「つまり、あなたはルノルフルとはずいぶん深い関係だったってこと？」とエリンボルクは訊いた。フリーダがなにを話そうとしているのか知りたかった。

「いやあ、本当言うとそうではなかったの」とフリーダは答えた。「ジムに来て、自己顕示欲の強い男たちが我が物顔に振る舞うのはよくあることなの。でもルノルフルはあたしと話すときはいつも行儀よかったわ。ときどきジムで話しかけてきた。そしてあるとき、一緒に食事に行かないかって誘われたの。もちろん、とあたしは答えた。だって彼はあたしにとても親切だったから。話も面白かったし。でもなぜかわからないけど、どこか調子が良くなさそうだと感じたの」

「彼がそう言ったの？　気分がよくないって？」

「いいえ、そうじゃなかった。少なくともあたしとはそんな話はしたことがなかった。正直言って、ルノルフルは面と向かって話すのが不器用というか、気が小さい人だったと思う。そして何だか気持ち悪いというか……」

「気持ち悪い？」

「そう、彼、あたしに……」

「なに？」

「ああ、何だか、話せないな……」

「あなたになにをしたの、彼？」

「彼がなにかしたんじゃなくて、あたしに、死人のようになれって言ったの」

「死人のように？」

　フリーダはまっすぐにエリンボルクを見た。

「そう、死人のように」と繰り返した。

「ということは……？」エリンボルクはフリーダがなにを言わんとしているのか、わからなかった。

「ベッドで体を動かさずに、ただ横たわっていろと。息をつめてただじっとしていろと。そうしてあたしのことを叩き始めた。意味不明な言葉であたしをなじり始めたの。別人のように恐ろしく凶暴な態度だった。まるでどこか違う世界にいるみたいだった」

　フリーダは体を震わせた。

「あれは変態よ！」

「でもレイプじゃなかったの？」

「ええ、レイプではなかった。乱暴されたわけじゃなかった。叩かれたけど、強く殴られたわけではなかったし、引っ張られたりもしなかった」

「それで、あなたはどうしてたの？」

「あたしは体が冷え切ってじっとしていた。でも彼はそれを見て興奮したようだった。そして、終わったの。そのあと、彼はまるで尻尾を巻いて恥入っている犬のようだった。なにも言わずにいなくなったわ。あたしはみじろぎもせずにその場に横たわっていた。なにが起きたのか、まったくわからなかった。この話、誰にもしたことがないの。とても恥ずかしくて、誰にも話せなかった。レイプではなかったのよ。でもまるでレイプされたように感じた。今、振り返ってみると、まさにあれこそ彼の望んだことだったんだと思う。彼はまさにあの状態を求めたんだと思う」

「それで、そのあとは一度も彼と会っていない？」

「ええ。あたしは彼を避けたし、彼も一度も連絡してこなかった。それでよかった。あたし、利用されたんだと思った。あの人とは一生会いたくない。絶対に」

「それでジムを辞めたのね？」

「そう。そのとおりよ。このことを話すだけでも、汚されるような気がするの。とくに今、新聞で彼のことを読んでからは」

「彼と関係を持った他の女の人のこと、知っている？　なにか聞いたことある？」

「知らない。彼のことはなにも知らないし、知りたくもない」

「彼は誰か女の人のこと、彼の知人のことなんか、話さなかった？」

「知らない。なんにも」


エリンボルクはアパートのドアを叩いた。ベルティがしぶしぶ名前を挙げたクスリの密売人はヴァルールといい、フェルスムリにあるアパートに子ども二人とその母親と住んでいた。捜査は難行していた。スカーフの持ち主はまったくわからなかった。エリンボルクはレイキャヴィク中のブティックを探したが、サンフランシスコと胸に文字の入っているTシャツを売った店も見つからなかった。


四十がらみの男がドアを開けてエリンボルクを睨みつけた。腕に赤ん坊を抱えている。鋭い目つきでまずエリンボルクを見、それからシグルデュル＝オーリに目を移した。今回エリンボルクは念のためシグルデュル＝オーリに同行してもらっていた。ヴァルールというその男には会ったことがなかったが、ときどき麻薬取締課の捜査対象になっていることは知っていた。麻薬常習者として、そして麻薬の売人として。ただ、いわば小物で、大きな事件を起こしたことはなかった。一度大麻の密輸で逮捕されたことがあり、保釈つきの軽い刑罰を与えられたことがある。エリンボルクはベルティが嘘をついている可能性もあると思っていた。ベルティがヴァルールに何らかの恨みを持っていて、仕返しをしたいと思って名前を挙げたのかもしれないし、ビンナの機嫌を損なわないようにとっさに思いついた名前を言っただけかもしれなかった。

「何の用だ？」腕に赤ん坊を抱えた男が言った。

「ヴァルールというのはあなた？」エリンボルクが訊いた。

「それがどうした？」

「ちょっと……」エリンボルクが話し始めた。

「ヴァルールルという男と話したいことがあるんだ」横からシグルデュル＝オーリが口を挟んだ。

「あんたかい？」

「何だ、その態度は！」男が突き返した。

「いや、そっちこそ、ちゃんと答えろ」とシグルデュル＝オーリ。

「ヴァルールルというのはあなた？」とエリンボルクが繰り返した。シグルデュル＝オーリに一緒に来てもらったのは間違いだったかもしれないと思いながら。

「ああ、ヴァルールルだ。そっちは誰だ？」

男は赤ん坊をもう一方の腕に抱え直し、訪問者を交互に見た。

「ルノルフルに関する情報を集めているところで」と説明して、エリンボルクは自分とシグルデュル＝オーリの名前を言った。「中に入って、少し話を聞いてもいいですか？」

「断る」ヴァルールルがきっぱりと言った。

「そう。で」エリンボルクが言った。「ルノルフルという男を知ってました？」

「ルノルフル？　知らんね」

男の腕に抱かれた赤ん坊はずっとおもちゃをしゃぶっていた。パパの腕に抱かれて安心している可愛い赤ん坊。エリンボルクはちょっと抱かせてちょうだいと言いたいのをぐっと我慢した。

「自宅で喉を掻っ切られて殺された男だよ」とシグルデュル＝オーリ。

ヴァルールルは蔑んだ目で彼を見た。

「だからどうだと言うんだ、知らんものは知らん」

「その男が殺されたとき、おたくはどこにいた？　言えるか？」シグルデュル＝オーリが続けた。

「確か……」とエリンボルクが話し始めた。

「そもそもあんたらと話す義務などまったくない」ヴァルールが言った。

「私たちはただ情報を集めているだけです」とエリンボルクがようやく口を挟んだ。

「ああ、そして俺に言えるのは、お前ら、地獄へ行け、だ！」とヴァルール。

「ここで、あなたの家でこちらの質問に答えるか、それとも警察に同行するかのどちらか。どうぞ決めて」

「あんたらと話す気はない」と言って、ヴァルールは二人の前でドアを勢いよく閉めようとしたが、シグルデュル＝オーリが足を挟む方が早かった。

「そうか。それじゃ一緒に警察に来てもらおうか」

ヴァルールは半分閉まったドアの間から彼らを睨みつけた。相手は本気で、今回は追い返すことができても、早晩警察に出向かなければならなくなるとわかったらしかった。

「ちくしょう！」と吐き出して、彼はドアノブを放した。

「よく言うよ。ならず者が」シグルデュル＝オーリが言い返した。

「入ります！」と言って、エリンボルクはシグルデュル＝オーリの後ろからアパートの中に入った。部屋の中は散らかっているなどというものではなかった。汚れた衣服、新聞雑誌、食事の食べ残し、酸っぱい不快な臭いが充満していた。ヴァルールと赤ん坊以外、人のいる気配はなかった。床に下ろされた赤ん坊は、そのまま満足そうによだれを垂らしながらおもちゃをしゃぶっていた。

「なにを知りたいんだ？」とヴァルールはエリンボルクだけに向かって言った。「俺がその男を殺ったとでも思ってるのか？」

「そうなの？」とエリンボルクが訊き返した。

「いや」とヴァルール。「俺は第一そんな男を知らない」

「いや、それは嘘だ。我々はあんたがその男を知っていると見ている」シグルデュル＝オーリが言い返した。「それよりあんた、この部屋、少し片付けたらどうだ？」と言って、部屋の中をぐるりと見渡した。

「大きなお世話だ」

「いや、冗談でなく、これはまるで豚小屋だ」シグルデュル＝オーリが言いつのった。

「いい加減にしろ。俺がその男を知っていたとあんたらにチクッたのは誰だ？」

「確かな情報すじよ」エリンボルクが言った。

「そいつが嘘をついたってことよ」とヴァルール。

「いえ、信用するに足るところからの情報です」と答えて、エリンボルクはあのベルティのことを考えないようにした。

「誰だ？　誰がそんなデタラメを言ったんだ？」

「それはあんたには関係ない」とシグルデュル＝オーリが言った。「あんたはルノルフルを知っていた。彼にいろんなクスリを横流ししていたってことはわかってるんだ」

「もしかしてルノルフルはあなたにかなりの額を借金してたのでは？　それで、あなたはその金を返してもらいに行って、ちょっとやりすぎてしまったってことじゃないの？」エリンボルクが言った。

　ヴァルールはギョッとしたように彼女を見た。

「おいおい、ちょっと待て！　あんた、なに言ってんだ？　とんでもないことを言うんじゃないぞ！　誰がそんなことを言ってんだ？　俺はそんな奴らは知らねえ。俺が？　俺がその男をやっちまったってのか？　俺をムショに送り込もうとしてる奴がいるんだな？　俺がその男を殺したって？　冗談か。俺はまったく関係ないね。その男の近くにいたこともない。そんなことは考えたことさえない！」

床の上の赤ん坊は父親を見上げた。いつの間にかおもちゃをしゃぶるのはやめていた。

「一緒に警察に来てもらいましょうか」エリンボルクが言った。「何らかの容疑で留置所に入ってもらうこともできるわ。今我々は他に手がかりがなにもなくて、必死なのよ。二、三日、留置所に入ってもらうことにしましょうか。どうぞそちらも弁護士をつけていいわよ。新聞やテレビは容疑者を捕まえたと報道するでしょう。きっと写真もどこからか手に入れるわ。写真や身分証明書がメディアに漏れることはよくあることよ。ゴシップ新聞があなたの同居人の女性を直撃してなにか聞き出すでしょうよ。『彼は人殺しなんかじゃないわ！』と言う見出しが見えるようだわ」

「何なんだ、いったい！　あんたたちはいったい俺がなにを知っていると思ってるんだ？」

「芝居はやめて！」と言ってエリンボルクは赤ん坊を床から抱き上げた。「あなたは複数の医者に様々な薬の処方箋を書いてもらって、買った薬をとんでもなく高い値段で転売してる。例えばロヒプノールがそうよ。あなたはそれをコカインの薬物常習者に売りつける。彼らはコカインが切れたときの薬物離脱症状を和らげるためにロヒプノールをほしがるからよ。あなたがコカインも売ってることはもうわかってる。つまりあなたは〝何でも屋ヴァルルール〟ってわけよね。もしかしてあなたもコカイン常習者？　コカインって高いのよね？　あなたにそんなお金あるの？　そのお金はどこからくるの？」

「俺の赤ん坊をどうするつもりだ？」ヴァルルールが言った。

「そして、ロヒプノールの常習者もいるってこと……」

「その子をよこせ」と言って、ヴァルールは赤ん坊をエリンボルクから奪い取った。

「ああ、失礼。それで、ロヒプノールをドリンクに混ぜて女の子に飲ませて、意識を失わせてレイプするという悪いヤツもいるわけ。そう、強かん魔、レイピストと呼ばれる奴らよ。そこで訊きますけど、あなたはレイピストにロヒプノールを売ってたの?」

「ノーだ」ヴァルールが答えた。

「確か?」

「ああ、確かだ」

「どうして確かだなんて言えるの? あなたから薬を買った人たちがどんな使い方をするかなんて、わからないじゃない?」

「確かだと知ってるからだ。それに俺はルノルフルなんてやつは知らない」

「あなた自身、ひょっとして女の人にロヒプノールを飲ませてるんじゃないですか?」

「冗談じゃない、いったい何で……?」

「これ、あんたの最新式のテレビか?」それまで黙っていたシグルデュル=オーリが部屋にあった新品の薄型四十二インチテレビを指差して言った。

「ああ、そうだ。俺のものだ」

「そうか。領収書を見せてくれないか?」とシグルデュル=オーリ。

「領収書?」

「こんな高価なものを買ったら、当然領収書があるよな?」

「それは……。OK、仕方がない、話すよ。あんたらも知ってのとおり、俺は以前は薬の転売をしたことがある。だが今は、それは全然やっていない。そもそも処方箋で買う薬を大量に売ったことはないんだ。最後にロヒプノールを売ったのは半年前のことだ。それまで見かけたことのない奴だった。それからも一度も見かけてない」

「その男、ルノルフルじゃなかった？」とエリンボルクが訊いた。ヴァルールが薄型の大型テレビについては話したくないことは明らかだった。

「その男はやたら焦っていたな。ルノルフルと名乗ってた。まるでなにかの会議で出会った人間同士のように握手の手を差し出してきたっけ。親戚から俺の名前を聞いたとかで、なにやら親戚の名前を言ってたが、もちろん俺はそんな名前は憶えてなどいない。やたらにドギマギしていて、いかにもこんなことをするのは初めてという感じだった」

「それで、その後もしょっちゅう来たの？」とエリンボルクが訊いた。

「いや、そのとき一度きりだ。見慣れない男だった。たいていはどこかで見かけているか、だいたいの顔は知ってるもんだが。つまり、客の顔を、だ。そう、客となる人間たちのことは忘れないものさ。だが、あの男は別だった。後にも先にも見かけたことがない」

「ロヒプノールをなにに使うと言ってた？」

「友達のために買うと言ってたな。慣れない奴らはみんなそう言うんだ。誰もそんなことは信じないがね」

「ロヒプノールだったのは確かなのね？」

「ああ」

「それで？」

「一瓶売った。十錠入りの」

「その男、ここに来たの？　あなたの家に？」

「ああ」

「一人で？」

「ああ」

「そしてルノルフルと名乗ったのね？」

「ああ、いや、違う。ルノルフルと名乗ったが、ルノルフルじゃなかった」

「どういうこと？　ナイフで殺されたルノルフルじゃなかったってこと？」

「ああ、そういうこと。新聞に出てた写真の男じゃなかった」

「ルノルフルのふりをしてたってことね？」

「それは知らない。その男もルノルフルという名前なのかもしれない。偶然にも同じ名前だったのかも。そんなこと、知るもんか」

「その男の外見は？」

「憶えてない」

「思い出すのよ」

「俺と同じくらいの背丈かな。年は四十ぐらいか。顔が丸くて頭が禿げかかってたな。頰に髭がチョビチョビ生えてた。あまり憶えてない」

エリンボルクは話を聞いているうちに、警察にルノルフルのことを話しにきた男のことを思い出した。エドヴァルド。通称エディ。特徴が似ている。禿げかかった頭、チョビチョビ生えた顎髭。

「他にもなにか思い出せる？」エリンボルクが訊いた。

「いや、他にはなにも」

「それじゃ、ありがとう」

「ああ。とっとと帰ってくれ」

「ヴァルールは少なくともちゃんと子どもを扱っていたわ」車に戻るとエリンボルクが言った。「おむつは乾いていたし、食事のあとだったとみえて、あの子は満足してパパと遊んでいた」

「あいつはクソだ」

「ああ、それは同感よ」

「エーレンデュルからなにか言ってきたか？」シグルデュル＝オーリが訊いた。

「いえ、何にも。東部地方に何日か行くって言ってたわよね？」

「それは何日前のことだ？」

「一週間ぐらい前かなあ」

「どのくらい休むつもりだったんだろう？」

「知らない」

「東部アイスランドでなにをするつもりなんだろうか？」

「子どものころに過ごしたところを回るつもりなんじゃないの？」

「エーレンデュルが付き合ってる女性からなにか聞いてるか？」

「ヴァルゲルデュルね？　いえ、聞いてない。電話をかけてみるべきかもね。彼からなにか連絡があったかって」

13

　エドヴァルドの家に着いた頃にはすでに夕方になっていた。ヴェスツールガータの端の荒れた一軒家だった。彼は独身で子どももはいない。車が家のすぐそばに停めてあった。少し古い日本製のコンビだった。呼び鈴を探したが玄関周りにはなかったのでノックした。中から人が動く音がしたが、誰も出てこない。二つの窓から中の明かりが見えた。テレビがそのとき消されて暗くなった。再びドアをノックした。シグルデュル＝オーリがドアをグイッと引いたとき、ようやくエドヴァルドが出てきた。すぐにエリンボルクに見覚えがあるらしいとわかった。

「お邪魔ですか？」エリンボルクが訊いた。

「ええ、いや……。なにかあったんですか？」

「もう少しルノルフルのことを訊きたいと思って」エリンボルクが言った。「中に入ってもいいですか？」

「ちょっと都合が悪いなあ。私は……、ちょうど今出かけるところだったんで」

「長くはかからないよ」シグルデュル＝オーリが言った。

　彼らはまだ玄関先の階段に立っていた。エドヴァルドが入り口の前に立って、中に入るのを遮っている。

「今は都合が悪い。明日なら大丈夫なんですが」

「そうですか。でもそれはこちらが困るんです」エリンボルクが言った。「ルノルフルのことで、今、ここであなたに訊きたいことがあるので」

「ルノルフルのことで？　なにかあったんですか？」

「ちょっとここでは話せないんですが」

　エドヴァルドは道路の方を見た。家の周りは暗かった。街灯の明かりが届かないからだ。彼の家の周りには明かりがまったくなかった。庭はなく、すぐそばに枯れたハンノキが一本立っているだけだった。曲がった枝がまるで魔女の爪のように屋根の上に伸びていた。

「そうですか。それじゃ仕方がない。中へ。なにを訊きたいのかわからないが」と彼はボソボソと言った。「彼は単なる友人で」

「長くはかかりませんよ」

　小さなリビングに通された。家具はみな古かった。壁の前に大きな薄型テレビが置いてある。これは新品のようだ。机の上にはこれまた大型のパソコンがあり、様々なコンピューターゲームがあちこちに散らばっていて、本棚にはおびただしい数のビデオやＤＶＤが収まっていた。テーブルや椅子の上にはレポート用紙や教科書と思われるものが広げられていた。

「宿題を見ているところだったんですか？」エリンボルクが訊いた。

「あれですか？」と言って、エドヴァルドは机の上の紙類の方に目をやった。「そう。明日にも生徒たちに渡さなければならない。いや、どうしても溜まってしまうもので」

「映画のビデオを集めてるんですか？」とエリンボルクは続けて訊いた。

「いや、集めているわけじゃないが、いつの間にかこんなに集まってしまった。ビデオレンタルの店がときどき古いのを売り出すんですよ。それを買うんです。ただ同然の値段で買えるもんで」

「これ、あんた、全部観たのかな？」シグルデュル＝オーリが訊いた。

「いや、ええと、まあ、ほとんど全部」

「前回話したとき、ルノルフルのことはよく知ってると言ってましたよね？」エリンボルクが言った。

「まあ、かなり。気が合ったというか」

「わたしの記憶に間違いなければ、映画の好みが同じだったとか」

「そう。ときどき一緒に映画を観に行ってましたよ」

エリンボルクは、この男は前回会ったときより神経質になっていると感じた。家を訪ねてきたというのが不愉快なのかもしれない。目がきょときょとしていて落ち着かない。どこに目を止めていいかわからないようだ。手も机の周りを触りまくっている。ようやく両手をポケットに突っ込んだかと思えば、次の瞬間頭を掻き、次に手を伸ばしてビデオのジャケットを触っている。

エリンボルクは彼の落ち着かなさを鎮める手伝いをすることに決めた。椅子の上に置いてあったビデオを手に取った。昔のヒッチコック映画『下宿人』だった。エドヴァルドから話を聞き出すために彼女はしっかり準備してきていた。そして今まさに最初の問いを出そうとしたとき、シグルデュル＝オーリが前回と同じく苛立ちの声を上げたのだ。彼は相手が不安そうなときとか、慌てているようなときに切り込むのを得意としていた。そんなチャンスがあれば決して見逃さないのだ。

「あんた、なぜ我々にレイプドラッグを手に入れたことがあると話さなかった？」

「はあ？」とエドヴァルド。

「しかもあんた、ルノルフルと名乗ったそうじゃないか？　彼のために買ったのか？」

エリンボルクは愕然（がくぜん）としてシグルデュル＝オーリを見た。今日のこの訪問は彼女がリードするということははっきり伝えてあったのだ。シグルデュル＝オーリはただ一緒に来るだけだったはず。

「そうだ、なぜその話をしなかったんだ?」と言いながら、シグルデュル=オーリは自分を睨みつけているエリンボルクの表情に気がつき、首を傾げた。今のはいい質問だろう? と同意を求める顔だった。「なぜあんたはルノルフルと名乗った?」

「え……、話がよくわからない」と言って、エドヴァルドは両手をポケットに突っ込んだ。

「我々はおよそ半年前にあんたにロヒプノールを売ったという人間に会って話を聞いた」シグルデュル=オーリが言った。

「その男が言った特徴があなたに一致している」とエリンボルクが話を続けた。「その人はあなたがルノルフルと名乗ったと言っている」

「特徴?」エドヴァルドが訊き返した。

「そう。その人はあなたの外見を詳しく話してくれた」

「さあ、どうなんだ?」シグルデュル=オーリが続けた。

「どうなんだと言われても」とエドヴァルド。

「その男が言っているとおりなのか?」シグルデュル=オーリが訊いた。

「その男とは?」

「いい加減にしろ! お前にクスリを売った奴だ。人の言うことをよく聞け!」

「ここからはわたしに任せて」とエリンボルクが静かに言った。

「この男に言ってくれ。言い逃れしようとしたら、クスリの売人のところに連れて行って、本当のことを吐かせてやると」

「いや、私はただルノルフルのためによかれと思ってやっただけだが?」

シグルデュル=オーリの怒鳴り声を聞いてエドヴァルドがようやく口を開いた。「ルノルフルに頼まれたもので」

「そう？　それで？　ルノルフルはなぜその薬が必要だったのかしら？」エリンボルクが訊いた。

「確か、眠れないと言ってた」

「そう？　それじゃ、なぜ彼は医者から直接薬をもらわなかったのかしら？」

「ロヒプノールという薬が何の薬なのか、私は知らなかった。彼が死んで、ニュースで初めて知ったんだ。薬のことはまったくなにも知らなかった」

「そう？　私たちがあなたのそんな言葉を信じると思っているの、本気で？」エリンボルクが言った。

「誰に向かって話してると思ってるんだ！」シグルデュル＝オーリが叫んだ。

「いやいや、私は本当に薬のことはなにも知らないもので」

「本当？　それじゃ次に、ルノルフルは闇の薬物売人をどうして知っていたのかしら？」エリンボルクが訊いた。

「知らない。彼は話してくれなかった」

「あなたはその売人に、親戚から聞いたと言ったわね？」

　エドヴァルドはそこで初めてゆっくり考えた。

「クスリの売人が知りたがったからそう言っただけだ。彼はやたら落ち着かなかった。私の名前を訊いた。誰から自分のことを聞いたかとも訊かれた。じつに嫌なタイプだった。ルノルフルに頼まれたから買いに行っただけだ。だから私は彼の名前を使った。親戚に聞いたというのは適当に言ったまでだ」

「なぜルノルフルは自分が使うクスリを自分で買わなかったのかしら？　なぜあなたに頼んだのか

しら?」

「彼と私は仲が良かったから。友達だったから。彼は……」

「彼は?」

「彼は医者を信用しないと言っていた。じつは彼に打ち明けられたことがある。アルコールの問題があって、ロヒプノールは二日酔いに効くんだとか。でもロヒプノールを使うということをあまり知られたくないんだとか。なぜならその薬は問題のある人が使う薬だからと。医者からその薬の処方箋をもらうのは嫌だと言ってた。いや、私も彼の言うことを全部わかっていたわけじゃないんだ」

「よくわかりませんね。なぜルノルフルは自分で闇の薬物売人のところへ行かなかったのかしら?」

エドヴァルドはためらった。

「とにかく私は彼に頼まれたんだ」ようやく言った。

「なぜ?」

「知らない。自分で行くのが嫌だったということじゃないか……」

「そう?」

「私は友達があまりいない。ルノルフルとは気が合った。私は手伝いたかった。彼はアルコールの問題を話してくれた。私はその彼を手伝いたかった。それだけのことだ。それ以上の理由などない。私は喜んで彼を手伝ったんだ」

「そう?　それで、買った薬の量は?」

「一瓶」

「他にもあなたが薬を買いに行った売人はいる?」

「他に?　いや、あのとき一度だけだ」

「この前警察に来たとき、なぜわたしにこの話をしなかったの？」

　エドヴァルドは肩をすくめた。

「話したら、関係ないことに引き込まれそうだと思ったので」

「あなたはレイプ犯と疑われる男のために薬を買ってやっていたんですよ。関係ないとは言えないですよね？」

「薬を何のために使うかなど、私は知らなかった」

「ルノルフルが襲われたとき、あなたはどこにいた？」

「ここに。うちにいた」

「それを証言できる人がいる？」

「いいや、私はたいてい夜は一人でいる。まさか、まさか、あんたたちは私が犯人だと思っているわけじゃないでしょうね？」

「べつに、なにも思ってはいませんよ。はい、今日はここまで。ご協力ありがとう」と、エリンボルクは最後の言葉をボソボソとつぶやいた。

　シグルデュル＝オーリには本気で腹を立てていた。車に戻るとエンジンをかけながらすぐに「どういうこと？」と言った。

「え、何のこと？」とシグルデュル＝オーリ。

「なにもかもぶち壊したじゃない！　いやんなっちゃう！　こんなに馬鹿馬鹿しい尋問したこと、一度もないわ！　すぐに手の内を見せてしまうなんて！　彼がクスリをルノルフルのために買ったかどうかは、はっきりしていないのよ。なぜそれを言ってしまったの？　それこそ彼の口から吐かせることだったのに！」

「いや、何のことか、わからない」

「あんたはエドヴァルドにうまい言い逃れのチャンスを与えてしまったのよ」

「言い逃れ？　まさかきみはエドヴァルドが自分のためにクスリを手に入れたなどと思っているわけじゃ？」

「そうじゃないとどうして言い切れるのよ？　彼がルノルフルに自分のクスリを分けてやっていたという可能性だってあるじゃない？　あの男はもしかするとルノルフルとグルなのかもしれないじゃないの。もしかすると、ルノルフルを殺ったのは彼である可能性だってあるんだから」

「あのボケ男が？」

「もうやめてよ！　その頭っから人を馬鹿にした態度！　少しは他人に対して敬意をもったらどうなの？」

「ぼくは彼がしゃあしゃあと嘘をつくのに手を貸すつもりはないね。ぼくたちに向かってあんな御託を並べるとは。あれはずっと前から用意してたに違いないよ」

「自分のミスを認めるのがよっぽど嫌なのね、あんたは。わかってるでしょ、あんたは今日の事情聴取を百パーセント失敗させたんだから。それも完璧に、よ！」

「エリンボルク、今日はちょっとどうかしてるよ。大丈夫？」

「いい？　彼はひと芝居打ったのよ。彼の言ったことはすべてデタラメよ」エリンボルクは深くため息をついた。

「最悪よ。こんなこと、あたしは今まで経験したことがない」

「何のこと？」

「話を聞いた相手がどの人も犯人のように見えるってこと」

14

父親は昼寝をしに部屋に引っ込んでいた。その日は月曜日で、夜はいつもどおり父は友人の家で仲間とブリッジをすることになっている。エリンボルクは子どもの頃から父親が月曜日の晩はブリッジをする習慣だと知っていた。グランドスラムだのトリックだので、毎年父親たちが大いに楽しんできたのも知っていた。彼らはブリッジボードの周りで互いに敬意を払いながら年を重ねてきたのだ。昔はエリンボルクの頭をこづいてからかったりした若者たち、母親が途中休憩のときに飲み物や食べ物を出してくれるのを楽しみにしていた若者たち。彼らはイキイキとしていて、互いを敬い合い、決して尽きないブリッジの魅力に取り憑かれていたものだ。

エリンボルクはブリッジをしたことはなかった。また父親が彼女にブリッジを教えようとしたこともなかった。彼はブリッジが上手で、何度か競技大会に出て優勝もしていた。優勝カップはクローゼットの奥に仕舞い込んである。最近は父親も少し年をとり、夜のブリッジに備えて昼間はゆっくり昼寝をする習慣になっていた。

「まあ、あんたなの?」と言って、母親がドアを開けた娘に声をかけた。エリンボルクはまだ鍵を持っていて、勝手に実家に出入りできた。

「近くまで来たので、ちょっと寄ってみたのよ」

「すべて順調?」

「ええ。どう、ママは元気?」

「ええ、元気よ。一人でできる本の製本の講習会に行ってみようかと思ってたところ」と居間で新聞の広告を見ていた母親が言った。「友達のアンナがそういう講習会に出たと言って、勧めてくれたのよ」

「いいじゃない？　パパも誘ったらいいわ」

「あの人、この頃なにもしたくないというのよ。テディはどう？　元気？」

「ええ、元気よ」

「あんたはどうなの？」

「元気よ。忙しすぎるけどね」

「あんたを見ればそれがわかるわ。疲れて見えるもの。シンクホルトでとんでもない殺人事件があったんだって？　新聞で読んだよ。あんたが担当する事件でなきゃいいと思ってた。あれは普通の人間のやることじゃないね」

　エリンボルクは母親のそんな文句をそれまで何度も聞いていた。娘が盗人捕物——母親の表現をそのまま言えば——をするのをよく思っていなかった。自分の娘にはふさわしくない仕事だと思っていた。立派な仕事とは言えないと思っていたわけではなかった。ただ、娘が泥棒やギャングなどと殴り合いをすることなど考えられなかったからだ。悪者たちを追いかけ、捕まえ、留置所に入れるのは、娘とはまったく違うタイプの誰か、であるはず。自分の娘はその役割には合わないと思っていた。エリンボルクはそのことについて母親とちゃんと話すのは億劫（おっくう）だった。

　母親が第一に心配しているのは、愛娘が法を破るような悪者と同じ場にいるということだった。エリンボルクは早い段階でそのことに気づき、自分はそういう連中を追いかけ回す役割ではないことを説明して母親を落ち着かせ安心させようとしてきた。もしかするとやりすぎたのかもしれない。

そういう役割ではないのなら、この仕事についている必要はないではないかと母親は思っているようだった。

「ときどき自分はなにをしているんだろうと思うことがあるわ」エリンボルクが言った。

「わかるよ」と母親。「あったかいチョコレートでも飲むかい？」

「いらないわ。ただちょっと様子を見に寄っただけだから」

「いいじゃないの。すぐにできるよ。あんたのところの子は、みんなもう大きいんだから、少しゆっくりしていきなさいよ」

エリンボルクが返事をする前に、母親は鍋を取り出して水を少し入れ、その中にチョコレートの塊を入れた。すぐにチョコレートは溶け始めた。エリンボルクはキッチンテーブルのそばに腰を下ろした。母親のハンドバッグが椅子の背に掛けられていた。それを見て、子どもの頃母親のハンドバッグから立ち上るいい匂いを嗅ぐのが大好きだったことを思い出した。日々ストレスばかりの今、昔の自分の居場所に戻れるのはホッとすると思った。

「そんなに悪くはないの。うまく解決することもあるしね。仕事だって犯人を捕まえて刑務所に送り込むこともできる。暴力を止めることもできるし、ひどい目に遭った人を助けることもできる」

「それはあるでしょうよ。でもあたしがわからないのは、あんたがなぜいつまでもそんな仕事をしてるのかってことよ。あんたが警察の仕事をこんなに続けるとは思わなかったわ」

「うん、わかってる。あたしだって思わなかった。気がついたらこうなってたってことなのよ」

「そう。もう一つあたしがわからないのは、なぜあんたがあの地理学男と一緒になったのかってこと。あのベルグスヴェインって男のことよ」

「あのね、ママ。彼の名前はベルクステインよ」

「どっちだっていいけど、とにかくあたしはあんたがあの男のなにがいいと思ったのか、ほんと、わからなかった。その点、テディは違うわ。彼はちゃんとした男よ。あんたを裏切ったりしないわ。そういえば、ヴァルソルはどうしてるの？　元気？」

「ええ、元気、だと思うわ。この頃あまり話をしてないけど」

「そう。それって、あのビルキルのため？」

「わかんない。今が反抗期なのかも」

「ああ、きっとそうよ。大人になる前の、ね。いつかまたいい子になってあんたに戻ってくるわよ。いい子だもの、ヴァルソルは。頭もいいし」

頭がいいのはテオドーラもよ、とエリンボルクは心の中で言った。ヴァルソルはいつもおばあちゃん子だった。他の子たちがひがむほど。エリンボルクは以前そのことを母親に伝えたことがあった。馬鹿馬鹿しい、と母親は一蹴した。

「ビルキルからはなにか連絡あるの？」母親が訊いた。

「たまに、ね」

「テディにはなにか言ってくるのかしら？」

「いや、べつになにも言ってきてないと思うわ」

「ヴァルソルはビルキルがいなくなって寂しいと思っているのよ」母親が言った。「出て行かなくてもよかったのに、と言ってるよ」

「あのね、ママ。ビルキルは出て行きたくて出て行ったのよ。あたしにはなぜヴァルソルがいまだにそのことで不満を言うのかわからない。みんながこの件はもう納得したはずなの。確かにビルキルはあまり連絡してこないけど、あたしたちと彼の関係は何の問題もないのよ。ヴァルソルはビルキルとときどき電話で話しているらしいわ。あたしにはなにも言わないけどね。ヴァルソルは自分からはなにも言わないのよ。テディがときどき間に立って教えてくれるけど」

「そうね、確かにヴァルソルはぶっきらぼうではあるけど……」

「ビルキルは自分から父親のもとに行きたいと言ったのよ。あたしはまったく関係してないの。父親は一度だって息子のことを訊いてきたこともないのに、よ。あたしたちが幼い彼を引き取ってから十年以上もの間、一度だって連絡してこなかった。でもなぜかビルキルは突然父親の元に行くと言って、出て行ってしまったの。まるで自分にとって父親は一番大切な人だとでもいうように」

「まあ、本当の父親ではあるわけだからね」

「でも、あたしたちは？　あたしたちは彼にとって何だったというの？　保育所？」

「あのくらいの年の子たちは自分の道を探すものよ。あんただって家から出たがっていたじゃない？」

「うん、それはそう。でもビルキルの場合は違うわ。まるであたしたちは親代わりじゃなかったみたいじゃない？　うちにお客さんとしていたみたいじゃない？　でも、あたしたちはあの子をそんなふうには扱わなかったわ。ママのことだっておばあちゃんと呼んでいたし、テディとあたしはパパとママだった。でも突然、彼はあたしたちをそう呼ばなくなった。あたしは腹が立ったわ。テディだってそうよ。父親のことを知りたくなったというのはわかるわ。それはOKよ。でもどうして完全に背を向けてしまったのか。それがわからないのよ。あたしは彼にそう言ってやったわ。あの子、まったく聞く耳を持たなかった。いったいなにがどうなってしまったのか、あたしにはまるでわからない」

「自然の成り行きだったのかもしれないよ。物事は思いがけない方向に進むことがあるものだから」

「もしかして、私たちの育て方が間違っていたのかしら。十分にあの子に手をかけなかったとか。ある日急に子どもは知らない人になるのよ、きっと。親は子にとってゼロの存在になってしまうの。自分でやっていくということを学ぶのよ。親には頼らないことを学ぶの。家から出て行ってしまうのよ。きっと話もしなくなるんだわ」

「それでいいのよ」と母親は言った。「子どもたちは自分の足で立つことを学ばなきゃならないんだから。自立すること、他の人に頼らないことを学ぶのよ。あんただって、もしまだここに残っていたとしたら、どう？ 考えられる？ とんでもないことでしょう？ あたしだって大変だったに違いないわ。お父さんの世話だけだって大変なんだから」

「あたしはどうしていつも自分が十分じゃないと思い、良心が痛むのかしら？」

「あんたはとってもいいお母さんだったとあたしは思うよ。そのことに関しては全然心配しなくていいよ」

　ベッドルームのドアが開いて、父親が出てきた。

「おや、来てたのかい？」と言って、昼寝後のモジャモジャの髪をかき上げた。「どうだ、殺人者は捕まえたかい？」

「馬鹿なことを言わないで。この子は殺人鬼を追い回しているわけじゃないんだから」

　両親の家をあとにして、エリンボルクは警察署に戻り、その日は遅くまで働いた。家に帰ったときは十時を回っていた。テディが子どもたちを外に連れ出し、ハンバーガーとアイスクリームを食べさせていたので、みんな大満足のようだった。父親は寄り合いに出かけたと子どもたちは母親に伝えた。エリンボルクは息子のヴァルソルの部屋を覗いて今日のことを訊こうとしたが、彼はテレビを観ながら携帯をチェックしているところで、母親の方を見向きもしなかった。アーロンは兄の隣に座ってテレビを観ていたが、これまた母親にはまったく気づかない様子だった。

テオドーラはもう眠っていた。エリンボルクが娘の部屋を覗くと、ベッドのそばの小さなランプが点いていた。娘はぐっすり眠っているようだった。眠るまで読んでいた本が床に落ちていた。ページが開かれたままだった。エリンボルクはランプを消そうと部屋に入った。この末っ子はまったく手のかからない子だった。部屋はいつも掃除されていた。部屋を掃除しなさいなどと言ったことはなかったが、二人の兄たちとは違い、部屋を掃除されていた。朝起きると学校へ行く前にきれいにベッドメーキングもしている。本もたくさん持っていて、みんなきちんと本棚に並べられていた。小さな机の上に本や宿題が置きっぱなしということもなかった。

エリンボルクは床から本を拾い上げた。それは彼女自身が子どものときに読んだ本で、娘にプレゼントしたものだった。有名なイギリス人作家の書いた本で、素晴らしいアイスランド語に翻訳されていたが、むずかしい言葉が多くて、今日の子どもたちには読みづらいものになっているかもしれなかった。シリーズもので、テオドーラのお気に入りだった。エリンボルクは自分自身子どものときに興奮して読んだことを思い出した。いつの間にか微笑を浮かべて本をパラパラとめくっていた。厚めの紙で、ずいぶん黄色くなっていた。本の背は擦れていて、ページは子どもの小さい手の指ですっかり薄汚れてしまっていた。表紙に自分の幼い字で名前が書かれている。エリンボルク三年C組。本にはところどころ挿絵があって、物語の怖いシーンなどが描かれていた。ページをめくっていたエリンボルクの手が止まった。

挿絵がなにかを訴えているように思った。

しばらくその絵を見て、ようやく彼女の目を捉えたのが何かがわかった。それからしばらくまたその絵を見続けた。

それからそっと娘のテオドーラを揺り起こした。

「ごめんね、テオドーラ」と、ようやく目を覚ました娘に言った。「おばあちゃんがよろしくって。あのね、ママがどうしても訊きたいことがあるの」

「どうしたの？　なぜ起こしたの？」

「この本のことでどうしても訊きたいことがあって。ママが読んだのはずっと昔だから。この挿絵を見て。これ、誰だっけ？　何という名前？」

テオドーラは目を擦りながら起き上がって、挿絵を見た。

「なに？　なぜそんなこと訊くの？」

「知りたいから」

「あたし、眠ってたのよ」

「そう。ごめんね。でもあんたはすぐにまた眠れるでしょ。この挿絵の男、何という名前だっけ？」

「おばあちゃんちに行ってきたの、ママ？」

「そうよ」

テオドーラは挿絵に目を戻した。

「この人の名前、憶えてないの、ママ？」

「ええ」とエリンボルク。

「ローベルトよ。悪者のローベルト」

「ローベルトはどうして脚になにかつけてるの？」

「生まれつき足が悪いから」テオドーラが言った。「生まれつき足が前と後ろ逆についていたから、その器具をつけてまっすぐにしてるの」

「そうか、そうだったわね。生まれつきだった」

「そう」

「この本、明日借りてもいい？　明日の晩返すから」

「どうして？」

「これをペトリーナというおばさんに見せなくちゃなんないから。そのおばさん、このような脚の男の人を家の窓から見たことがあるんだって。この本の中で、この男の人はなにをしたんだっけ？」

「この人は怖い人なの」と言って、テオドーラはあくびをした。「みんなが彼を怖がるのよ。ローベルトは子どもを殺そうとするの。彼は悪者なのよ」

15

ペトリーナは最初エリンボルクを憶えていないようだった。少しだけ開けたドアの前に立ち、エリンボルクが自分はこの前に来た警察官だと言うのを疑わしそうに聞いていた。エリンボルクは数日前、夜遅くにペトリーナが見かけた男の話を聞きに来た者だ、と説明した。

「男？　誰のこと？」ペトリーナが訊いた。「電力会社の人？　誰も来てないよ、あれから」

「え？　あれから誰も来ていないんですか？」

「そうよ、誰も来やしない」と言って、ペトリーナは深いため息をついた。「あたしのことなんか、どうでもいいと思ってるんだから」

「あとで電話しますよ、来るように。ちょっとだけ話を聞きたいんですけど、中に入ってもいいかしら？　あなたが話してくれた男の人のこと、もう少し聞きたいので」

ペトリーナはエリンボルクを睨みつけた。

「いいよ。入って」

エリンボルクは中に入って、ドアを閉めた。前に来たときと同じくタバコの匂いが家の中に充満していた。アルミホイルで覆われた壁の部屋の方に目をやった。ドアが閉まっている。アパート中が強い電磁波で満ちていると言って、見せてくれた電磁波を測る棒が二本、居間の床の上に転がっていた。ペトリーナが放り投げたのだろうか？　エリンボルクはペトリーナの話をもっと真剣に聞くべきだったと悔やんだ。この事件にはほとんど手がかりがないのに、何日か無駄にしてしまったという気がした。ペトリーナが窓から見たという、足を引きずっていた男は重要な参考人だったかもしれないし、なにか見たのかもしれないのだ。もしかすると、彼は大事なことを知っているかもしれない、なにか聞いたのかもしれない。ペトリーナは男が脚にアンテナをつけていたと言ったが、彼女は電磁波とかウランとかで頭がいっぱいであるためにアンテナという言葉を使ったのかもしれない。男は事故とか障がいのために足を補強するなにか道具をつけていたのではないか？

ペトリーナは疲れてあまり精気がないように見えた。電磁波との闘いに敗れて、この二、三日で空気が抜けてしまったようだった。電力会社の人間がいつまで待っても来てくれないことにすっかり疲れてしまったのだろう。エリンボルクは電力会社の人間はきっと彼女にうんざりして、人を送り込んで来ないに違いないと思った。福祉関係の人間に電話をかけてペトリーナのことを頼もうか、と思ったことも思い出した。ペトリーナはどこに助けを求めたらいいのかわからないように見えた。危険な電磁波から彼女を守る施設、機関、人間は、どこにもいないようだ。テレビもまたアルミホイルでしっかり包まれていた。キッチンにもう一つアルミホイルでしっかり包まれているものがあった。きっとラジオだろうとエリンボルクは思った。

「あなたに見せたい絵が描かれた本を持ってきたんです」と言って、エリンボルクはテオドーラの本を取り出した。

「本の中の絵？」

「そう」

「あたしに本をくれるの？」

「それはできないの、ごめんなさいね」エリンボルクは謝った。

「そうなの？　できないの？」とペトリーナは悲しそうに言った。「そうか、あたしにプレゼントじゃないんだ。ああ、残念」

「そうなの、これはわたしの娘の……」

「あんた、警察の人、だよね？」

「そうです」エリンボルクが言った。「よかった、憶えていてくれたのね」

「あんた、電力会社に電話かけてくれるって言ったよね？」

「必ずそうします」とエリンボルクは言った。「忘れてしまったの」と小さい声で言い、かわいそうな女性に悪いことをしてしまったと思った。「あなたから話を聞いたら、すぐに電話します」

エリンボルクは本をバッグから取り出して、ローベルトの絵が描かれているページを開いた。ローベルトの片足は膝からくるぶしまで二本の金属製の棒で挟まれていて、その二本の棒は革紐で靴にしっかり結びつけられている。

「この近所で重大な事件が起きた晩、あなたは男の人が家の前を通ったと話してくれた。あなたが窓を前にして座って、電力会社の人を待っていたときのこと」

「そう、でも誰も来なかった」

「そうね。あなたはその男の人が足を引きずっていた、脚になにかをつけていたと言った。それはアンテナで、そのアンテナから大量の磁気が送り出されていたとも言いましたね」

「そう、ものすごい量の磁気だった」と言って、ペトリーナは微笑（ほほえ）んだ。黄色い歯が口元から覗いた。

「その男の人が脚につけていたのは、この絵のようなものだった？」と言って、エリンボルクは本をペトリーナに渡した。

ペトリーナは吸いかけのタバコをそばに置いて、本を受け取り、パラパラとページをめくった。

「これ、なに？　何の本？」

「冒険小説よ。わたしの娘が読んでいる本を借りてきたの」と答えながらも、ペトリーナが口から吐き出すタバコの煙で、ほとんど息もできなかった。「だからあなたにあげることができないの。ごめんなさいね。あなたがこの間の晩に見た男の人が脚につけていたのは、こういうものだった？」

　ペトリーナはしげしげと挿絵を見た。

「まったく同じ、じゃないけどね。でも、ここから膝まで棒がついていたわ」

「それがはっきり見えたのね？」

「そう」

「つまりそれはアンテナじゃなかったということね？」

「いや、それはアンテナそっくりだった。ねえ、この本、古い本なの？」

「その男の人の脚は石膏で固められてた？」

「石膏で固められてたって？　そんなことないよ。誰がそんなこと言った？」

「もしかして、その人は片脚が短かったのかもしれない？」

「片脚が短かった？　ナンセンス！」

「それじゃ、その人は最近自動車事故かなんかに遭って、包帯を巻いていたのかも？」

「音はとっても大きかった。それは確かよ。あたし、音を聞いたんだから。受信できるようにだと思う」

「送信音を聞いたの？」

「そのとおり」とペトリーナはしっかりうなずき、タバコを大きく吸い込んだ。

「このあいだ来たとき、あなたはその話をしなかった」

「だって、あんたが訊かなかったから」

「それで、その音はどんな音だったの？」

「あんたと関係ない。あんたはあたしの頭がおかしいと思ってるから」

「そんなこと、思っていないわ。そんなこと、言ったこともないし。あなたがおかしいなんて、わたしはまったく思っていない」と言って、エリンボルクは本当にそうなのだとペトリーナに信じてもらおうとした。

「でもあんたは電力会社に電話をかけてくれなかったじゃないか。そうすると言ってたのに。あんたはあたしを頭がおかしくなった年寄りの女だと思ってる。電磁波のことばかり話してる変なばあさんだと」

「いいえ、わたしはちゃんと敬意をもってあなたと話をしてきました。それ以外のことはあり得ません。電磁波のことを心配している人は大勢います。電子レンジ、携帯電話、そういうもの全部」

「携帯電話は脳を煮立たせるんだよ。まるで卵のようにすっかり硬くなって使い物にならなくなるんだ」と言ってペトリーナは握り拳で頭を叩いた。「携帯電話は囁くんだよ、そっと悪魔の言葉を人に囁き続けるんだ」

「そうね。携帯電話は最低ね」と言いながらエリンボルクはペトリーナの手を取り、頭を打ち続けるその手を止めた。

「でもあのときあたしはなにも聞こえなかった。あの男はとても急いでいたから。もちろん足が悪いからそんなに速くは歩けなかったんだけどね。脚にアンテナをつけて、その足を引きずりながらとんでもなく急いでた。まるで火に追いかけられているみたいに。まるで……」

「まるで？」

「まるで生きるか死ぬかのせとぎわみたいに」

「なにか、音がした?」

「え、あたしにはなにも聞こえなかったよ。その男はなにか言ってたけど」

「前にあなたは、その男の人からなにか送り出されたとか言ってたわ」

「そうだったかもしれない。でもあたしはその男が電話でなにを言ってたか、聞こえなかった。なにか機械的な音が聞こえただけ。あれは電磁波だよ。その男がなにを言ったかは全然聞こえなかった。とにかく急いでいたよ、その男は。全力で走ってた。あたしにはなにも聞こえなかったけど」

　エリンボルクはペトリーナを凝視した。今聞いたことをはっきり理解しようとした。

「なんだい?」とペトリーナは訊き返し、口もきけないほど驚いているエリンボルクを見返した。

「あんた、あたしの言うことが信じられないのかい?　あたしはその男が言ったことは、何にも聞こえなかったと言ってるんだよ」

「その人、携帯電話を持っていたの?」

「ああ、そうだよ」

「彼は電話で話してたの?」

「ああ」

「それは何時頃だったかわかる?」

「夜だよ」

「もっとはっきり言える?」

「なぜだい?」

「その男の人は興奮して、電話で、話してたの?」エリンボルクはできるかぎり静かに、ゆっくり、慎重に言った。

「ああ、そうだよ。彼はとにかくものすごく急いでた。それはもうはっきりしてた。でも、自分で思うほどには速く歩けなかった。足のためにね」

「近所で事件があったんだけど、あなたはそれがどの家か、わかる？」

「ああ、わかるよ。十八番地だろう？　新聞に出てた」

「携帯電話を持った男はその家の方に向かっていた？」

「ああ、そうだよ。間違いなく、そっちに向かってた。あの足で、手に電話を持って」

「あなたはその男が車を降りるのを見たの？　その男が戻ってくるのも見た？」

「いいや、見なかった。あんたの娘さんが読んでいるというその本、面白いのかね？」

エリンボルクはペトリーナの問いが耳に入らなかった。殺人現場の家は十八番地。そこから裏に抜けられる道があるか、考えた。確かにあった。小道が十八番地の隣の裏庭に通じていて、そのまま次の通りに出られるのだ。

「その脚になにかつけていた男の人、何歳ぐらいだったかわかる？」

「わかんない。知らない人だったし。あたしの知ってる人だと思うの？　見たこともない人だったわ。年もわからない」

「帽子をかぶっていたと言ったわね？」

「この本、面白いの？」とペトリーナはもう一度訊き、エリンボルクの問いには答えなかった。

夜遅く窓のそばに座って電力会社からの人を待っていたときに見かけた男の人についてばかり訊くなんて、馬鹿馬鹿しいと思っているようだった。もう他のことを話したい、他のことがしたいらしかった。

「そう。この本はとても面白いの」とエリンボルクは答えた。

「ちょっとでいいから、読んでくれない？」と言って、ペトリーナは懇願するようにエリンボルクを見た。

「読むって？」

「よかったら読んでくれない？　ほんの少しでいいから。何ページも読む必要はないから」

エリンボルクはためらった。警察で長い間働いてきたがこのような懇願は初めてだった。

「いいわよ。もちろん、読んであげるわ」

「ありがとう。あんた、優しいね」

エリンボルクは本を開いて最初の章を読み始めた。子どもたちの冒険と悪者ローベルトの話、足を引きずるローベルト、恐ろしい秘密、子どもたち全員の命を狙うローベルトの話を。だが、十分も読まないうちにペトリーナは眠りに落ちた。安心して、静かに、磁力からもウランからも解放されているようだった。

車に戻ると、エリンボルクは約束どおり、電力会社に電話をかけ、電磁波に関する部門のエキスパートという女性と話をした。磁力に関する不安や心配から、よく電話がかかってくるとその女性は答えた。ペトリーナのこと、彼女の問題については知っていると言い、すでに、数回彼女の家に行って、電線を取り替えることを勧めたといい、ペトリーナは少し頭がおかしいのではないかと控えめに言った。福祉事務所に電話をかけると、彼らはペトリーナは多くの一人暮らしの老人の一人で、福祉関係者が定期的に彼女を訪ねていること、ちょっとエキセントリックなところがあり、変わり者ではあるが、だいたいのことはまだ一人でできる、一人で暮らせるということだった。

家に電話をかけようとしたとき、携帯電話が鳴り始めた。シグルデュル＝オーリからだった。

「あのエドヴァルドってやつ、どうも気になるんだよなあ」と開口一番、彼は言った。「急いで署に戻ってくれないか？」

「何のこと？　なにが起きたの？」

「こっちで」と言って、シグルデュル＝オーリは電話を切った。

16

シンクホルトからクヴェルヴィスガータにある警察署まで数分しかかからなかった。シグルデュル＝オーリが古株のフィンヌルという捜査官と一緒に待っていた。二人はカフェテリアでルノルフル殺人事件の話をしていたとき、エドヴァルドという男がロヒプノールという薬をルノルフルのために買いつけていたという話に及んだという。

「そう？　それで？」と二人の間に腰を下ろしたエリンボルクが話を促した。「エドヴァルドがどうしたというの？」

「彼がロヒプノールを入手していたというのがじつに興味深い点なんだ」フィンヌルが言った。「その薬は彼自身が使用するためだったか、それとも他の人間のためだったかは、この際重要ではない」

「どうして？　このエドヴァルドという男のこと、なにか知ってるの？」

「あんただってあの事件の捜査に当初携わっていたはずだ」とフィンヌルが言った。「初動捜査にはエーレンデュルも参加していた。だが、我々はその失踪した少女を見つけることができなかった。十九歳だった。アクラネスの子で家族が警察に通報してきた」

「アクラネス？」

「そうだ」

エリンボルクは目の前の二人を交互に見た。

「ちょっと待って……。リリヤのこと？　〝スカーガの少女リリヤ〟のこと？」

フィンヌルがうなずいた。

「エドヴァルドはその少女を知っていたということがわかったんだ」シグルデュル＝オーリが口を挟んだ。「彼女が失踪したとき、エドヴァルドはアクラネスで彼女の通っていた高校の教師をしていた。偶然にも彼の事情聴取をしたのがフィンヌルだった。ぼくがエドヴァルドの話を始めたら、フィンヌルがすぐにその男なら知っている！と言ったんだ。ただ、エドヴァルドが闇でレイプドラッグを手に入れていたとは知らなかったそうだが」

「エドヴァルドがヴァルールを訪ねていたということを聞いて、俺はこう思った。その男はかなり内情に詳しいに違いないと。なぜならヴァルールという男は用心深く、まさに潜水艦のようなやつなんだ」フィンヌルが言った。「じつに用心深く、疑い深い男だ。もう闇の売買はやめたとか言っているが、我々は彼がまだ盗品の売買やドラッグの横流しをやってると睨んでる。今聞いたんだが、人から紹介されたと言って、ヴァルールの家に行って処方薬を売ってくれという男がいたって？　それがエドヴァルド？　ちょっと信じられん。これはなにか裏がある話だろうな」

「ヴァルールはエドヴァルドのことを一度も見たことがない男だと言ってたわ」

「ふん、ヴァルールの言うことを信じるか？　毎日会うような間柄だったかもしれんぞ」

「ただ、ヴァルールが我々に話した、訪ねてきた男の特徴はエドヴァルドそっくりだった」

「なにが目当てだったかわからんぞ。ヴァルールは我々がエドヴァルドを探し当てることを期待して話したのかもしれんからな。あるいは、彼はエドヴァルドを恐れているのかもしれん。あんたたち、もう一回ヴァルールに会いに行くことだな。あの二人はじつは既知の仲だったということも十分にあり得る。もっとエドヴァルドの特徴を聞き出すんだ。エドヴァルドに薬を売ったときのことをもっと詳しく話させるんだ」

「だが、ぼくにはどうしても、エドヴァルドを恐れる人間がいるなんて考えられない」とシグルデュル＝オーリ。「何だか情けない男じゃないか」

「あなたはエドヴァルドがリリヤ失踪事件になにか関係してると見てるの？」エリンボルクがフィンヌルに訊いた。

フィンヌルは肩をすくめた。

「彼は我々が事情聴取をした大勢の人間の中の一人だ。我々はアクラネスの住人のほぼ全員を対象に聞いて回ったからな」

「エドヴァルドはリリヤの教師だったの？」

「リリヤが失踪した年は教えていなかったが、その一年前には教えていた。いや、警察は今でも彼女の失踪の真相がわかっていない。俺自身、わからないんだ。捜査をしたことはしたが、彼女の失踪が犯罪によるものなのか、それともどこかで自殺してしまったのか、明らかになってはいないからな。あるいは何らかの事故に巻き込まれたか、それも我々は掌握していない」

「あれから何年になるかしら？　六、七年？」

「六年だ」とフィンヌル。「シッギがそのエドヴァルドという男のことを話し始めたとき、俺はその男のことを思い出した。失踪したリリヤの学校の教師たちに話を聞いたんだが、そいつはその中の一人だった。俺自身がその男の話を聞いた。彼はレイキャヴィクに住んでいて、アクラネスまで車で通っていた。シッギによれば、彼は今ブレイドホルトにある学校で働いているそうだ」

「彼はアクラネスの学校の教師を四年前に辞めている」とシグルデュル＝オーリ。「それからぼくのこと、シッギと呼ぶのはやめてくれないか」

「とにかくエドヴァルドはルノルフルと友達だったのよ」とエリンボルク。「エドヴァルドの話によれば、ルノルフルとはとても仲が良かったみたい」

彼女は記憶の底からアクラネスの少女のケースを呼び起こした。娘と一昼夜連絡がとれなくて心配した母親がアクラネス警察に捜索願いを出した。名前はリリヤ、親元で暮らしていた。女友達と映画を観に行きたい、そして、その晩はその友達の家に泊まるつもりだと言って出かけた。それはよくあることだった。金曜の晩のことで、リリヤは携帯電話は持っていなかった。土曜日の午後、母親がリリヤの友達に電話をかけると、確かに一緒に映画に行く予定だったが、リリヤは来なかったと言われたので、母親はきっと田舎の祖父母の家にでも遊びに行ったのだろうと思ったと。

日曜日になってもリリヤからは何の連絡もなかったので、両親は警察に連絡し、新聞、ラジオ、テレビの報道も併せて大規模な捜索が開始されたが、リリヤは見つからなかった。大掛かりな捜索にもかかわらず、何の手がかりも得られなかった。

リリヤは高校生で、ごく普通の暮らしをしていた。週日は勉強し、週末になると仲良しの女友達と遊んだり、クヴァルフィヨルデュルで馬を数頭飼っている祖父母の家に遊びに出かけたりしていた。馬が大好きで、夏は祖父母のところで馬の世話をして働き、いつか自分も馬を飼う仕事につきたいと言っていたという。アルコールやドラッグの問題はなかったようだ。女友達は大勢いたが、彼女が行方不明になったことに関してはみなまったく心当たりがないと言った。災害救助隊がやってきて、アクラネス住民の多くが捜索に協力したが、リリヤは見つからなかった。スカーギ半島周辺でその金曜日にリリヤの身になにが起きたのかを示唆するようなものもまったく見つからなかった。

「その仲良しの友達はなにも知らなかったのかしら？」エリンボルクが訊いた。

「ああ」とフィンヌル。「リリヤにかぎって自殺なんて考えられない、と彼女は言っていた。絶対それだけはあり得ないと。事故に遭ったのではないかというのが彼女たちの大方の意見だったが、中には殺されたのではないかと言う子もいた。とにかく、まったく何の手がかりも見つからなかった」

「事情聴取のときにエドヴァルドがなにを話したかは、憶えてる?」エリンボルクが訊いた。

「それは調べればわかる。すべての記録が残っているから。だが、彼が他の教師たちと違うことを言ったとは思えないね。みんなリリヤは真面目な生徒だった、勉強もよくできて、いったいなにが起きたのか想像もできないと言うばかりだったから」

「でも今、そのエドヴァルドがレイプドラッグとして知られるロヒプノールを買いに闇の売人の男のところに現れたということよね?」

「そう。だから俺は、知ってることをあんたたちに話しておきたいと思ったんだ」フィンヌルが言った。「おかしいと思うんだ、その男が殺されたルノルフルと付き合いがあったというのが。女の子がいなくなったときに、その土地アクラネスにいたんだよ、その男は。ロヒプノールを買いにきたのと同じ男だってのがどうも臭い。これはもっと深く掘り下げる必要があると思うよ」

「そのとおりだと思うわ。ありがとう。連絡を取り合おうね、よろしく」

「捜査状況を常に知らせてくれないか」とフィンヌルは言って、席を立った。

「わたしは……」と言いかけて、エリンボルクは口を閉じた。

「何だい、なにを言いかけた?」シグルデュル＝オーリが訊いた。

「今の話、今回の事件に新しい光を投げかけたと思う。ルノルフルとエドヴァルド、そしてアクラネスの少女のこと。今捜査している事件となにか関係があるかもしれない」

「え、どういうこと？」

「わからないけど、もしかしてルノルフルはエドヴァルドのことでなにかを知っていたとか？　それでエドヴァルドはルノルフルを片付ける必要があったかもしれない。いい？　こうは考えられない？　ルノルフルの口に突っ込まれていたロヒプノールはエドヴァルドが入手したもので、ルノルフルはそれをエドヴァルドから取り上げた、つまり薬はルノルフルが自分で使うためのものではなかったということ」

「ということは、ルノルフルがナイフで殺されたあの晩、彼のアパートにいたのは女ではなかった？」シグルデュル＝オーリが言った。

「それじゃ、決着をつけるためにエドヴァルドがルノルフルに会いに行ったということ？」

「ルノルフル対エドヴァルドか？」

「知ってることを警察に話すぞとか言ってルノルフルがエドヴァルドを脅したのかも？」エリンボルクが言った。

「エドヴァルドは必死になって我々に嘘をついたわけだ」シグルデュル＝オーリが言った。「彼はロヒプノールがルノルフルの家で見つかったということは知っていた。ニュースでも流れていたからね。その薬は自分がルノルフルに頼まれて買ったものだと我々に話すのは簡単だったはずだ。そういうことか。我々が彼の家を訪ねたときにはすでに、そのシナリオはできていたというわけだ。今から捕まえに行こうか？」

「いいえ、まだダメ」とエリンボルク。「もう少ししっかり準備しましょうよ。ヴァルールともう一度会って話すのよ。わたしはアクラネスの少女の捜査報告書を読み直してみる。そのあとエドヴァルドに会いに行こう」

エリンボルクはリリヤ失踪の捜査報告書を手に入れて読んだ。エドヴァルドは当時アクラネスにあるフィユルブロイタスコリン高校で自然科学を教えていて、リリヤもその授業を受けたことがあった。彼の事情聴取はごく簡単なもので、特別な記載はなかった。行方不明になった金曜日、リリヤの行動に関して自分はなにも知らない。生徒としてはよく憶えている。前年に教えたクラスの一人だった。特別に優秀だったわけではなかったが、落ち着いた、感じのいい子だった。金曜日は授業が早く終わるので、車でレイキャヴィクに帰った、とあった。

それだけ。ごく短い文章だった。

17

ペトリーナが見たという、隣の通りの十八番地の方に向かって足を引きずって急いで歩いていた男の所在はわからなかった。証言者であるペトリーナの話自体が頼りないもので、また彼女が話す男の特徴もはなはだあいまいだった。だが、エリンボルクはペトリーナの話してくれた、脚についていた補助器具について整形外科に訊いてみようと思った。足の骨折を支える補助器具か、それよりもっと複雑なものかわかるかもしれない。

整形外科医のヒルディグンヌルとは診療室で会った。年齢は四十歳ほど、金髪、よくトレーニングした引き締まった体軀で、健康な体の広告塔のような女性医師だった。電話で用件を伝えると、医師は大きな関心を示した。

「具体的にどのような補助器具なのかしら」

向かい合って座った医師は早速エリンボルクに訊いた。

「はっきり言って、具体的なことはわからないのです」エリンボルクが言った。「正直に話しますと、証人の説明があいまいで、言葉が何とも頼りないものなので。残念なことに」

「でもその証人は金属製の棒を見たと言ったのですね？　それは確かですか？」

「正確には、彼女はアンテナを見たと言ったのです。思うに、何らかのサポート装置なのではないかと。おそらくは金属製で、それが脚を支えていたのではないかと思うのです。その男性はジョギングパンツをはいていたらしいです」

「整形外科であつらえた靴を履いていたということかしら？」

「そうかもしれない。でも、わかりません」

「話を聞いて最初に思い浮かべるのは、その人は内反尖足なのではないかということ。もしそうなら、特別な靴が必要です。次に考えられるのは何らかの変性疾患、例えば筋ジストロフィーです。もしそうなら彼は何らかの治療、例えばアルトデスを受けているかもしれない」

エリンボルクは、アルトデスという言葉は聞いたことがなかった。

「脚の筋肉を固定させる高い支え棒のことですか？」エリンボルクは医者を見た。そして「多分そうだと思います」と言った。

「よくある骨折の場合もあるんですよ」とヒルディグンヌル医師は言って、微笑んだ。

「じつは私たちも調べてみたんです。でも、これというものがなかった」

警察は病院を調べ、ここ数週間の間に扱った骨折や骨に関する傷害のケースを調べてみたが、該当するものがなかった。

「もし、特定のケースではなく一般的に見てもいいのなら、我が国で非常に多かったポリオ患者用の補助器具ということもあり得ますね。その男性は片脚にだけ支えを使っていたのかしら？」

「ええ、今わかっている範囲では」

「その人のだいたいの年齢は？」

「わかりません」

「我が国で最後にポリオが流行したのは一九五五年でした。翌年の一九五六年からポリオワクチンが打たれるようになって、ポリオは我が国では根絶されたのです」

「その男性がもしポリオにかかった人なら、五十歳以上ということになりますね？」

「そう。でももう一つアクレイリ病というのもありましたよ」

「アクレイリ病？」

「ポリオとよく似た症状なので、ポリオに関連する病気とみられているのですが、最初のケースが一九四八年にアクレイリで発生したので、そう呼ばれているのです。私の記憶が正しければ、アクレイリ地域の約七パーセントの住人がこれに罹った。またアクレイリ高校でも数件その病気に罹った人がいたとか。そう、確か寄宿校でしたね。でも、私の記憶が正しければ、この病気のために重大な障がいが残った人は少なかったということです」

「その当時ポリオに罹った人の記録はありますか？」

「もちろんあります。大勢の疾患者はファルソットに送り込まれました。当時、ファルソッタルフース・レイキャヴィク病院はそう呼ばれていたんです。健康・保健省で調べられると思いますよ。当時の記録は残っているでしょうから」


エリンボルクは夕食に家に帰ることができなかった。夫のテディに電話をかけて、夕食には帰れない、何時になるかわからないと伝えた。テディは慣れていて、心配しなくていいと伝えた。エリンボルクは娘のテオドーラが翌日学校に編み物を持っていくのを忘れないように気をつけてやってと伝えた。宿題で十五段編むことになっているのだ。テオドーラは家庭科・工作の授業にはあまり熱心ではなかった。大工仕事にせよ編み物にせよ。エリンボルクは娘の宿題の帽子をほぼ全部手伝って編み上げたこともあった。

電話をポケットに入れて、目の前のドアベルを押した。家の中でベルの音が響くのが聞こえた。しばらく何の動きもなかった。もう一度ベルを押すと、足音が聞こえ、ようやくドアが開いた。髪の毛がぐしゃぐしゃの女性が現れた。エリンボルクが挨拶した。

「ヴァルールはいますか？」

「あんた誰？」

「警察です。名前はエリンボルク。先日ヴァルールと話した者です」

女性はしばらくエリンボルクを睨みつけていたが、ようやく中に向かって、あんたに会いたいって人が来てるよ、と声をかけた。

「彼は家を仕事場として使ってるのかしら？」とエリンボルクは単刀直入に訊いた。

女性は何の話かわからないという顔でエリンボルクを睨み返した。ヴァルールが玄関先に現れた。

「あんたか」

「ちょっと車に乗って、一周するのに付き合ってくれません？」

「この人、誰？」女性が訊いた。

「何でもない。中に入ってくれ。ここは俺が引き受けるから」

「ああ、あんたは口だけは何でも引き受けるって言うんだから、フン！」と言って、女性は家の中に入った。中から赤ん坊の泣き声が聞こえた。

「いい加減にしてくれよな」とヴァルール。「今度はあんた一人か？　あのバカはどこへ行った？」

「早く済ませるから」と言って、エリンボルクはさっきのドアベルで赤ん坊が目を覚ましたのでなければいいがと、中の様子をうかがった。「一緒に車で一周するだけ。すぐに終わるから」

「どこへ行くってんだ？　いったい何なんだ、わざわざ俺を引っ張り出すようなことか？」

「それは車に乗ればすぐにわかるわ。これに協力してくれれば、警察のあなたの印象はよくなるってこと。あなたのような立場にいる人には、必要なことじゃない？」

「あんたたちのためには働かねえよ」

「そう？　反対のことを聞いてるけど？　あなたは警察に協力的だと。反抗的だけど、よく働いてくれると。麻薬取締課の同僚の話では、あなたが仲間についてあれこれ漏らしてくれるって、ありがたがってた。そう聞いてると言えば、あなたはきっと協力してくれるって。その同僚を連れてこいと言うなら、そうするわ。三人で行動すればいいし。でも、そうしないで済むのなら、その方がいい。彼もあなたと同じように家庭があって、子どももいることだし」

ヴァルールは考え込んだ。

「俺になにをやらせたいんだ？」としまいに言った。

エリンボルクは車に座ってヴァルールを待った。ようやくやってきた彼を乗せて、まっすぐにエドヴァルドの住むヴェスツールガータへ向かった。車の中で彼の役割を説明した。それはじつに簡単なことで、ただ真実だけを述べてくれればそれで済むことだった。エリンボルクはヴァルールに警察に来てもらって、ルノルフルという名前で薬を買いに来たという男を指差してもらう手間を省きたかった。エドヴァルドに悟られたくなかった。彼を不安にさせ警戒させたくなかった。今の段階では、である。ただ、ヴァルールから薬を買ったのはエドヴァルドであることだけははっきりさせたかった。

先にエリンボルクは麻薬取締課の同僚と話していた。少し圧力をかけると、同僚はしぶしぶヴァルールと麻薬取締課には共通の関心があると認めた。理由は異なるのだが、両者ともレイキャヴィクの街頭からドラッグがなくなることを望んでいた。同僚は、だからと言って、裏でヴァルールが勝手にドラッグを売り捌くのを見逃しているわけではないと強調した。そんなことは絶対にないと誓った。

「でもヴァルールがレイプドラッグと呼ばれているクスリを闇で売り捌いていることは、あなたたちも知っているのよね？」エリンボルクが言った。

「いや、知らなかった。それは新しい情報だ」と麻薬取締課の警官は言った。

「やめてよ。この男のことは何でも知ってるくせに」

「いや、彼は闇でクスリを売るのはやめたはずだ。我々はそう聞いてる。だが、彼は依然として闇のドラッグ市場では顔がきく存在だ。それは確かだ。奴らを捕まえるのに手っ取り早い方法などないんだ。あんただってそのくらいのことはわかってるはずだ」


エリンボルクはエドヴァルドの家の近くに来ると車を停め、エンジンを切った。ヴァルールは後ろの座席に座っていた。

「ここに来たことある？」エリンボルクが訊いた。

「いや」とヴァルール。「もういいか？　いい加減帰してくれよ」

「あなたにルノルフルと名乗った男がここに住んでるのよ。あなたが薬を売った男と、警察がマークしている男が同じ人物かどうか確かめたいの。いい？　彼をドアのところまで呼び出すから、よく見て。むずかしいことじゃないはずよ」

「そのあとは家に帰れるんだな？」

エリンボルクは戸口へ行き、ノックした。窓に掛かっている薄いカーテンを通してテレビの明かりがチラチラ見えた。前回シグルデュル＝オーリと一緒にここに来たときもそのカーテンを見たのを憶えていた。以前は白かったに違いないが、今は汚れて茶黄色になっている。もう一度、今度は少し強くノックして待った。エドヴァルドのオンボロ車が家の前にあった。

ようやくドアが開き、エドヴァルドが顔を出した。

「お邪魔して悪いんですけど、昨日こちらに来たとき、わたし、ハンドバッグを忘れなかったかしら。茶色い革のショルダーバッグだけど？」

「ハンドバッグ？」エドヴァルドが思いがけないことを聞いたという表情をした。

「なくしてしまったんです。もしかすると盗まれたのかもしれないけど。まったくわからないの。とにかく昨日行ったところ全部に行ってみて、おたくが最後なんです。茶色いバッグ、見かけませんでした？」

「いや、残念ながら、うちにはない」

「本当に？」

「ああ、本当だ。ハンドバッグなどない」

「すみませんけど、探してくれません？　わたし、ここで待ちますから」

エドヴァルドは黙ってしばらくエリンボルクを見返した。

「その必要はない。ハンドバッグはここにはないから。他になにか？」

「いえ、他にはなにも」とエリンボルクは答えた。「お邪魔しました。お金はあまり入っていなかったけど、カードや運転免許証など全部新しく手続きするのが……」

「そう。ま、残念ながら」エドヴァルドが言った。

「どうも、お邪魔しました」

「ああ、どうも」

ヴァルールが車で待っていた。

「彼、あなたに気づいたかしら？」と訊いてエリンボルクは車をスタートさせ、ゆっくり走らせた。

「いや、見られなかったと思う」

「彼だった？」

「そう、間違いない」

「ルノルフルと名乗って、あなたからロヒプノールを買った男？」

「そう」

「あの男には一度しか会っていないと言ったわね、半年ほど前に？　あの男を知らなかった、それまで一度も会ったことがなかったと。彼は親戚からあなたの名前を聞いてきたと言ったんだったわね。あなたが話したこの情報に嘘はない？」

「ああ」

「あなたが嘘を言わない、真実を言うことが、とても重要なのよ」

「俺のところに来ないでくれ。これ以上なにも言うことはない。あんたたちが何の捜査をしているかなど、俺はまったく興味ない。あんたにとって重要かどうかなど糞食らえだ。家に帰してくれ」

そのあと二人は口をきかず、家の建物の前まで来るとヴァルールは車を降りてドアを乱暴に閉めた。

エリンボルクはまっすぐに家に向かい、考え込んだ。カーラジオから好きな外国の歌手の歌が流れていた。あなたの名前を呼んでも、返事はないの……。エドヴァルドのことが頭に浮かんだ。六年前にアクラネスで行方不明になった少女のこと。エドヴァルドは関係していないだろうか。なにか知っているのではないか。エリンボルクはその日エドヴァルドのことを少し詳しく調べていた。エドヴァルドは今まで一度も警察の厄介（やっかい）になったことはない。犯罪歴はない。

エドヴァルドとルノルフルの関係を明らかにすることは、ルノルフルの自宅で起きたことをはっきりさせる鍵だと思った。半年前、エドヴァルドがルノルフルの名前を使ってヴァルールからロヒプノールを買っていることだけでも十分に疑わしい。処方箋がなければ買えない薬をエドヴァルドがルノルフルに供給していたということか？　いつから？　何のために？　エドヴァルド自身その薬を使っていたのか？　また、ペトリーナが見たという、シンクホルト十八番地の方に急いで歩いていた男は何者なのか？　なぜ男は急いでいたのか？　なにかを見たためか？　その男はルノルフルのアパートにいたと思われるタンドーリの匂いのついたスカーフの持ち主の女性となにか関係があるのか？　その男は目撃者なのか？　それともルノルフルを殺害した本人なのか？

エリンボルクは自宅の前まで来ると、車に乗ったままこれらのことをとりとめもなく考えた。ここ数日、仕事にかまけて家族のことをまったく考えなかったことで良心が痛んでもいた。家にいる時間が少なかっただけでなく、家族と一緒にいる時間も上の空で仕事のことを考えているのだ。家族には悪いと思ったが、どうしようもなかった。重大事件が起きたときはどうしてもそうなる。どうしようもないことだった。

時が経つにつれ、エリンボルクは家族と一緒の静かな時間を求めるようになっていた。テオドーラのそばに座って、一緒に編み物をしたかった。ヴァルソルにもっと近づき、大人になって飛び立つ前に彼と心を通じ合わせたかった。その頃には息子は家から遠く離れ、たまに電話してくるぐらいになっているかもしれない。会話はぎこちないものになるだろう。たまには顔を見せに来るだろうか？　仕事にかまけて、彼の成長期の大事な時期に心を通わせなかったからか？　朝から晩まで、家族よりも仕事に時間を費やしてきてしまったためか？　もはや、手遅れだろうか、少しは改善できるものか？　今後はブログを通してだけ彼の動きを知るようになるのだろうか？　自分の子どもなのに、今となってはどう彼に近づいたらいいかわからなかった。

その日の朝、彼のブログをチラッと覗いた。まずテレビで見たフットボールのこと、それから人気の討論番組が扱っていた環境問題にもコメントしていた。驚いたことに彼は経営陣側の意見に賛成していた。学校の教師の悪口に続いて、いつも口うるさい母親についてコメントしていた。外国に逃げていってしまった兄、本当の父親と一緒にスウェーデンに住んでいる兄に対しても口うるさかった母親、と。そして、自分は兄が本当に羨ましいと書いていた。もうじき家を出てアパートに引っ越すつもりだ、もう一日も我慢できない、と。

我慢できない？　なにに？　なにに我慢できないのだろう、とエリンボルクは思った。息子とはもう何週間も話さえしていない。

エリンボルクはコメントと書いてあるコーナーをクリックした。すると一行、言葉が現れた。

『ババアはうるせえもんよ』

18

男性は階段の登り口に立っているエリンボルクを睨んでいた。そこはコーパヴォーグルにある複合住宅の一つで、彼はエリンボルクを中に入れなかった。仕方なく彼女はそこに立ったまま用件を伝えたが、その伝え方はじつにぎこちないものになった。かつてファルソットと呼ばれたレイキャヴィクの伝染病患者の入院施設ファルソッタルフース・レイキャヴィク病院に当時入院していたのは二十人ほどで、エリンボルクはその患者たちのリストを入手していた。二十世紀の中頃に流行したポリオに罹(かか)って入院した最後の患者たちだった。

その男性は非常に用心深く、体半分をドアで隠していた。そのためにエリンボルクは彼が脚に何らかのサポート器具をつけているかどうかまでは見えなかった。彼女はある犯罪事件に関連して、ファルソットに幼年期から少年期にかけて入院していた男性たちに会う必要があることを説明した。それはレイキャヴィクのある一地区、正確にはシンクホルトで起きた事件に関することだと言った。

男性はその説明を聞き、なにを探しているのかはっきり言ってくれと言った。エリンボルクは今でも脚にサポート器具をつけている男性だと正直に答えた。

「それじゃ、ハズレだな」と言って男性はドアを大きく開けて両脚を見せた。サポート器具はついていなかった。

「ファルソットにあなたと同じ頃入院していた男の子で、その後も脚に器具をつけている人を知りませんか?」

「それ、あんたに関係ないだろ、婦人警官さん」

それで会話は終わり。その男性は三番目だった。エリンボルクは当時のファルソット病院の関係者とも話した。みんな親切に対応してくれたが収穫はなかった。

リストにある次の名前はヴォーガル地区に住んでいる男性で、エリンボルクの説明を聞くと丁寧に対応し、機嫌よく家の中に迎えてくれた。脚に器具はつけていなかったが、まもなくエリンボルクは彼の左腕がだらりとぶら下がったままであることに気がついた。

「最後にポリオがアイスランドを襲ったときは全国に広まったんですよ」ルーカスというその男性は言った。六十歳を過ぎていて、瘦身で動きは素早かった。「私は当時十四歳で、セルフォスに住んでいた。あの痛みは一生忘れない。体全体が痛くてたまらなかった。まるで重度のインフルエンザに罹ったようだった。頭のてっぺんから足の先まで体中が痛くて、まったく動けなかった。あんなに具合が悪かったことはあれから一度もない」

「そうでしたか、ポリオは恐ろしい病気ですものね」エリンボルクが相槌を打った。

「そう。それなのに私の症状を見てポリオだとは誰も気づかなかったのですよ。そうなんです、誰もポリオだとは思わなかった。普通の、よくあるインフルエンザだとみんなが思ったんです。でも幸い、しまいに気づいた人がいた」

「そう。それであなたは伝染病病院に隔離されたのですね?」

「ポリオだとわかると私はすぐに隔離病棟に入れられた。それからレイキャヴィクのファルソットに送られた。そこにはアイスランド中から送り込まれたポリオ患者がいた。たいてい小さい子か十代の少年少女だった。私は運がよかった。ほとんど完治しましたからね。シャフナルガータにあったリハビリセンターにはよく通ったものです。でも左腕には力が戻らなかった」

「脚にサポート器具をつけた大人とか男の子を見かけましたか?」

「私はあの頃あそこにいた人たちがその後どうなったかは、知らない。すぐに連絡が途絶えてしまって。その点はあなたの助けにはなれない。しかし、一つだけはっきり言えることがある。子どもたちはこの病気に罹ったからといってこれからの人生を諦めず、この病気に囚われることなく元気に生きていくと強く心に決めていたということです」

「人は様々に自分の運命を受け止めるものですよね」

「私はよく言いました。未来は我々にとって少し先延ばしになっただけだと。我々は追いつくと。そして実際に追いついた。私たちはポリオにつぶされはしない、私たちは押さえつけられはしない、小さく縮こまってなどいないというのが私たちの生き方です。そう、私たちは縮こまって生きてはこなかった」


エリンボルクは強い北風の中、クヴァルフィヨルデュル・トンネルを抜けてアクラネスへ向かった。失踪した少女リリヤの親と会う約束を取り付けていた。母親がときどき警察に電話をかけてきて、なにか新しくわかったことはないかと問い合わせていた。エリンボルクからの電話を受けて、母親は初め希望を抱いたらしかったが、事件のことを改めて聞きたいのだとエリンボルクは慌てて説明した。新しいことがわかったわけではなく、新しい証拠が見つかったわけでもないと。今回は改めて話を聞いて確認することと、リリヤの両親がなにか気がついたこと、思いついたことがないか聞くためだと説明した。

「娘の事件はもう捜査が終了したと思っていました」と母親が言った。

「ええ。新しい情報はなく、解決にはまったく至ってはいないんですが」

「それじゃ、あなたはなにを探しているのかしら?」とリリヤの母親ハルゲルドゥルが訊いた。

「なぜ電話してきたんです?」

「あなたはときどき警察になにか新たにわかったことはないかと電話をかけてくるそうですね。同僚が先日、他の事件の関連でリリヤの失踪事件のことを話していたんです。わたしは当初、現場の捜索に参加しただけでした。そこで、あなたに会って改めて話を聞こうと思ったんです。当時のことを思い出して話してくれませんか。我々は常に新しい情報を手に入れるために努力しているのです」

「そういうことなら」と言って、母親は電話を終わらせた。

母親は玄関ドアを開けるとエリンボルクが車から降りるのを待った。身を切るような寒風の中で二人は挨拶を交わし、母親は家の中へ案内した。エリンボルクより少し年上で、極端に痩せていた。テキパキと動き、警察の訪問に少し興奮している様子だった。夫は留守にしていると言った。船舶の機関士で、その日の朝航海に出発したという。家は古く、広い庭に紅葉も終わった木々がひっそりと佇んでいた。リビングにはリリヤの大きな額縁入りの写真が飾ってあった。失踪する二年前のものだという。それは捜索のときに配信された写真だとエリンボルクは気がついた。ダークカラーの髪、きれいな茶色い瞳の少女が黒い喪の額縁の中から微笑(ほほえ)んでいた。写真は美しい飾り棚の上に、ろうそくの灯火とともに置かれていた。

「リリヤはごく普通の女の子でした」椅子に腰を下ろすと、ハルゲルドゥルは言った。「可愛い、素直な女の子で、何にでも興味を持っていました。わたしの父母、あの子の祖父母のいるクヴァルフィヨルデュルに行くのが大好きでした。わたしの親が馬を飼っていましたので、しょっちゅうそこに遊びに行っていました。近所には友達も大勢いましたよ。アスロイグもその一人。あとで彼女に会ったらいいわ。保育園の頃から一緒だったリリヤの大親友です。アスロイグはこの近くのパン屋で働いてます。子どもが二人、ボルガルネス出身の真面目な男の子と結婚したんですよ。アスロイグは特別で、リリヤがいなくなってからもずっと連絡をくれて、今でもときどき顔を出してくれるの。二人の女の子たちを連れて遊びに来てくれることもあるのよ。とても可愛い小さい子たち」

娘がいなくなった寂しさが言葉の端々に表れていた。それは微(かす)かなものだったが、エリンボルクには十分に伝わった。

「いったいなにが起きたのだと思いますか？」エリンボルクが訊いた。

「まさにそれこそあれからずっとわたしが問い続けてきたことよ。今わたしがはっきりわかっているのは、あれは神のご意志だったということ。わたしはあの子は死んだとわかっています。わたしはそれを受け入れました。あの子は神様のみもとにいると知っています。あの子の身になにが起きたのかはわかりません。警察以上には」

「友達の家に泊まるということだったとか？」

「ええ。アスロイグのところにね。二人はその日の夜一緒に映画に行くという話をしていたらしいんです。二人はよくお互いの家に泊まりに行ったりしていたので。それはよくあることでした。夜になってリリヤがわたしに電話してきて、今夜はアスロイグの家に泊まると言ってくることもあったし、アスロイグがうちに遊びに来ていて、自宅に電話をして泊まると家族に知らせることもありました。あらかじめ決めておくというんじゃなくて、そのときの様子で決めて家族に知らせることもよくあった。でもあの晩は、リリヤはあらかじめわたしにアスロイグの家に泊まると言って出かけたんです」

「最後にあなたが娘さんのリリヤと話したのはいつですか？」

「いなくなった金曜日。じゃあね、とリリヤは言いました。それがあの子の最後の言葉でした。じゃあね。べつにどうということもない、普通の会話でした。なにか伝えるとかいうんじゃなくて、単なる言葉のやりとり。あの子は単にそう言いたかったんだと思います。べつになにか言いたいことがあったわけでなく。わたしはちゃんと応えました。それじゃあ、気をつけてね、と。そう言ったことははっきり憶えています。あとで思い出し、それで気持ちが落ち着きました。特別な言葉ではなかったのですが、それじゃあ、気をつけてねと言ったのがよかったと」

「その日の数日前から気落ちするとか不安そうな様子はなかったですか、気になることがあるとか？」

「まったくなかった。あの子は気落ちするということのない子でした。いつも明るく、積極的で元気でした。裏切ることはまったくなかったし、無垢で、良い人間によくある純真さを持っていました。人に対して優しかったし、当然彼女に対して人も同じように接してくれていました。ごく自然に。あの子は人を信じていました。人に悪意があるなどということは考えたこともなかったと思います。実際そういう経験をしたことがなかったと思う。会う人はみんないい人ばかりだったと思います」

「学校でのいじめなどはよく語られるし、それに対する対策などもよく取り上げられますが」

「リリヤはそういう経験はなかったと思いますよ」ハルゲルドュルは答えた。

「学校は好きでしたか？」

「ええ。リリヤにとって勉強は問題ありませんでした。数学はとくに得意な科目でした。大学では自然科学の方に進みたい、数学か物理に、と言っていました。旅行もしたがっていました。アメリカに。アメリカにはそのような科目を勉強するのにいい大学があるのだと言ってました」

「高校の授業には満足していました？」

「ええ、そうだと思いますよ。不満を聞いたことはありませんでした」

「授業について話すことはなかった？　例えば教師のこととか？」

「いいえ」

「エドヴァルドという先生のことは聞いたことないですか？」

「エドヴァルド？」

「リリヤに自然科学を教えていた先生」

「なぜその人のことを訊くんですか？　その人はわたしの娘のことをなにか知っているんですか？」

「その教師はリリヤがいなくなった年の前の年に彼女に教えていたらしいです。わたしはあまり知らないんですが」

「娘からエドヴァルドという名前を聞いたことはありません。その人はこの町の出身者かしら？リリヤからは聞いたことがないわ。他の先生たちの名前にしてもそうだけど」

「そうですか。いえ、その教師の名前を言ったのは、わたしがその人を少し知っているからなんです。エドヴァルドはレイキャヴィクに住んでいて、学校まで毎日車で通勤していたんです。ここの高校で働いていた頃はまだ若かった。ルノルフルという名前の友達がいました。もしかして先生とその友達のことをリリヤがあなたに話したことがなかったかと思ったもので」

「ルノルフル？　その人もあなたの知り合いなの？」

「いいえ」と答えて、これは面倒なことになったとエリンボルクは思った。ハルゲルドゥルに自分の感じていることを話したところで、理解してもらえないだろう。そもそも自分の抱いている疑いは根拠の危ういものなのだ。自分の抱いている疑い、それはリリヤの失踪とレイキャヴィクのレイピストとは関係があるのではないかということだ。エリンボルクはリリヤの母親を心配させたくなかったが、自身の推理自体が確かなものではなかった。とにかく今は二人の名前を出して、母親の反応を見たかった。

「あなたはなぜ今になってリリヤのことを訊きに来たんです？　なぜその男たちの名前を言って、知っているかと訊くんですか？」ハルゲルドゥルが言った。「なにか新しいこと、わたしに言いたくないようなことが出てきたんですか？　いったいあなたの訪問の目的は何です？」

「いいえ、残念ながらなにも新しいことは見つかってません。名前など出すべきではなかったかもしれません。その人たちはリリヤの行方不明とは関係ないのですから」

「とにかくわたしはその人たちの名前を聞いたこともありません」

「そうでしょう。わたしもあなたが知っているとは思っていませんでした」

「ルノルフル？　ちょっと待って。そういう名前じゃなかった、最近レイキャヴィクで殺された人」

「ええ」

「その人なの？　その人のことを今あなたはわたしに訊いたんですか？」

エリンボルクはためらった。

「今話したエドヴァルドという人はルノルフルを知っていたんです」

「ルノルフルを知っていた？　あなたがわたしに会いに来たのはそのためだったの？　そのルノルフルという男はわたしのリリヤとなにか関係があったんですか？」

「いいえ」エリンボルクは急いで否定した。「リリヤについてなにか新しいことがわかったとかいうんじゃないんです。リリヤの通っていた高校で教師をしていたエドヴァルドは、ルノルフルと友達だったということをついでに言っただけです」

「とにかくわたしはエドヴァルドという名前もルノルフルという名前も聞いたことがありません」

「そうですね。そうだろうと思いました」

「あなたはその二人はリリヤと関係あると思ってるんですか？」

「いいえ」

「その二人のことを訊くためにわたしに会いに来たんじゃないんですか？」

「わたしはただ、あなたがこの二人の名前を聞いたことがあるかどうか、知りたかっただけです」

「リリヤのことを警察がまだ忘れていないということを知って安心しましたよ」

「はい、我々は全力を尽くしています」

エリンボルクは急いで話題を変えた。リリヤの一日の過ごし方を訊き、警察はどんなに時間が経っても新しい情報に扉を開いていると母親に伝えた。それからしばらくは世間話をし、暗くなってからようやく席を立った。ハルゲルドュルは車まで一緒に来て、寒い外に立ってエリンボルクを見送った。

「あなたは身近な人を失ったことがありますか、わたしのように」と言った。

「いいえ、このようには……。もしそういう意味ならば」

「まるで時間が止まったようなの。なにが起きたのかがはっきりするまで、時間は動かないんだと思うわ」

「そうでしょうね。こんなことが自分の身に起きるなんて、とても考えられない、恐ろしいことですものね」

「悲しいことに、これはいつまでも続くの。なにもわからないから、ちゃんとあの子にさよならと別れを告げることができないんです」そう言って、ハルゲルデュルは胸の前で腕を組み、悲しそうに微笑んだ。「リリヤと一緒に私たちはなにかを失ってしまったの。なにか、もう決して戻ってこないなにかを」

そう言って、彼女は風に吹かれた髪の毛を押さえた。

「もしかすると、自分たち自身かも」

アスロイグの働いているパン屋には客がほとんどいなかった。店のドアに鐘がついていて、エリンボルクがドアを押すとチリンという音がした。北風が強く、エリンボルクは風に押されるようにして店の中に入った。焼きたてのパンやケーキの香ばしい匂いが漂っていた。エプロンをつけた若い女性が客に釣り銭を渡しているところだった。次の客に向かう顔でエリンボルクを見て微笑んだ。

「チャバタ、ありますか？」エリンボルクが訊いた。

店の女性は棚を見て微笑んだ。

「はい、二個残ってます」

「それじゃ、それもらいましょう。それと全粒粉パンも。切ってあるものを」

店員の女性はチャバタ二個を袋に入れ、全粒粉パンを棚から取った。エプロンの胸に名札をつけている。アスロイグ。店には他に客はいなかった。

「あなたは数年前に行方不明になったリリヤのお友達でしょう？　アスロイグよね？」

女性は大きく目を開いてエリンボルクを見た。すぐに話がわかったようだった。

「ええ」と言って、名札を指差した。「アスロイグです。リリヤのこと、ご存じなんですか？」

「いいえ。わたしはレイキャヴィクの警察の者です。ちょっとこっちに用事があったもので。この地区の同僚と話をしていて、リリヤの話になり、失踪したあと何の手がかりもないという話を聞いたの。あなたはリリヤととても親しかったんでしょう？」

「そうです。親しい友達で、本当にいい子でした。警察でわたしのことを聞いたんですか？」

「リリヤの話になったときにね」と言って、エリンボルクはクレジットカードで支払いをした。

「リリヤはその日あなたの家に泊まる予定だったとか？」

「ええ、リリヤはお母さんにそう言ったらしいです。わたしは彼女が来ないので、きっと田舎に行ったんだろうと思ったんです。おじいさんおばあさんの家に。よくそうしていたから。だからわたしは気にしていなかったんです。その日の朝、電話で話して、学校のあと一緒に映画に行って、そのあとうちに来ると言ってたんですけど。近いうちに二人でデンマークへ旅行する計画があったので。でも、あんなことになってしまって」

「まるで地面に吸い込まれたように、いなくなった……」とエリンボルク。

「そうなんです。本当に信じられなかった。本当に変だった。本当におかしい。あんなことが起きるなんて。リリヤは自殺なんかする人じゃない。わたし知ってるんです。なにかとんでもない事故に巻き込まれたんだと思います。それか、リリヤはよく海に行ってましたから海岸の崖から落っこちて、打ちどころが悪く意識を失って、そのまま海に流されてしまったとか……。そんなことしか考えられない」

「そうですか。自殺は考えられないんですね？」

「ええ、それは絶対あり得ないわ。リリヤはおじいさんの誕生日プレゼントを探してました。その日の朝の電話で、彼女はわたしにそう言ってましたから。最後に彼女の姿が町で見られたのは、スポーツ用品の店で、その店は馬関係の品物も売っているんです。おじいさんは馬を何頭も飼っていたので。その店に行ったのが最後で、そのあとリリヤの姿は消えてしまったんです。誰もなにもわからないまま」

「その店には彼女が買いたかったものがなかったとか」と報告書に全部目を通しているエリンボルクが言った。

「そうなんです」とアスロイグが相槌を打った。

「その後、忽然といなくなった」

「本当に、今でもわからないんです。夜になって、彼女から何の連絡もなかったとき、わたしはあまり気にかけなかった。はっきり約束していたわけではなかったし、わたしになにも言わないままおじいさんとおばあさんのところに出かけることもよくあったので、わたしはそのときもきっとそうだろうと思ったんです」

ドアの鐘がチリンと鳴って、新しい客が入ってきた。菓子パンとフランスパンを買ってその客が出て行くと、すぐにまた次の客が入ってきた。エリンボルクは辛抱強く待った。

「いろいろあったんです」アスロイグが言った。「リリヤの両親は、大変だったと思うわ。ハルゲルドゥルは宗教にすがって、セクトに入ってしまったし、アキは、リリヤのお父さんですが、ただ黙り込むばかり。殻に閉じこもってしまって」

「リリヤとあなたは学校の友達ですよね？」

「ええ。基礎学校一年生のときから」

「高校も一緒？」

「はい」

「リリヤは学校に馴染まなかった？」

「いいえ、その反対。学校がとても好きだったわ。それはわたしも同じです。彼女もわたしも学校が楽しかった。リリヤは数学がよくできた。自然科学系の科目はすべて好きでした。物理が得意科目で。わたしは語学の方が好きだったけど。私たち、高校卒業後はデンマークで勉強しようと言い合ってたんです、二人で。きっと……」

「アメリカへ行きたいとも言っていたようね？」

「そうです。そうしたかったと思います。リリヤは外国に住みたいと」

またドアが開き、アスロイグが四人の客に対応したあと、エリンボルクはようやくエドヴァルドのことを訊くことができた。他の客がいる間は自分の方を向かないアスロイグに感謝していた。

「リリヤはお気に入りの先生がいた？　高校の先生の中に」

「いなかったと思います。みんなとてもいい先生だったけど」

「エドヴァルドという先生がいたの、憶えている？　自然科学の科目を教えていた先生だと思うけど」

「ああ、その先生なら憶えてます。だいぶ前にここの高校は辞めてますけど。わたしはその先生には教わったことないけど、リリヤはあると思う。確かそうだった」

「リリヤはエドヴァルドについてなにか話していたかしら？　思い出せる？」

「さあ、聞いたことないと思いますけど？」

「でもあなたはエドヴァルドを憶えているのね？」

「ええ。一度街まで車に乗せてくれたから」

「街まで？　この町のこと？」

ここでアスロイグは初めて笑顔になった。

「いいえ。エドヴァルドはレイキャヴィクに住んでいたんです。一度わたしレイキャヴィクまで車に乗せてもらったことがあるんです」

「ちょっと待って。この話、最近のこと？」

「最近のこと？　いいえ、ずっと前のことです。エドヴァルドがこの町で教師をしていた頃のこと。リリヤがいなくなる前のことです。間違いないわ。わたし、エドヴァルドに乗せてもらったとリリヤに話したのを憶えてますから。とてもいい感じの人だった。でも、なぜ今エドヴァルドのことを訊くんですか？」

「車に乗せてもらって、どうしたの？　彼、レイキャヴィクまで本当に送ってくれたの？」

「ええ。バスを待っていたとき、車に乗ったエドヴァルドが来て乗せてくれたんです。わたしはレイキャヴィクで買い物をする予定だったので。クリングランまで乗せてくれました」

「エドヴァルドはよくヒッチハイカーを乗せていたのかしら？」

「それはわからない。でもとても親切だった。よかったらうちに遊びに来ないかとも言われたわ」

「え、彼の家に？」

「ええ。でも、どうしてエドヴァルドのことをそんなに訊くんですか？」

「あなた、彼の家まで行ったの？」

「いいえ、行かなかった」

「リリヤは彼の車に乗せてもらったことがあったかしら」

「それは知りません」

ドアが開いて、また客が入ってきた。続いて次々と客が来て店がいっぱいになった。エリンボルクはパンを手に、アスロイグに挨拶の手を上げて店を出た。ドアについている鐘の音がしばらく耳について離れなかった。

レイキャヴィクに戻り、閉店寸前に例のアジア料理の調理具専門店に入った。店主のヨハンナに会いたいと言うと、店番をしていた若い女性が今日はいないと応えた。エリンボルクは今までその女性を店で見かけたことがなかったので、自分はヨハンナとは親しい仲で、今日は彼女に会いに来たのだと言った。店番の女性はヨハンナの姪で二十五歳くらい、明るく親切で、叔母はこのところ体調が思わしくなく、自分はときどきこうして手伝いに来ているのだと言った。どこが悪いかはわからないが、過労ではないかと心配そうに言った。そして、叔母は働き者なので、長年の疲れが出てきたのではないかと付け加えた。女性はその日一日暇だったのだろう。話し相手ができて嬉しそうだった。

「もしかすると、あなたが知っているかもしれないわ。しょっちゅうこの店で働いているのなら」とエリンボルクは言った。「これはヨハンナには一度話していることなんだけど。わたしが警察官だということも彼女は知っているわ。今警察は若い女性を探しているの。ダークヘアで、こちらの店で買い物をしているんじゃないかと思われる。タンドーリ料理のスパイスや、もしかしてタンドーリ鍋などもこちらで買っていたんじゃないかと思うの」

店番をしていた若い女性は首をひねった。

「店に来たときはスカーフを肩にかけていたかもしれない。そのスカーフを持ってくればよかったけど、今日は持っていないの」

「スカーフ?」と訊き返した。まだ首をひねったままだ。「ヨハンナがわからないと言ったの?」

「ええ。でも心当たりを探してみると言ってくれた」とエリンボルク。

「わたしはこの秋タンドーリ鍋は一個しか売ってない。相手は若い女性じゃなかったわ。スカーフもしてなかった。男性だったわ」

「そう？　ダークヘアの女性で、インド料理に興味があって、もしかしてアジアに旅行したような人はいない？」

　女性は首を振った。

「お手伝いできたらよかったけど」

「そうね。タンドーリ鍋を買ったという男性、一人だった？」エリンボルクが訊いた。

「ええ。若い娘と一緒ではなかったのは確かよ。はっきり憶えてる。車までタンドーリ鍋を運んであげたから」

「そう？」

「そう。その人、手伝わなくていい、自分で運べると言ったけど、わたしは手伝ったの」

「そう？　手伝いが必要な人だったの？」

「ええ、足を少し引きずっていたので。片足だけちょっと。とてもいい感じの人だったわ。手伝ってくれてありがとうと言ってくれた」

19

この人たちは人生の成功者だ、とエリンボルクは思った。男性は大学で経済学を学び、農林省の課長を務めていて、妻は銀行で働いている。自宅はレイキャヴィクの資産価値の高い地区にある戸建の家だ。リビングのソファセットは革製で、ダイニングテーブルは樫材。キッチンは最近改装されたばかりのようだ。家中の床は寄木細工で、壁には美しい油絵や芸術品が飾られ、そこここに家族の写真が置かれていた。若いときから現在までの夫婦の写真、幼年期から現在までの三人の子どもたちの写真も飾られている。家の中に通されて、リビングルームに腰を下ろすまでの間にエリンボルクはこれら全部を見てとった。

今回はシグルデュル＝オーリには声をかけなかった。もしもこの家の主人が、今エリンボルクが探している人物であるならば、あからさまな圧力をかけたくなかったからだ。アジアの香辛料店でときどき叔母を手伝っているという女性は、夏の終わり頃タンドーリ鍋を売ったときのクレジットカードの番号を探し出してくれた。領収書には美しい手書きの文字ではっきり男の名前がサインされていた。人によってはただ頭文字だけを書くこともあるし、頭文字だけのサインでさえ読めない場合もある。だが、男のサインはしっかりとした文字で美しく、信用できる人間だという証明のようだった。

エリンボルクはあらかじめ電話をかけて訪問時間を決めた。この男を探し出すまでにエリンボルクは同姓同名の二人の男に電話をかけた。二人ともなぜ警察が電話をかけてくるのか、まったくわからない様子だった。そのあとの人物がいま目の前にいる男性だった。

もし必要ならば、自分が警察に出向くのもかまわないと男性は申し出たが、エリンボルクはそれには及ばない、こちらから訪問すると答えた。電話の向こうの人物はほっとしたようだった。エリンボルクは、シンクホルトでの殺人事件に関して証人を探しているとだけ言った。

「片方の脚に包帯のようなものを巻いていた男性を見かけたという証言があるのです。脚に障がいがあるのか、骨折したのか、わかりませんが」とエリンボルクは電話で説明した。

「そうですか」

「片方の脚に装具をつけていたらしいのです。その人物を探しているのですが、もしかしてあなたではないかと思ったのですが？」

電話の向こうが静かになった。しばらくして男性はその件なら心当たりがある、その日のおよその時間帯に用事があってシンクホルトに行ったと言った。

「なにを……、いや、どうしたらお役に立てますか？」男性は警察官とどう話したらいいかわからない様子だった。

「目撃者を探しているのです。まだ一人も見つかっていないので。あなたがシンクホルトにいたときになにか目についたことはなかったか、お話をうかがいたいのです」

「どうぞ訊いてください」と男性は穏やかに言った。「お役に立てるかどうかわかりませんが」

「それは承知しています」

そして今、エリンボルクは男性の家のリビングルームのソファに腰を下ろしていた。夫人はまだ仕事から帰っていなかった。子どもたちはすでに独立していて、一緒に住んではいないと男性は訊かれる前に自分から言った。

「これはいわば、我々がしなければならない通常業務なのです」とエリンボルクは言った。「どうぞ悪く思わないでください」

「目撃者がいないとか？」と、男性が言った。名前はコンラッド、六十歳を少し回ったところか。平均より少し背は低いが体格はよく、短く刈られた髪の毛はほとんど銀色で、顔幅が広く、笑うと両頬にエクボが見える。肩幅は広く、大きな手、動きはゆっくりしている。片方の脚に装具をつけているためだ。エリンボルクはペトリーナの言葉を思い出した。電磁波が激しく送り込まれる窓から外を見ていた彼女は、膝の下につけられた金属製の装具をアンテナだと思ったのだ。コンラッドは柔らかそうなジャージのズボンをはいていた。ズボンの下部にファスナーがついていて、その片方が開いていた。彼が動くと、開いているファスナー部分が下の方でひらひらと動き、中の包帯が見えた。

「私の職場に電話をかけましたか？」

「いいえ。こちらにだけ電話しました」とエリンボルクは答えた。

「それはよかった。ここ数日、風邪のようなものに罹（かか）っていたので。ずいぶん探したのですか？」

「ええ、実を言いますと」とエリンボルクは答えた。「殺人事件のあった家の近くで脚に装具をつけた男性を見かけたという人がいるのです。脚に何らかのハンディキャップがある人かと思い、整形外科医の協力を得ました。もしかして一九五〇年代にポリオに罹った男性ではないか、だとしたら伝染病の隔離病院に入院していた人かもしれないということになり、当時の入院患者名簿を手に入れました。その中にあなたの名前があったのです」

エリンボルクはタンドーリ鍋のことは言わずにおくことにした。

「確かに私はファルソット病院に入院していました。一九五五年にアイスランドで最後のポリオが流行したときのこと。そしてこれがその結果ですよ」と言って、コンラッドは脚の装具をそっと叩いた。「こっちの脚には結局力が戻らなかった。ま、あなたはファルソットのことを調べたのなら、その辺のことはもうおわかりでしょうが」

「運が悪かったですね。その翌年からポリオのワクチンが始まったとか」

「そのとおり」

「ファルソットには長い間入院していたのですね？」とエリンボルクが訊いた。相手がこの話題を避けたがっていると感じた。

「ええ」

「年頃の男の子にとってはずいぶんつらいことだったでしょうね」

「ええ、そのとおり」とコンラッドは礼儀正しく答えた。「ポリオに罹るなんて思ってもみなかったですから、本当に大変だった。いやしかし、あなたはこの話をするために来たわけじゃありませんよね？」

「ええ。あの晩シンクホルトで殺人事件が起きたことはご存じですよね。今警察はあらゆる方法で情報を集めています。あなたはあの晩あの地区にいましたね？」

「ええ。ただし私はテレビのニュースで報道されている事件のあった建物の近くには行かなかった。私はあの日の夕方、その建物の近くの道路に車を停めていたのですが、翌日まで車をそこに置いておくつもりはなかった。あれは土曜日の夜のことで、妻と私はどこかで食事をして楽しい時間を過ごすつもりで出かけたのです。その帰り、妻に待っていてもらって、私は一人で車を取りに行きました。正直に言うと、私は素面じゃなかった。何軒かバーも回りましたからね。そんな状態で車を運転してはいけないことはもちろん承知していましたが、車をそこに置いて帰ることは考えられなかったもので」

「レイキャヴィクの繁華街に行くつもりだったら、シンクホルトは少し離れすぎてはいませんか？」

「そうですね。でも私は街の中心街に車を停めて乱暴者たちに壊されたくなかった。レイキャヴィクの中心街は、そうですね、何と言ったらいいかな、繁盛しすぎて近頃では問題が多く起きている。長時間道端に車を停めていたら、なにをされるかわかりませんからね」

「確かに、乱暴者が多くなりましたからね。そうですか。あなた方は楽しい夜を過ごすためにお出かけでしたか」

「ええ、まあ、そういうところです」

「その後、あなたは一人で車を取りに行った？」

「ええ」

「奥さんが車を取りに行かなかったのはなぜですか？　あなたは片足が不自由なのに？」

「妻は……、私よりも飲んでいたから」と言って、コンラッドは笑みを浮かべた。「私が行く方が安全だと思ったのです。私たちがそんなことを毎晩やってるとは思わないでください。それに距離もそんなになかった。私たちはバンカストライティとロイガヴェーグルあたりで飲んでいましたから」

「とにかく車を取りに行ったとき、あなたは一人でしたね？」

「私が通りを歩いているのを見た人がいるんですね？」

そう言って、コンラッドはまるで今言ったことが冗談でもあるかのように笑みを浮かべた。エリンボルクは彼がよく笑顔になることに注目した。その微笑は意識的なものであるような気がしてならなかった。今ここでアジア雑貨を売る店のこと、タンドーリ鍋、そしてルノルフルの部屋で見つけたスカーフ、それも間違いなくタンドーリ香料の匂いのするもの、などの話をしたら彼はどう反応するだろうかと思った。しかし今はそれについては話さないことにした。尋問は彼女の得意分野ではなかった。嘘を問い詰めて相手に白状させるのは好きではなかった。これまでのところこの男が話したことは十分に考え抜かれたものだとわかる。話したくないことをこの男に話させるには、なにかもっと効果的な方法を考えなければならない。今ここで自分があまり意味のない、適当な質問をしたら、この男は油断してなにか重要なことをポロリと口に出すかもしれない。しかし、尋問の手段として、ここでは〝イエスかノーか〟を問う遊びは有効かもしれない。自分の直感が当たっているなら、口に出してはならないことがあるのは彼もわたしも知っている。そしてこのやりとりが続けば、彼の集中が切れる瞬間があるはずだ。

「世界は狭いものですよね」とエリンボルクは彼の問いには直接答えずに言った。「あの日、あなたは殺人事件が起きた地区にいたことを警察に通報しようとは思いませんでしたか？」

「いや、それはまったく考えなかった。それが役立つと知っていたら、きっと通報したと思います。残念ながら、気づきませんでした」

「そうですか。それで落ち着いた足取りで車を取りに行ったのですね？」

「ええ、そう言ってもいいでしょう。私を見たという人が、なにを見たのかわかりませんが。なにを見たのか、知りたいものですね。妻を残してきたので、ゆっくり歩いたとは言えませんね。少し急いでいたと思います。彼女が電話をかけてきましたから」

「そうですか？　歩きながら奥さんと話したのですか？」

「ええ、電話で話しましたよ。なにか知りたいことがあるのですか？　用意していた質問があるのかな？　質問が私の行動に集中するとは思わなかったですな」

「すみませんね」とエリンボルク。「どうぞ理解してください。警察としては証言に間違いないか、確認しなければならないのです。これはいわば決まりの手続きと言っていいものです」

「ま、それはわかりますが」

「つまりこちらが訊くことはすべていわば確認で、意味があることなのです。あなたが車でその場を離れたのは何時頃でしたか？」

「時間は見なかったな。でも、家に着いたのは二時頃だったと思う」

「その付近で誰か人を見かけましたか？　警察が話を聞けるような？」

「それは何とも言えませんな。あの付近では人を見かけなかったと思う。あのあたりは道が入り組んでいて、街灯がついていないところも多い。それに私が車を停めたところは事件があったと報道されている建物から離れたところだったし。いや、もっと言えば、かなり距離があったと思いますよ」

「じつは、警察はこの殺人事件と関連して若い女性を一人探しているのですよ」

「それは新聞で読みました」

「その近辺で若い女性を見かけませんでしたか？」

「ええ、見かけませんでしたね」

「もしかすると、男性が一緒だったかもしれない」

「いや、それも見かけませんでしたね」

「でもやっぱり、女性は一人だったかもしれない。まだ男の死亡時刻の確認が終わっていないんです。殺害された時刻は二時頃だろうと思われるのですが」

「あのあたりは静まり返っていましたよ。人っ子一人いなかった。なにか特別なものを見たという記憶はありませんね。もしあとで証言するとわかっていたら、もっと注意深くあたりを観察したと思いますが」

「車を停めていた場所は正確に憶えていますか？」

「事件のあった建物のある通りではなかった。私はただ近道をするためにその通りを横切っただけです。私は車をその通りの一つ向こうに停めていました。だからその通りのことはあまり憶えていないんです。殺人事件のあった通りそのものは歩かなかったから」

「その付近でなにか物音を聞きませんでしたか？」

「いや、なにも聞かなかったと思いますよ」

「こちらはおたくのお子さんたちですか？」とエリンボルクは訊き、さらりと話題を変えた。サイドテーブルに三人の若者の高校卒業式典の記念写真が飾られていた。男の子が二人、そして女の子が一人、カメラに向かって笑っていた。

「ああ、それはうちの三人の子どもたちです」男は話題が変わってホッとしているようだった。

「女の子が一番下で、いつも兄たちと競っている。上の兄は医者になる勉強をしていて、二番目の子は私と同じく経済学部卒、そして女の子はエンジニアになる勉強をしているところですよ」

「医者、経済学士、エンジニアですか」

「ええ。みんないい子たちです」

「わたしは四人の子持ちです。一人の子は商業高校に通っています」とエリンボルク。

「女の子はまだ勉強中です。医学を勉強している上の子は今サンフランシスコで専門分野の勉強をしていて、まもなくそれも終わるところです。来年にはアイスランドに戻ってくるでしょう。心臓専門医として」

「そうですか。サンフランシスコですか？」とエリンボルクが訊き返した。

「ええ。彼は三年向こうで暮らし、とても気に入っていたようです。私たちは……」

コンラッドは口ごもった。

「はい？」とエリンボルク。

「いや、何でもない」

エリンボルクは微笑(ほほえ)んだ。

「サンフランシスコは素晴らしいと誰もが言いますが、わたしはまだ一度も行ったことがないんですよ」

「そう、素晴らしい町、そのとおりです」

「それで、娘さんは？」

「娘は、とは？」

「娘さんも一緒にサンフランシスコへ行ったんですか？」

「ああ、そうですよ。妻と私が二度目に行ったとき、あの子も一緒でした。そしてあの子もまたあの町の素晴らしさに感動してました」

コンラッドの家を出て、車に向かったときに電話が鳴った。シグルデュル＝オーリだった。

「きみが正しかった」

「ルノルフルのこと？　彼女の家にやっぱり行ってた？」エリンボルクが訊いた。

「そう。記録によれば、彼は二カ月ほど前に行ってる。しかも続けて二回も！」

20

急ぐ必要はなかった。エリンボルクはその日の夕方から夜にかけて、ゆっくり考え、翌日電話をかけた。電話に出たのはコンラッド自身で、外出の予定はないのでその日の昼食後に会うことになった。なぜもう一度会いに来るのかと訊かれたが、エリンボルクはただ前日に聞き忘れたことが二、三あるとだけ言った。コンラッドは落ち着いているようだった。どういう話になるかがわかっているのかもしれないとエリンボルクは思った。

エリンボルクは彼に監視がついたことは言わなかった。突然出国したりすることを防ぐためだった。家族にも同様に見張りをつけた。その必要はないようにも思ったが、念のための措置だった。エリンボルクは同様の措置をエドヴァルドにもとった。

その晩遅く帰宅して息子のヴァルソルと話をしてから、エリンボルクはしばらく眠れなかった。テディはとっくに眠っていた。アーロンも末っ子のテオドーラも眠っていたが、ヴァルソルだけは起きていて、テレビをつけたままパソコンに向かってブログに書き込みをしていた。母親が部屋に入ってきて、話があると言ってもその手を止めなかった。

「どう調子は？　うまくいってないの？」

「いや」とヴァルソルは一言だけ言った。

長い一日だった。エリンボルクはヴァルソルがいい子だということはわかっていた。長い間、彼は母親っ子だった。だが、十代の反抗期になってなにもかも変わってしまい、何にでも反抗し、自由になりたいともがいているように見えた。とくに母親から自由になりたいと。

しばらく息子に話しかけたが、何の反応もないことに嫌気がさして、エリンボルクはテレビを消した。

ヴァルソルがキーボードを叩く手を止めた。

「話がしたいの。パソコンを叩きながらテレビを観るなんてことができるわけないでしょ」

「それは簡単だよ。捜査の方はどう?」

「べつにどうってことないけど。お願いがあるの。わたしのことはネットに書かないで。プライベートなことは書かないでほしいの。家族のことも同じよ」

「読まなきゃいいじゃん」

「わたしが読もうと読むまいと、ネットに書かれてしまえば、同じでしょ。やめてほしいの。テオドーラもそう言ってるわ。ブログにあんたはとてもプライベートなことを書いてる。家族以外の人に関係ないことを書いてる。どうしてそんなことするの、ヴァルソル? 誰のために書いてるの? それと、あんたがいつもブログに書く女の子たちは誰なのよ? あんたがいつも彼女たちについて書いてるのを、彼女たちが面白いと思うと思ってるの?」

「ふん、あんたは何にもわかってない。みんながこれやってんだ。かまうなよ。書かれてることを読んだって、誰も気にしないんだから。面白いから書くんだ。誰も本気にしないさ」

「それじゃ他のことを書いてよ」

「俺、この家、出て行くつもりなんだ」突然ヴァルソルが話題を変えた。

「出て行く?」

「キッディと一緒にどこか部屋を借りるんだ。親父にはとっくに話してある」

「そう？　お金はどこから来るの？」

「高校を卒業したら働く」

「上の学校へは進まずに？」

「ま、どうするか、決めてない。働こうと思ったら、今だって仕事はあるんだから。ビルキルは家を出た。スウェーデンまで行ったじゃないか」

「あんたはビルキルじゃないでしょ」とエリンボルク。

「ああ、そうだけど。それが？」

「なに、その、それがって？」

「だから、忘れろって。聞きたくないんだから」

「なにを？」

「何でもない」

「ビルキルには、お父さんに会いたいんだったらどうぞそうして、全然問題ないわよ、と言ったのよ。ただわたしは、彼が突然向こうに引っ越すと言い出したとき、変だと思った。スウェーデンによ！　わたしは、彼にとっての家族は私たちだと思っていた。でも、彼はそうは思っていなかったということがわかったわ。私たち、そのことで少し言い合いした。でもそのことでわたしを責めるのはやめて。わたしだけでなく、パパのことも責めないで。ビルキルは自分の決めた道を行くことに決めたんだから」

「あんたがビルキルを追い出したんじゃないか」

「そんなことないわ。冗談じゃない！」

「でもビルキルはそう言ってた。今じゃ俺にも連絡してこない。まったく何の連絡もない。ビルキルはあんたと話をするつもりはないんだ。それでいいのか、あんたは?」

「ビルキルはむずかしい年頃だったの。ちょうど今のあんたと同じように。あんたはすべてがわたしのせいだと言いたいの? あの子も年齢とともに少しは賢くなっているといいけど」

「ビルキルは一度も俺たちを兄弟だと思ったことなどないと言ってた」

エリンボルクは驚いた。

「あんた、今何と言ったの?」

「ビルキルは気がついてたんだ」

「なにを?」

「あんたの俺たちに対する態度と、彼に対する態度が違うことに。彼はいつも自分が邪魔者だと感じていた。自分の家にいるのに客のように感じていたんだ」

「ビルキルがそう言ったの? わたしには一度も言わなかった」

「あんたにそんなこと言うはずないだろ。ここから出て行く前に、彼は俺にそう言った。あんたには言うなって口止めされたよ」

「あの子、自分勝手にそう思い込んでいたのよ。そんなことを言う権利、ないはずよ」

「いや、何だって言う権利はあるさ」

「ヴァルソル、よく聞いて。あんただって知ってるでしょ。ビルキルはいつだって家族の一員だったわ。お母さんが死んだことは辛かっただろうと思う。お母さんの死後、うちに来て、おじさんとその妻のわたしと一緒に暮らすのは簡単なことではなかったと思うわ。そのあと、あんたたちが生まれた。わたしはいつだってビルキルのことを大事に思い、彼のおかれた状況を思って心配りして、いつだって、あの子が苦しくないように気を配ってきたわ。ビルキルとあんたたち三人を分け隔てなく育ててきたわ。彼は私たちの子どもの一人だった。彼がそんなことを言っていたなんて聞いて、わたしがどんなに悲しいか、あんたには理解できないでしょうけど」

「俺はただ、ビルキルが家を出て行かなかったらよかったのに、と思ってるだけだ」

「わたしだってそうよ」


時計を見た。二時四十七分。

また一万から一を引いて数え始めた。九九九九、九九九八……。

どうしても眠らなければならないときにかぎってこうなのだ。


コンラッドは前日と同じようにエリンボルクをリビングルームに通した。前に立って少し足を引きずって歩いたが、落ち着いた様子だった。エリンボルクはこの日も一人で来た。なにも起きないと承知していた。警察で少し手間取って、ここに来るのが遅れた。ルノルフルのベッドにあった毛髪のＤＮＡ検査の結果が出たためだった。

「知っていることは昨日すべて話したつもりでしたが」ソファに腰を下ろしながらコンラッドが言った。

「新しい情報が次々に入ってくるので」エリンボルクが言った。「殺された男について少しお話ししたいと思い……」

「コーヒーはいかがかな？」

「いえ、けっこうです」

「本当に？」

「ええ。シンクホルトで殺された男について、少し話をしたいのです」とエリンボルクが言うと、コンラッドは黙ってうなずき、装具のついている方の足を小さなフットレストの上に置いた。

エリンボルクは今の段階でわかっていることを話し始めた。ルノルフルは今から三十年ほど前に地方の片田舎で生まれた。母親は今でもその土地に住んでいるが、父親は数年前に自動車事故で亡くなっている。その小さな村は存続が危ぶまれるほど衰退していて、若者は都会に出て行き、ルノルフル自身も義務教育が終わるとすぐに村を出た。母親との関係は悪く、小さいときから厳しく育てられた。生まれ故郷の近くまで来ることがあっても、滅多に母親に顔を見せないような状態だった。レイキャヴィクで教育を受けて、電気通信専門の技術者として働いていた。結婚はしていない。子どももいない。女性とは行きずりの関係しかもたなかった。賃貸住宅に住み、一箇所に長く住んだことはない。人との付き合いは仕事関係の顧客や会社の同僚など、仕事を通してのもの。どこでも好印象を与えた。仕事熱心で信頼できる男と思われた。漫画や映画のスーパーマンが気に入っていたが、それ以外に趣味はないようである。

コンラッドは説明を黙って聞いていた。なぜこんな話を聞かされるのか、わかっているだろうかとエリンボルクは思った。この話は自分に関係あるのかと訊いてもいいはずだ。だが、その問いは発せられなかった。コンラッドは真剣な顔で黙って話を聞き、エリンボルクは話を続けた。

「今のところ警察はこう考えています。ある程度の証拠も手に入れています。ルノルフルは電気通信会社の仕事を通して知り合った女性たちに近づき、彼女たちの馴染みのバーやクラブに偶然を装って現れた。女性たちは若く、独身で、ダークヘアという共通点があった。彼女たちと街で会ったのは偶然だったかもしれませんが、警察の知るかぎり、彼は女性たちがよく行くバーなどを調べ上げていたと思われます」エリンボルクは一旦ここで話を止めたが、すぐにまた続けた。

「ルノルフルはロヒプノールという薬を手に入れ、レイプドラッグとして使ったと思われます。殺された晩、彼はこの薬を身につけていた。鋭い刃物で喉を搔き切られていました。ロヒプノールは彼のポケットの中にありました。警察は彼がこの薬を入手した方法を今確かめています。警察はまた、ルノルフルは殺されたときダークヘアの若い女性と一緒だったと推測しています。その女性は彼のアパートにスカーフを一枚残していったのです。

DNA分析の結果は今朝ようやくわかりました。スカーフについていた髪の毛はルノルフルのベッドに残されていたものと同一でした。じつはわたし、今日そのスカーフを持ってこちらに来たのです」そう言うとエリンボルクはバッグの中からスカーフを取り出し広げてみせた。「素晴らしいものです。とてもきれい。見つかったとき、このスカーフからはとても強い香辛料の匂いがしたのです。今はほとんど匂いませんが。インドの香辛料の匂いです。そう、タンドーリ料理の」

コンラッドは無言だった。

「ルノルフルが襲われたとき、彼のアパートには若い女性がいたと警察は推測しています。おそらく彼は他の女性たちと同様の方法でその女性に近づいたのでしょう。偶然を装って。彼はその女性の家に電気通信会社の技術者として訪れ、電話線を引くとか、ブロードバンドを引くとか、テレビのアンテナを取り付けたか、インターネットをセットしたか、とにかく電気通信会社がするような仕事を何かしたのでしょう。そしてその日からあまり日が経たないうちに、ドライバーを忘れたとか言って、彼女の家に戻ったはずです。彼は人付き合いが良く、人に安心感を与え、知らない人とも気軽に話ができる。この若い女性もそう思ったでしょう。年もほとんど同年齢。ま、普通の当たり障りのない話をしたかもしれない。彼は話を自分の知りたいことの方にうまく誘導したかもしれない。夜、遊びに行くときはどこへ行くかとかいうような、一見他愛もないような話。また彼は話の中で、女性には特別に付き合っている相手がいないことも聞き出したかもしれない。一人暮らしの大学生だとわかったかもしれない。あとで、街で出会ったとき、面倒なことにはならない相手だと思ったかもしれない。ほとんど知っている仲と言っていい、と思ったかもしれない」

「なぜこんな話をするのか、私にはわからない」コンラッドが口を挟んだ。「私とは関係ないと思うが」

「そうですね」とエリンボルク。「あなたがそう言うのもわかります。でも、やっぱりわたしはあなたにこの話をしたいのです。いくつか小さなヒントがあって、それをわたしはあなたに話したい。ルノルフルは女性を家に誘うことに成功した。ポケットにはロヒプノールがあった。まだバーにいるときにその薬を女性のドリンクの中に溶かしたということは十分に考えられる。それとも家についてから薬をなにかのドリンクに混ぜて飲ませたと考える方がいいかもしれない」

エリンボルクはそばに置いてあるコンラッドの娘の高校卒業時の記念写真に目を移した。昨日も見たものだった。

「ルノルフルのアパートでなにが起きたのか、我々は知らない。知っているのは、ルノルフルが殺されたということと、その晩彼と一緒だった女性がいなくなったことです」

「そうですか」とコンラッド。

「この話、どこまで理解できます？」

「前にも話したように、私がその辺に行ったのは、車を取りに行っただけで、他のことはなにも知らない」

「娘さんは何歳ですか？」

「二十八歳です」

「一人暮らしですか?」

「大学の近くにアパートを借りている。なぜ娘のことを訊くんです?」

「娘さんはインド料理に関心がありますか?」

「彼女はいろんなことに関心がある」コンラッドが答えた。

「このスカーフに見覚えがありますか? どうぞ、手にとって見てください」

「その必要はない。見たこともないものですよ」

「このスカーフはタンドーリ料理の匂いがしてたんです。わたしはアジアの料理が好きなので、すぐに何の香りかわかった。わたしはタンドーリ料理用の鍋も持っています。タンドーリを作るときは絶対に必要なものなんです。娘さんもそんな鍋を持っていますか?」

「さあ、私は知らない」

「我々はあなたが去年の秋、タンドーリ鍋を一つ買ったことを知っています。お望みなら、領収書をお見せしましょう。それじゃ、あなたはそれをご自身のために買ったのですね?」

「これは驚いた。とんでもなく詳しく私のことを調べたものだ」コンラッドが言った。

「我々は、ルノルフルが殺されたときになにが起きたのかを知らなければならないのです。あなたがそれを話してくれれば、我々が探しているのはあなただということになります」

　コンラッドは再び娘の写真に目をやった。

「ほとんど知っている人はいませんが、殺されたときルノルフルはTシャツを着ていた。それも女物のTシャツを。そのTシャツはあなたの娘さんのものではないかと我々は推測しています。サンフランシスコに二度目に行ったとき、娘さんも一緒だったと言いましたね。娘さんはそこでTシャツを買ったのでしょう。サンフランシスコと胸に印刷されているTシャツを」

コンラッドは写真から目を離さなかった。

「あなたは殺人現場の近くで見られている。とても急いでいて、電話で話していた。あなたは間に合った。娘さんを助け出すことができた。娘さんはあなたに電話をかけ、自分がどこにいるかを伝えていた。あなたは現場に駆けつけ、娘さんを見、なにが起きたか察したとき、理性を失い、ナイフを手にとって……」

コンラッドは首を振った。

「家から持ってきたナイフを振り上げ、ルノルフルを襲った」

コンラッドはパッと目を上げてエリンボルクを見た。

「ルノルフルはおよそ二カ月前に娘さんのアパートに二度行きましたね？」

コンラッドは答えなかった。

「電気通信技師として彼がおこなった仕事のリストがあります。個人の家と会社と両方の訪問記録です。リストには彼が訪問した場所の住所が書かれています。それによればルノルフルは短期間に二度娘さんのアパートを訪ねています。名前はニナ・コンラッズドッティル。あなたの娘さんですね」

「私は娘の家に誰が訪ねてくるかなど、知らない」

その声はそれまでとは少し違って、不安そうにエリンボルクの耳に響いた。

「なにかのときに娘さんからルノルフルの名前を聞きませんでしたか？」

コンラッドは娘の写真から目を離すと、しばらくエリンボルクをじっと見つめた。

「あなたはなにが言いたいんです？」

「わたしはルノルフルを殺したのはあなたではないかと思っているのです」とエリンボルクは静か

に言った。

コンラッドはしばらくなにも言わずにじっとエリンボルクを見返していた。なにを言えばいいのか、エリンボルクが満足して帰るには、そして、これっきり、永遠に面倒な質問をされることがないようにするにはどうすればいいのかと考えているようだった。だが、その口から言葉は発せられなかった。どう言っていいかわからなかったのだ。時間が過ぎていった。その顔に諦めが、次に怒りが、そして最後にうめき声とともに口から言葉が発せられた。

「私にはもうどうしようもない」

「わかります、とてもむずかしい……」

「いや、あなたにわかるはずがない。あなたには決してわからない、これがどんなに苦しいことか……」

「なにが起きたのか、話してください」

「あの男は娘を無理やり……。そうなのだ、あの男は娘をレイプしたのだ！」

コンラッドはエリンボルクの方を見ようとしなかった。手を伸ばして娘の写真を手に取った。両手で額縁を固く握りしめ、大きく目を開いて娘の顔をしっかり見た。ダークヘアで、美しい茶色い瞳、祝いの日の嬉しそうなその顔を。

それから深くため息をついた。

「あの男を殺したのが私だったらよかったのに」

21

あの日の夜中に娘からかかってきた電話のことは一生涯忘れないだろうと彼は思った。ディスプレーにニナという文字が見えた。名前の後ろにハートのマークが三つ。携帯電話はベッドサイドテーブルの上にあった。一回目の呼び出し音でコンラッドはすぐに電話に出た。

時間を見て驚いた。

娘の苦しげな声が聞こえ、彼は飛び起きた。

「ああ、神様」と言って、コンラッドはエリンボルクを見つめた。まだその手にはしっかり娘の写真の入った額縁が握られていた。「私は今まで、いや、今まで生きてきた中であんな声を聞いたことがない」

彼も妻も娘についてあまり心配したことがなかった。とにかく今まではそうだった。娘がまだ十代で、仲間の少女たちと繁華街に繰り出したりしていた頃は、両親は注意して見守っていた。また娘が家から独立して小さなアパートを借りた頃も同様だった。町の中心街で襲撃事件があったり、レイプや麻薬に関連する残酷な暴力事件のニュースが流れたりするたび、両親は娘に携帯電話を常に持ち歩くように、なにかあったら必ず連絡するようにと注意した。息子たちが繁華街に遊びに出かける年頃にもそうしていた。

幸いそれまでは重大な事件は起きなかった。一度、団体旅行で暖かい国に遊びに出かけたとき、家族の誰かが財布を盗まれたことがあった。また二年前、下の息子が交通事故を起こしたことがあった。このときは息子の方が加害者だった。

今まで家族はほとんど問題らしい問題に遭遇せずに過ごしてきたと言ってよかった。もちろん、そういう生き方を選んで生きてきたのだ。プライバシーを重んじ、人に対して親切心と敬意をもって接してきた。コンラッドと妻はいい人生を過ごしてきた。友人も多く、国内旅行も外国旅行も楽しんできた。

丁寧（ていねい）な暮らし、勤勉に働くことによって手に入れた良い暮らし、それに満足していた。なかんずく三人の素晴らしい子どもたちを誇りに思っていた。息子二人はすでに独立していた。上の子はアメリカ人女性と結婚し、サンフランシスコに住んでいた。子どもが一人いて、その子はアイスランド人の祖母——コンラッドの妻——の名前を洗礼名にもらっていた。二番目の息子は大きな銀行の企業担当部門で働く女性と二年前から一緒に暮らしていた。末っ子のニナは人生をゆっくり進むタイプのようだった。コンピューター技師と一年ほど一緒に暮らしたことがあるが、今はシングルだった。

「ニナはいつも控えめで、落ち着いた子で」と言うと、コンラッドは額縁をテーブルに戻した。「気取りがなく、友達は多いけれども一人でいるのが好きな子です。そういう性格なのです。そして決して人を傷つけるようなことはしない子です」

「電話してきて、彼女は何と言ったんです？」

「あれは言葉ではなかった。押さえつけられたような、悲痛な叫び声というか……。恐怖と泣き声と慄（おのの）きが一緒になったような声だった。言葉にならなかった。ディスプレーに彼女の名前が出ていたし、かけてきたのは娘のニナだとわかっていたが、それでも最初私は誰か他の人が、例えば彼女の電話を盗んだ者が電話をかけてきたのかもしれないと思ったくらいだった。娘の声だとは思えなかった。パパ！　という言葉を聞いて、初めてニナだとわかった、なにかとんでもないことが起きたに違いないと思った。ニナがなにかとんでもないことに巻き込まれた、とても言葉で言い表せないような恐ろしい目に遭っているのだと」

「パパ……」という声が聞こえた。激しく泣いている。

「落ち着いて」とコンラッドは電話口で言った。「ゆっくりして。落ち着くんだ、ニナ」

「パパ、こっちに来て……、お願い、こっちに来て」

泣き声が大きくなった。娘が泣きじゃくっている。コンラッドは起き上がり、リビングへ行った。妻が心配して後ろからついてきた。

「いったいなにが起きたの？　ニナがどうかしたの？」と夫に声をかけた。

「ニナからの電話だ。ニナ、ニナ、聞こえるか？　今どこにいるか、教えてくれ。わかるか？　お前は今どこにいるんだ？　すぐに迎えに行くから、どこにいるのか教えてくれ」

返事はない。ただ泣き声が聞こえるばかりだった。

「ニナ！　いいか、しっかりしなさい。今、どこにいるんだ？」

「男の人の……家に、いる」

「誰の家に？」

「パパ、お願い、すぐ来て……、警察には知らせないで……」

「ニナ、お前はどこにいるんだ？　怪我をしたのか？　大丈夫なのか？」

「あたし、なにをしたのか……、わからない……。大変なことになった……、とても恐ろしいことに……。パパ、すぐ来て、すぐに来てちょうだい……」

「ニナ、なにが起きたんだ？　今お前はどこにいるんだ？　自動車事故にでも遭ったのか？」

娘はまた激しく泣きだした。父親の耳には娘の激しい泣き声しか聞こえない。

「ニナ、お願いだ、答えてくれ。今どこにいるんだ？　そこはどこなんだ？　場所を言ってくれたら、すぐに行く。すぐに迎えに行くから」

「床もなにもかも血だらけなの……。男の人が床に横たわってる。あたし、とても動けない。そっちに行けない……」

「男の人？　誰だ？　誰の家にいるんだ、お前は？」

「あたしたち、歩いて、ここに来た……。パパ、絶対に……見つからないで。あたし、どうしたら……、一人で来て。パパだけ！　お願い、誰にも言わないで、早く助けに来て！」

「ああ、そうする。お前を迎えに行く。通りの名前、わかるか？」

コンラッドは着替え始めた。トレーナーのズボンをはき、パジャマの上にヤッケをはおった。

「一緒に行きます」と妻が言った。

コンラッドは首を振った。

「ニナは一人で来いと言ってる。君は家で待っていてくれ。ニナはなにかとんでもないことに巻き込まれたようだ」

「ニナ、聞こえるかい？」とコンラッドは携帯に向かって声をかけた。

「ここの住所、知らない……」

「そこに住んでいる人の名前を言ってくれ。電話帳で探せるかもしれない」

「名前はルノルフル」

「苗字は？」

答えがなかった。

「ニナ！」

「この人……」

「え？」

「パパ、聞こえる？」

「ああ、もちろん」

「この人、死んでる……」

「わかった。落ち着いて。いいかい、今からお前を迎えに行く。すべて大丈夫だから。だが、お前がどこにいるのか、それがわからなければダメだ。どこを歩いたか、憶えてるか？」

「ここは、血だらけ、血の海なの」

「落ち着いて」

「あたし、なにも憶えていない。なんにも。なんにも！」

「わかった」

「街にちょっと遊びに行っただけ」

「ああ」

「そしてこの男の人に会った」

「ああ」

娘は少し落ち着いたようだった。

「高校のそばを通ったと思う。アメリカ大使館のそばも通った。一人で来て、パパ。誰にも見られないように気をつけて」

「わかった」

「あたし、すごく怖い。なにが起きたのか、全然わからない。あたしがこの人を襲ったかも」

「あと、どこを歩いたか、憶えていないか？」

「ええ、憶えていない。おかしいのは、あたし、全然酔っ払っていなかったの。お酒ほとんど飲まなかったから。それなのに、なにも憶えていないの。あたし、どうなってしまったのかしら、なにも憶えていないの！」

「机かテーブルの上に領収書のようなものはないか？　名前が書いてあるとか、住所が書いてあるようなものが？　お前が今いる建物の住所がわかるものはないか？

「あたし、何にもわかんない、なにもかも……」

「あたりをよく見るんだ、ニナ！」

電話で話しながら、コンラッドはガレージのドアを開けて車に乗り込み、エンジンをかけた。バックで車を出すと、街に向かって走りだした。妻は家に残るのを拒み、運転席の隣に座って、話を聞いていた。

「あ、請求書がある。ルノルフルに宛てたもの。住所があった！」

ニナはそれを読み上げた。

「よし、いいぞ、ニナ。今そっちの方に向かっている。五分以内に着くはずだ」

「一人で来てね」

「いや、ママも一緒だ」

「ダメ！　ママは絶対に来ちゃダメ。人に見られちゃダメなの。あたしはただうちに帰りたいだけ。ママは一緒に来ちゃダメなのよ！」

ニナは声を上げて泣きだした。

「ああ、もうあたし、ダメ、これ以上やっていけない！」

「わかった」とコンラッド。「一人で行く。いいかい、車はその住所には停めない。いいね？　落ち着いて。ママは車から出ないで、待っているから」

「すぐ来て、パパ！　すぐに来て！」

　コンラッドはフリングブロイトからニャルダルガータへ向かって左に曲がった。車を少し離れたところに停めて妻にはここで待てと言い、娘から聞いた住所に向かって歩きだした。耳にぴったり携帯電話を当てて娘に落ち着くように話しかけながら、全速力で歩いた。道には人影がまったくなく、彼の見るかぎり、人から見られているという気配はなかった。その建物に着くと、まず最上階まで行ったが、ルノルフルという名前の表札はなかった。踵（きびす）を返して戻ると、建物の裏側にも入り口があるのがわかり、探している表札があった。

「ニナ、着いたぞ」と電話に囁（ささや）いた。ドアはすでに開いていたので、押して中に入った。床が血の海で、その中に男が横たわっていた。そばに娘が布で体を包み、壁に背中を預けて放心状態で座っていた。両腕で膝を抱え、耳に電話を当てたまま前後に体を揺らしながら。

　コンラッドは携帯電話を切って娘に近づきそっと立たせ、全身がガクガク震えているその体を抱きしめた。

「ああ、ニナ！　いったいなにが起きたんだ？」

　コンラッドは話し終えた。座ったまましばらく片方の脚の装具をじっと見つめていた。その目は虚ろでまったく別のことを考えているようだった。ようやく我に返って、エリンボルクに目を戻した。

「なぜ警察に知らせなかったのですか?」エリンボルクが訊いた。

「すぐにもそうするべきだった。だが、私は娘の服や持ち物を掻き集めてその場を一刻も早く離れたかった。同じ道は通らず、中庭を横切って、次の通りに出たのです。その通りに車を停めていたので。車に乗り、すぐに家に戻りました。今思えばまったく間違った対応だった。私はそれで娘を守れると思ったのです。暮らしと家族を守れると。しかし私のそんな行動で事態をさらにもっとひどくしてしまった」

「娘さんと話をしなければなりません」

「もちろんです。娘にも妻にも昨日あなたが来たことを話してあります。我々はもうかくれんぼをしなくてもよくなったことにほっとしているんです」

「これからが大変ですね」と言いながらエリンボルクは立ち上がった。

「まだ息子たちには話していません。こんな状況どう説明したらいいのか。お前たちの妹は人の喉を掻き切ってしまった、レイプした男の喉をと言わなければならないのか」

「むずかしいですね」

「娘がかわいそうです。とんでもない経験をした……」

「すぐに彼女に会わなければなりません」

「妻と私は、あの子が正しい、人間的な扱いを受けることだけを望んでいます。あの男は娘を暴行した、娘の行動は正当防衛だった。警察は何よりもまずその点からこの事件を見るべきです。娘はああやって身を守るしかなかった。そういうことなのです」

22

ニナはファルカガータに小さなアパートを借りていた。コンラッドは娘に電話をかけて、これから警察と一緒にそっちに行くと伝えた。電話を受けたのはコンラッドの妻で、コンラッドは娘に伝えてくれと頼んだ。肩の荷をおろしたような気分だっただろう。コンラッドが先に車を走らせ、エリンボルクがその後ろに続いた。二台の車は小さなアパートの建物の前で停車した。二階まで階段を上がり、部屋の前に来るとコンラッドはベルを押した。ドアを開けたのはコンラッドと同年輩の女性だった。深く心配していることがその目に表れていた。

「お一人、ですか？　警察車が見えないのですが」女性が言った。

「そう、わたし一人です。面倒なことが起きるとは思っていませんので」エリンボルクが答えた。

「ええ、もちろん」と言うと女性は手を伸ばして握手した。「なにも面倒は起きませんとも。どうぞお入りください」

「ニナはいますか？」エリンボルクが訊いた。

「ええ、娘はあなたを待っています。これで愚かなかくれんぼをしなくてもよくなると、ホッとしています」

中に入った。コンラッドも後ろに続いた。ニナが立ち上がって彼らを迎えた。胸の前で腕を組み、泣き腫らした目をしていた。

「こんにちは、ニナ」と言って、エリンボルクは握手の手を差し出した。「エリンボルクと言います。警察の者です」

ニナは手を差し出して握手した。その手は汗ばんでいてまったく力が入っておらず、顔も無表情だった。

「父から聞きましたね？　あのときのありさまを」ニナが言った。

「ええ、聞きました。今度はあなたから直接話を聞かなければならないのです」

「なにが起きたのか、わからないんです。わたし、なにも憶えていないんです！」

「大丈夫。時間は十分にありますから」

「あの男はわたしになにか薬を飲ませたんだと思います。彼の部屋に薬があったんですよね？」

「ええ。これから警察署に一緒に来てもらいます。親御さんたちも一緒でかまいませんが、警察に着いたら、あなただけがわたしと対面で話をします。いいですね？」

ニナはうなずいた。

エリンボルクはキッチンの方に目を向けた。自分のキッチンと同じような匂いが漂っていた。遠いアジアの国の香辛料、彼女自身よく知っている、遠い国の料理の香りだ。調理台の端にタンドーリ鍋が見えた。

「わたしもインド料理が好きで、よく作るんですよ」と言って、エリンボルクはニナに笑いかけた。

「そう？　あの日、わたし、仲良しの女友達を数人呼んで、食事会をしたんです。そのあと……」

「あなたのスカーフ、持ってますよ。あの晩あなたが身につけていた。そのスカーフからタンドーリ料理の香りがしたので、インド料理をする人だとわかったんです」

「それ、あそこに忘れたものなんです。目につくものを大急ぎで掻き集めた父が、スカーフには気づかなかったんだと思います」

「それとTシャツも」とエリンボルク。

ここでコンラッドが「息子たちに知らせなければ。マスコミが嗅ぎつける前に」と口を挟んだ。

「ええ、そう」

「それは警察署でなさってください」エリンボルクが言った。

一同はクヴェルヴィスガータにある警察署へ向かった。今回はエリンボルクの車が先に立ち、そのあとにコンラッドの車が続いた。署に着くとニナはまっすぐ取調室に通され、両親はエリンボルクの部屋で待つことになった。メディアは早くもシンクホルト殺人事件に進展があったと嗅ぎつけ、電話取材が始まっていた。裁判所に逮捕令状が請求されたことから情報が漏れたと思われた。

コンラッドは弁護士を手配した。すでにどの弁護士に頼むか決めていたらしかった。腕利きの弁護士で、逮捕令状が発せられるとき早くも警察側の検事と同席していた。二人の息子のうち、下の息子は母親から電話で知らせを受けると、エリンボルクの部屋にやってきて両親から話を聞いた。最初は疑いと驚き、次に自分にすぐに知らせなかったことに対する怒り。そしてその怒りはすぐにルノルフルに向けられた。

エリンボルクはニナが取調室でこれから自分の運命がどうなるかと不安になっているに違いないと思い、何とも言えないほど気の毒に思った。どう見ても彼女は冷血な殺人者には見えなかった。むしろ恐ろしい経験をしてどうしようもなく混乱している、そしてこれからのことがまったく見えず、不安に押し潰されそうになっている犠牲者に見えた。

ニナ自身、すべてを話したがっていた。ルノルフルと知り合った経過がはっきりした今、そしてルノルフルが死んだときに現場にいたことが明るみに出た今、真実を話すことができるのをむしろ喜んでいるようにさえ見えた。気持ちが軽くなり、理解と合意に向けた長いプロセスがこれから始まることに希望を見いだしているように見えた。

「あの晩以前にルノルフルを知っていましたか？」尋問の手筈を整え、尋問が始まる前にエリンボルクはニナに訊いた。

「いいえ」とニナが答えた。

「あの晩以前に彼はあなたのアパートに二度来ていませんか？」

「はい。でも、わたしは彼を知りませんでした」

「そのときのことを話してくれますか？」

「べつになにも話すようなことは起きなかったけど」

「電気通信会社に仕事を依頼したのでしたね？」

ニナはうなずいた。


ベッドルームにテレビを置くには、壁を通して新しいケーブルを引く必要があった。最近電気通信会社を変えたので、新しくインターネットの接続も必要だった。ラップトップをどの部屋でも使えるようにしたかった。依頼の電話をすると、電気通信会社の受付が早速手配してくれて、同日に技師がやってきた。それはある月曜日のことだった。

その男は感じがよく、おしゃべりで、彼女より少し年上で、来るなり早速仕事に取り掛かった。ネットの接続のことなどはよくわからなかった。寝室からドリルの音が聞こえたことは憶えている。テレビのケーブルを隠すため、床板を少し剝がしたことも憶えている。男がベッドルームにいた時間が取り立てて長いとも思わなかった。これらすべては、あとで思い出したことで、そのときはとくになにも不審に思わなかった。

パソコンをネットに繋ぐのを手伝ってくれたあと、男は請求書をその場で書き、自分はすぐにカードで支払った。その間もいろいろと話をしたが、知らない者同士が話すような当たり障りのない内容で、その後すぐに引き上げていった。

彼は翌日にもやってきて作業を終わらせた。その翌日、彼はまたやってきた。そしてリビングとベッドルームの間の壁に穴を開けたときに使ったドリルを見かけなかったかと訊かれたので、見かけなかったと答えた。

「自分で探してもいいかな?」と彼は言った。「今帰宅途中なんだ。もしかして、お宅に忘れたんじゃないかと思って。どこにもないんだ。あれはよく使う道具なもんで」

二人で寝室を探した。テレビのケーブルは寝室のクローゼットに穴を開けてリビングから通していた。彼は窓の下とベッドの下まで探したが、しまいに両手を上げた。

「お邪魔して悪かった。どこかに置き忘れたんだと思うが、まったく思い出せない」と男は言った。

「見つけたら、連絡します」

「悪いね。週末少し飲み過ぎて、ぼんやりしてたんだ。土曜日の夜、カッフィ・ヴィクトルに遅くまでいたから」

「うん、わかる。そういうことってあるわよね」

「きみもあの店に行くことあるの?」

「ううん。私たちはたいていクラインよ」

「私たち?」

「女友達数人とわたし」

「それじゃ。ドリル見つけたら連絡してくれるかな?」と言って、彼はドア口に立った。「もしかするとどこかでまた会うかもしれないね」

自分は料理が好きで、ときどき友達を招いて新しく憶えた料理を披露する。レイキャヴィクのインド料理の店でウェイトレスのアルバイトをしてから、インド料理に興味を持つようになった。料理人たちと親しくなると、いろいろ役に立つアドバイスももらった。豚肉と鶏肉料理のレパートリーも増え、ラム肉料理もかなりできるようになった。あの晩、ルノルフルに会ったあの晩は友達を招いてラム肉のタンドーリ料理を父親から誕生日祝いにもらったタンドーリ鍋で作った。夜中の十二時頃まで家で友達と食事を楽しんだあと、みんなで街に繰り出した。だが、まもなく一人帰り、また一人帰って、ルノルフルに話しかけられた頃はそろそろ帰ろうとしていた。

酔っ払ったという記憶はなかったので、あとでなにも憶えていないことがわかったときは自分でも驚いた。翌日の新聞でロヒプノールがルノルフルのアパートで発見されたと知り、愕然（がくぜん）とした。自宅で食事前にマティーニを飲んだことは憶えていた。そして食事には赤ワインをグラスで二、三杯。辛い料理で喉が渇いたので、ビールを少し飲んだことも記憶にあった。全体として記憶がなくなるほどの酒量ではなかった。

しかし、バーでルノルフルに会ってからのことはほとんど、いやまったく憶えていなかった。彼が現れて、サンフランシスコの話をしたことは憶えている。サンフランシスコに住んでいる兄を訪ねてあの町へ行ったことがあると話した。ルノルフルは自宅にケーブルを引く料金は馬鹿げて高いと謝り、せめて一杯おごらせてくれと言ったので、一杯だけおごってもらうことにした。彼がバーにドリンクを注文しに行ってる間に時計を見た。もうそろそろ引き上げようと思った。

シンクホルトの彼のアパートまで歩いたこともぼんやりと憶えていた。なぜあんなに泥酔してしまったのだろう。ほとんど自分の足で歩けなかった。自分の意思がまったく残っていなかった。

その夜遅くニナは目を覚ました。スパイダーマンが壁から彼女を見下ろしていた。今にも襲いかかりそうな格好で。

最初、自分がどこにいるかまったくわからなかった。自宅にいると思ったかもしれない。しかしすぐにそうではない、もしかしてレストランで眠ってしまったのかもしれないと思った。

いや、それも違った。まもなくまったく見覚えのないベッドに寝ていることがわかった。知らないところ、知らない部屋のベッドに寝ているのだと。ぐったりしていて、全身に力が入らなかった。気分も悪く、なにも思い出せなかった。しばらくしてから自分が裸であることに気がついた。

裸の自分の体を見下ろしながら、いったいなにがどうなっているのかと思った。自分の目に映る自分の姿が信じられなかった。

壁からスパイダーマンが見下ろしていた。まるで今にも壁から飛び降りてきて、自分を助けてくれそうだと思って苦笑いした。

いつの間にかまた眠りに落ち、次に目が覚めたのは寒さを感じたためだった。歯が合わず、全身がガクガク震えていた。そしてガバッと飛び起きた。素っ裸で知らないベッドに寝ていた。

「なに、これは?!」と言って、手を伸ばして床の上にあったベッドカバーを取って、体に巻きつけた。部屋にはまったく見覚えがなかった。

「だれか（ハロー）?」と声を上げたが、返事はなく、静まり返っていた。そっとベッドルームから出てリビングに入った。部屋の明かりをつけると、見知らぬ男が仰向けの形で床に横たわっていた。どこかで見たことがある男のような気がした。

次に血が見えた。男の喉が一直線に切り割かれていた。

一瞬吐きそうになった。血の気のない顔と、一直線に真っ赤に開いた傷口が目に飛び込んできた。男の目は半開きになっていて、恨めしそうにこっちを見ているような気がした。まるで『やったのはお前だ！』と言っているような目つきだった。

「携帯電話を探し出して、家に電話をかけました」ニナの声が続いた。テープレコーダーの回る音が取調室に響いた。エリンボルクはニナから目を離さなかった。彼女の話は前後することもあったが、信用できると思った。知らない家で目を覚まし、ルノルフルの死体を目にするまでの話が一気に語られた。

「その時点で警察に電話しようとは思わなかったんですね？」

「とにかくわたし、本当に驚いてしまったんです」ニナが話を続けた。「なにをしたら、どうしたらいいのか、ほんとにわからなかった。理性的に考えることなど全然できなかった。それになにより、ものすごく気分が悪かったんです。今思えば、飲まされたクスリの効果が切れる頃だったのかもしれない。でもとにかく吐き気がして。わたしは、自分がやったんだと思いました。自分がこの男を殺したんだと。そしてとても怖くなった。とにかく家に電話すること、そしてすべてを隠したいということしか頭になかった。この気持ちの悪い光景をすべてないことにしてしまいたいと思った。わたしがそこにいたということを誰にも知られたくなかった。わたしがこんなことをしたと誰にも知られたくなかった。しまいにはなにも考えられなくなった。なにも。わたしは父になにもかも隠してくれるように頼んだ。なにもなかったことに、すべてないことにしてほしかった。そして、父はそのとおりにしてくれました。父はわたしのことを思ってそうしてくれたんです。それはわかってください。父は社会の秩序を守らない人間ではありません。ただわたしのためにそうしてくれたんです」

「ルノルフルがあなたにクスリを飲ませたということは確実ですか？」

「ええ」

「クスリを飲み物に入れる瞬間を見ましたか？」

「いいえ。もし見ていたら、わたしは決して飲まなかったはず。わたしは麻薬はやらない。やったこともない。日常的に薬を摂取することもないんです。またあのとき、わたしは決して酔っ払ってはいなかった。なにか、別のものを飲まされたんです」

「そのときにあなたが警察に連絡してくれてたら、ロヒプノールを摂取させられたかどうか調べることができたはず。でも、今、あなたの言葉を証拠づけるものはなにもない。わかりますか？」

「ええ、わかります」ニナがうなずいた。

「そのアパートに誰か他の人間がいましたか？」

「いいえ」

「バーで、ルノルフルは誰かと一緒でしたか？」

「いいえ」

「確かですか？　誰か他の人の姿はなかったですか？」

「誰もいなかったと思います」

「つまり、ルノルフルはそのバーでは誰かと一緒ではなかったということですね？」

「ええ。誰のこと？　誰か一緒にいたのですか？」

「そのことはまたあとで」エリンボルクが言った。「喉を切り裂いたナイフをどうしましたか？」

「わかりません。わたし、何度も繰り返しこのことを考えたんです。でもどうしても、ルノルフルの喉を掻き切ったという記憶がないんです」

「彼はキッチンにあるマグネット板に包丁を何本か掛けていました。その近くに行ったとか、それを見た記憶がありますか?」

「わたしの記憶にはないです。目を覚ますと、わたしはまったく知らない人の家にいて、男が喉を掻き切られて床に倒れていた。わたしがやったことかもしれない。その可能性は十分にあります。でも、わたしはなにも憶えていないんです。まったく記憶がない。誰か他の人間がそうしたということも、あの状況下では考えられないですよね。状況から言って、どうしてもわたしがやったと人は思うでしょう。でも、わたしには何の記憶もないんです」

「あなたはルノルフルとセックスしましたか?」

「いいえ」

「確かですか? これもまた私たち警察が確認できないことなのです」

「はい、確かです。あなたは間違った表現をしています」

「え? 間違った表現?」

「わたしは彼とセックスはしていません。わたしはレイプされたのです」

「彼はあなたを暴力を使って犯したということですか?」

「はい。あれはセックスではありません」

「憶えているのですか?」

「いいえ。でもわかるのです。このことはこれ以上話したくありません。でもわたしは知っています。あの男はわたしを暴力を使って犯したと」

「それは警察が得ている情報と一致しています。ルノルフルは死ぬ直前にセックスしていたということがわかっていますから」

「セックスしたとは言わないで。あれはセックスなどではない。暴行、強かんです」

「その後のことは憶えていますか？」

「わかりません」

エリンボルクは尋問を一旦休止した。この一回目の尋問で、どこまでニナを問い詰めるか決めていなかった。まだ訊きたいことはたくさんあった。今すぐにも答えがほしい問いが。仕方がない、これ以上待てない、と思った。

「あなたは誰かをかばおうと思っている？」エリンボルクが問いを発した。

「かばうって？」

「もしかしてあなたは今の話よりももっと前に、もっと早い時間に父親に電話をかけてはいませんか？　ルノルフルのアパートに連れてこられたときに、とか？」

「いいえ」

「あなたは父親に電話をかけて、いる場所を言い、危険な目に遭っている、助けに来てくれと言ったのではありませんか？」

「いいえ。そんなことはあり得ません」

「あなたはなにも憶えていないと言ってますが、それは憶えているんですね？」

「わたしは、わたしは……」

「あなたの父親がルノルフルを殺害したということは考えられませんか？」

「え？　父が？」

「はい」

「話がわかりません……」

「よく考えてください。今はここまで」

エリンボルクは自分の執務室へ行った。ニナの両親が立ち上がった。

「ニナは大丈夫ですか？」コンラッドが訊いた。

「なにか、忘れていることがあるのでは？」とエリンボルクは彼の問いには答えずに、訊き返した。

「何ですか？」

「あなたの果たしている役割ですよ」

「私の役割？」

「ええ。わたしがあなたたち二人の話をそのまま受け取ると思っているのですか？　あまりにも話がうまくできてるじゃありませんか。父親と娘が揃ってわたしを言いくるめようとしているんじゃありませんか？」

「なにを言ってるんです？　私の役割？　何の話ですか？」

「ルノルフルの喉を掻き切ったのは、あなたではないと思わせるためじゃありませんか？」

「正気で言っているのか！」

「その可能性があることは無視できません。娘が電話をかけてきた、あなたは急いで現場へ行った、ルノルフルの喉を掻き切って、娘と一緒にその場から逃げた、ということでは？」

「ルノルフルを殺ったのは私だと言うのか？」

「否定しますか？」

「もちろんだ！　頭がおかしくなったのか！」

「あなたが現場に来たとき、ニナは血飛沫を浴びていましたか？」

「いや。気がつかなかった」

「彼女が殺したのなら、返り血を浴びているはずじゃないですか？」

「そうかもしれない。わからない」

「娘は血を浴びてはいなかったわ。憶えています！」母親が言った。

「あなたの夫は？　コンラッドはどうでしたか？」

「血などまったく浴びていなかった」母親が言った。

「とにかく警察はその日あなたが着ていた衣服を探します。まさか、焼いてしまわなかったでしょうね？」

「焼いてしまうだって?!」コンラッドが叫んだ。

「ニナの立場はあなたよりもずっといいのですよ。もし彼女が犯人でも正当防衛ということになりますから。あなたが犯人の場合は、殺人になります。あなた方はこの筋立てを作り上げるのに十分な時間があった。警察になにをどう話すかについてもじっくり用意したと考えられるのですよ」

コンラッドは今聞いたことが信じられないというように目を丸くしてエリンボルクを見つめた。

「こんなことを言い出すとは、信じられん！」

「この種の茶番劇からわたしが学んだこと。それは、嘘を土台に話を作っても、何の役にも立たないということですよ」

「あなたが言っていることは、こういうことか？　私が嘘をついて、自分の娘に罪を着せようとしていると？」

「よくあることですよ。もっとひどいこともわたしは見てきましたからね」

23

エリンボルクはエドヴァルドの家の近くの車の中にいた。サンドウィッチを一口食べ、冷たくなったまずいコーヒーを飲む。ラジオから夕方のニュースが流れていた。父親と娘の逮捕のニュースである。二人ともルノルフル殺害の容疑者として逮捕されたというアナウンサーの声に続いて、アパートの中でなにがおこなわれたか、様々な推測が語られた。父親と娘がルノルフルを殺した理由はなにか、どのようにことがなされたかが臆測された。真実の部分もあったが、見当はずれなものもあった。逮捕された女性がルノルフルに強かんされ、女性がリベンジしたという推測もあった。警察はなにも発表していないため、ジャーナリストたちが勝手に推測しているという状態だった。エリンボルクはそんな報道から離れたところに身を置いていた。

サンドウィッチはまずかった。コーヒーは冷たく、車の中にいること自体じつに不愉快だった。それでも今自分のいるべきところはここだとエリンボルクは思っていた。まもなく彼女はエドヴァルドの玄関ドアをノックしてリリヤのことを訊くつもりだった。六年前、忽然（こつぜん）とアクラネスから姿を消した少女リリヤのことを。車の中は寒かった。というのもエリンボルクはエンジンをふかしたくなかったからだ。不審に思われたくないのと、空気を汚したくないという理由からだった。エンジンのアイドリングは絶対にしない。車を運転する者として、彼女が自分に課しているほとんど唯一と言っていい決め事だった。

出来合いの食べ物は好きではなかったが、サンドウィッチは空腹のため途中のコンビニで買ったものだった。少しでも体にいいものを買いたかったのだが、店にあるものは限られていて、ツナサンドで満足しなければならなかった。セルフサービスのコーヒーときたら、ほとんど飲める代物ではなかった。

息子のヴァルソルの言葉が胸に引っかかっていた。ママはビルキルと自分たちとの扱いが初めから違っていたと彼は言った。家を出て行くときビルキルはこう言った。テディと彼女の元でいつもとてもよくしてもらった、だが、これから自分は実の父親の元で暮らして父親のことを知りたいと思うと。そのために家を出るのか、それだけが理由なのかと訊くと、ビルキルははっきりそうだと答えた。エリンボルクはその言葉を信じたが、それでもそれは母親代わりをした自分を傷つけないように彼が考えた言い訳だと感じていた。ビルキルはいつも静かで、控えめだった。自分の人生なのに、主人公である彼がまるで慎ましい客であるかのように振る舞っていた。初めて家に来たときからそうだった。ヴァルソルはとても手のかかる子だったし、アーロンもそうだった。そのあとテオドーラが生まれた。目の中に入れても痛くないママの秘蔵っ子テオドーラが。ビルキルは締め出されたように感じていたのだろうか？　実の母親の弟であるテディに対しては何の違和感もなかったようだ。男同士は別なのだろうか？　男同士はフットボールの話さえできれば、親近感など持たなくてもやっていけるのだろうか？

エリンボルクは深いため息をつき、車を降りた。心に浮かぶ問いに対する答えは見つからなかった。

エドヴァルドはもはや彼女の姿を見ても驚かなかった。

「今度はなにをお忘れかな？」ドアを開けながら皮肉な調子で言った。

「お邪魔してごめんなさい」とエリンボルク。「ちょっと話があるので、中に入れてもらえるかしら。ルノルフルに関係することで。容疑者として複数の人を捕らえました」

「ああ、テレビで見た。これで一件落着、かな?」

「ええ、多分。でもまだいくつか不明な点があって、もしかしてあなたに協力してもらえるかもしれないと思ったもので。何と言ってもあなたはルノルフルのことを一番よく知ってた人ですから。少し時間もらえるかしら?」とエリンボルクは押した。

エドヴァルドはエリンボルクをまるで猫が獲物でも見るような目つきで見たが、仕方ないというように肩をすくめ、エリンボルクはその後ろから家の中に入った。

エドヴァルドは椅子の上の紙類をビデオの山の上に移すと、座るように椅子を手で指した。

「椅子がよかったらどうぞ。好きなように。いったい私になにを手伝わせようとしているのかわからないが。いや、まったくわからない」

「ありがとう」と言ってエリンボルクは腰を下ろした。「ルノルフルのアパートにいた女性を見つけたんですよ」

「ああ、ニュースで聞いた。ルノルフルはその女性をレイプしたとか?」

「あなたはルノルフルのやり方を知ってた?」エリンボルクはエドヴァルドの問いかけには答えず訊き返した。

「それについては前にも答えた。私はなにも知らない」とエドヴァルドは答えた。もはやエリンボルクが自分の家の中にいることに対する苛立ちを隠そうともしなかった。「どうしてあんたが人の家にこうしょっちゅう来るのかも、わからないね」

「ルノルフルのやり方と言ったのは、女性に対する彼のやり方という意味よ。薬を飲ませて意識を失わせて暴行するという彼のやり方のこと」

「ルノルフルが自分の家でなにをするかまで、私は知らない」

「あなたは前に、ルノルフルは睡眠に問題を抱えていた、だからロヒプノールが必要だったと言ったわね。ルノルフルが自分で医者に行って薬をもらわなかったのは、薬を処方してもらうことが人の目につくとなにか問題があると思われるのが嫌だったからだと。いいですか、あなたはレイプドラッグを手に入れる手伝いをしてたんですよ。あなたがルノルフルと行動を共にしていたその理由が十分に説明されてないんです。言ってることの意味がわかる？」

「私はルノルフルがレイピストとは知らなかった」

「そう？　彼の言葉をそのまますべて信じていたというわけ？」

「嘘をついているとは知らなかった」

「彼がレイプした他の犠牲者を知ってる？」

「私が？　私はなにも知らない。そう言ったじゃないか！」

「ルノルフルは他の犠牲者のことを話したことがある？　彼が外で出会い、家まで連れてきた女性たちのことよ」

「ない」

「あなたはルノルフルのためにロヒプノールを何回買ってやったの？」

「あのとき一度だけだ」

「あなたもその薬を本来的でない使い方で使用したことがある？」

エドヴァルドはエリンボルクを見据えた。

「それ、どういう意味だ？」

「あなたたち二人、女性を相手になにかグロテスクな遊びをしていなかったかということ」

「なぜそんなことを言う？　まったくわからない」

「ルノルフルが襲われた日の夜、あなたは一人で自宅にいたと言ったわね」そう言いながら、エリンボルクはエドヴァルドに気づかれないようにそっと携帯電話を手に持った。「でも、それは証人がいない。テレビを観ていたと言うけど、あなた、ルノルフルの家にいたんじゃない？」

「私が？　いや、とんでもない」

「彼の喉を掻き切ったのは、あなたじゃないの？」

エドヴァルドは立ち上がった。

「私が？　あんた、頭がおかしくなったのか！」

「いいえ。この推測は的外れじゃないはずよ」

「私はまったく関係ない。その日は家にいた。そしてニュースでその事件を知った。警察は容疑者を逮捕したそうじゃないか。あんたはなぜ私の家に来る？　私はなにもしていない。第一、私がルノルフルの命を奪う理由などどこにある？」

「そんなことは知りません。それこそこっちが訊きたいことよ。もしかして、あなたたち二人は秘密を共有していたんじゃないですか？　もしかしてルノルフルはなにかを知っていたんじゃないの？　他の人に知られたくないあなたの秘密を」

「何だ？　秘密とは？　御託を並べるのもいい加減にしてくれ」

「落ち着いて。他にも訊きたいことがあるのだから」

エドヴァルドは少しためらってから、ゆっくり椅子に腰を下ろした。この間ずっとエリンボルクを睨みつけている。苛立ち、不安そうだった。エリンボルクの方は落ち着いていた。今まで、この男よりももっと凶悪な男と渡り合ったことがある。エドヴァルドはそんな男たちとは違っていた。

落ち着いて、ちゃんと目を見て話がしたかった。そうすれば彼は脅されているとは思わないはず。もちろん、万一の場合に備えて、エリンボルクは手を打っていた。彼女はこの男を知らない。ギリギリのところまで追い詰めたら、どう反応してくるかわからなかった。それでパトカー一台にこの家の周りを回らせていた。手元に携帯電話を置いているのも、なにかあったら、携帯を押せばすぐにパトカーが駆けつけてくるように手筈を整えておいたからだ。エドヴァルドに揺さぶりをかけたい。ショックを与えて、彼がどう反応するか見たかった。

「あなたはアクラネスで何年か教えていた。そう、高校で。自然科学の科目を担当していたと聞いているわ。間違いない？」

エドヴァルドは驚いた様子だった。

「ああ、そうだが？」

「アクラネスで教えていたのは数年前まで。その後レイキャヴィクで教え始めた。しかし、あなたがアクラネスで教えていた頃、奇妙な事件があった。あなたが教えていた高校の女生徒が一人、行方不明になった。どんなに探しても見つからなかった。憶えている？」

「ああ、女生徒が一人行方不明になったことは憶えている。あんた、なぜ今私にそんなことを訊くんだ？」

「女生徒の名前はリリヤ。いなくなる一年前、彼女はあなたの授業を受けていたわね？」

「彼女は私の授業を一年受けた。それが？　なぜその生徒のことを訊く？　その女生徒と私に何の関係があるというのだ？」

「リリヤについて、なにか憶えていることある？　あったら、話してくれませんか？」

「なにも」とエドヴァルドは首を振った。「その生徒のことでとくに憶えていることはない。個人的に知っていたわけでもないし。確かに彼女は私の授業を受けたが、他にも生徒は大勢いたから。あんたは私だけに彼女のことを訊いているのか？　他にも教師は何人もいたはずだが？」

「これから他の教師たちにも訊く予定です。でも、あなたの名前が出たから差し当たり、あなたから始めたところよ」

「私の名前が？」

「ええ。当時、警察はあなたに話を聞いた。報告書を読みました。あなたは当時アクラネスとレイキャヴィクの間を車で通勤していた。そう報告書にあります。金曜日は早く帰っていた。わたしの記憶に間違いないかしら？」

「そのように報告書に書いてあるのなら、そうなんだろう。私自身はもう憶えていないが」

「リリヤはどんな子でした？」

「私は彼女を個人的には知らない」

「当時あなたはちゃんとした車に乗っていた？」

「ちゃんとした車？　今、表にあるのと同じ車だが？」

「生徒たちはときどきあなたの車に乗せてもらっていた？　街になにか用事があるとか、遊びに行くとかいうときに」

「いや」

「そういうことは一度もなかった？」

「そう」

「絶対に？　言い切れますか？」

「そう。一度もない」

「そう？　じゃ、これはどう？　あなたに一度、レイキャヴィクまで車に乗せてもらって、クリングランの前で降ろしてもらったという話があるけど？」

　エドヴァルドは考え込んだ。

「私が嘘をついているというのか？」

「さあ、どうでしょう」

「私が誰かを車に乗せたことがあるというのなら、それは例外中の例外だっただろう。誰か、例えば教師の誰かに頼まれたら、乗せたかもしれない。しかし、生徒に頼まれて乗せてやったという記憶はない」

「わたしが聞いた話では、その子はあなたに頼みはしなかった、あなたが自分から声をかけたそうよ。車を止めて、乗せてあげようかと言ったと。そんなことがあったという記憶はない？」

　エドヴァルドの顔が真っ赤になった。テーブルの上を落ち着きなく動いていた手がピタッと止まった。額に汗が滲んでいる。部屋の中は暖かかった。エリンボルクの手は携帯を握ったままだ。

「そんな記憶はない。誰か、嘘をついているんだ」

「そう？　その子はバス停でバスを待っていたそうよ」

「そんな記憶はないね」

「その子はあなたが勤めていた高校の生徒だった」

　エドヴァルドはなにも言わなかった。

「リリヤは、あなたが早めにレイキャヴィクに戻る金曜日にいなくなった。あなたは金曜日はランチどきに帰宅していたわね。当時の記録にはないけど、その日あなたはまっすぐにレイキャヴィクに帰った？　ランチ後すぐに？」

「私がルノルフルとアクラネスの少女の二人ともを殺したとでも言うのか？　とんでもない！　あんた、頭がおかしくなったのか？」

「わたしはそんなことは言ってません。質問に答えて」

「こんな馬鹿げた質問に答える義務はない」エドヴァルドが言った。このような扱いを受ける覚えはないと憤然としてはねつけることに決めたようだ。

「そうですか。ま、それはあなたの意見ね。でも、わたしは質問を続けなければならない。あなたは今答えてもいいし、あとでもいい。その日、レイキャヴィクに戻るとき、あなたはアクラネスでリリヤを見かけましたか？」

「見かけていない」

「街まで乗せてあげようかと声をかけた？」

「いいや」

「その金曜日のリリヤの行動をなにか知っている？」

「いいや、知らない。さあ、もう帰ってくれ。これ以上なにも話すことはない。そもそもあんたがなぜ私に付きまとうのか、不可解だ。私はルノルフルを知っていた。それだけのことだ。彼とはいい友達だった。それだけで私は罪に問われるのか？」

「ちょっと待って。あなたは裏社会で薬を横流しする男を訪ねて、ルノルフルのために薬を買ったわね？」

「そう。それがどうした？　それだけで私は殺人者と見られるのか？」

「その言葉、まさにその言葉よ。言ったのはわたしじゃない」

「言ったのはあんたじゃない？　なぜあんたはうちに何度もやってくるんだ？　私は自分が殺人者

だと言っているわけじゃない！」

「わたしはあなたが彼らをひどい目に遭わせたとは言っていない。あなたが勝手に興奮しているだけよ。わたしはただ、リリヤが姿を消した当日、あなたが彼女を車に乗せたか知りたいだけよ。関係ないことは訊いていないわ。あなたは車を持っていた。自宅のあるレイキャヴィクと勤め先のアクラネスとの間を車で通っていた。リリヤのことはあなたの授業を受けていたから知っていた。わたしがなにか不自然な質問をしたとでも言うんですか？」

エドヴァルドは答えなかった。

エリンボルクは立ち上がり、携帯電話をポケットに入れた。エドヴァルドは問題を起こしはしない。質問されて興奮しているだけだ。心配性で神経質なのは彼の本来の性質だ。エリンボルクは彼が嘘をついているかどうか、わからなかった。

「あの日、リリヤはレイキャヴィクへ行き、そこで行方不明になったと考えられる。それは一つの可能性よ。わたしはあなたが、リリヤのその日の行動を知っていたんじゃないかと思っただけ。彼女が行方不明になったことにあなたが関係していたんじゃないかと言っているわけじゃないわ。それは勝手にあなたが結びつけただけ」

「あんたは私に脅しをかけている」

「あなたは自然科学を教えていた。そして、リリヤは特別にできる生徒ではなかったと言った」

「ああ、そうだ」

「リリヤの母親は、リリヤは自然科学の科目がよくできて、とくに数学が得意だったと言ってます」

「それが？　それがどう関係あるんだ？」

「もしかして、彼女がよく勉強のできる子だったから、あなたは興味を持ったのでは？」

エドヴァルドは黙った。

「でもあなたはそのことは話したくない、それに関して注目を集めたくない。違いますか？」

「私にかまわないでほしい」エドヴァルドが言った。

「ご協力、ありがとうございました」

「私にかまわないでくれ。近づかないでくれ」

24

　ニナとコンラッド親子の正式な取り調べは翌日の早朝に始められた。担当警察官はエリンボルク。最初はニナで、エリンボルクの待つ部屋に連れてこられた。父親のコンラッドの尋問はそのあとにおこなわれる。部屋に入ってきたとき、ニナの態度は落ち着いていた。強かん後初めての診察を受けたばかりで、そこで強かん救援センターの存在も知った。

「眠れましたか？」エリンボルクが訊いた。

「ええ、少し。あれ以来初めてです」と答えながら、ニナは弁護士の隣に腰を下ろした。五十歳ほどの男性弁護士だった。「あなたこそ、眠れました？」とニナは責めるような口調で訊いた。「父はまったく眠れなかったようです。父はあのときわたしを助けに来ただけです。彼は無罪です」

「そうだといいですね」エリンボルクが応えた。

　エリンボルクはじつは前の晩睡眠薬を飲んだのでぐっすり眠ることができた。そんなことは滅多にしなかったが、本当にどうしても、というときだけ薬を飲んだ。というのも、彼女はどんな薬であれ、薬と名のつくものを体内に入れたくなかったからである。だがこの数日間、彼女はほとんど眠れず、睡眠不足のまま職場に来ていたので、その状態を繰り返したくなかった。そこでベッドに入ると同時に小さな錠剤を舌の上にのせて飲み込み、朝までぐっすり眠ることができたのだった。

　前日同様、エリンボルクはルノルフルに会うまでのニナの行動について質問することから始めた。ニナは前回どおりはっきりと迷いない口調で答えた。自分の経験に真正面から向き合うことに何の躊躇（ちゅうちょ）もない態度だった。自分の経験、自分のおかれた立場、これから経験することになるプロセスをはっきり覚悟している様子だった。悪夢、否定、恐怖が消え失せ、避けることができない現実をしっかり受け止めようとする覚悟が表れていた。

「あなたを助けに来たとき、コンラッドはどうやってそのアパートに入ったのですか？」

「わかりません。アパートのドアがきちんと閉まっていなかったのではないかと思います。あるいは、鍵がかかっていなかったのかも。とにかく、父は突然現れたのです」

「つまり、あなたがドアを開けたのではないのですね？」

「はい、わたしは開けていません。いいえ、開けなかったと思います。憶えていません。わたしは悪夢の中にいる状態だったので。父がはっきり答えられると思います」

エリンボルクはうなずいた。コンラッドは、ドアは自分が到着したとき少し開いていたと言っていた。

「あなたが玄関に行ってドアを開けたのではないのですね？」

「ええ、そうじゃないと思います」

「もしかしてその場から逃げるためにドアを開けたが、そうしなかったということでは？」

「憶えていません。そうだったかもしれない。携帯電話を見つけ、すぐに父に電話をかけたのは憶えています」

「もしかすると、ドアを開けたのはルノルフルだったかもしれない？」

「わかりません」とニナは声を張り上げて言った。「本当なんです。わたしはあのときのこと、ほとんどなにも憶えていないんです。記憶がないのは、あの男がわたしに薬を飲ませたからです。あなたはわたしになにを言わせたいの？　わたしはなにがあったか、本当に憶えていないんです。ほんとになにも憶えていない！」

「そう？　憶えていないのなら、もしかして、あなたが父親のコンラッドに電話をかけたのは、ルノルフルが死ぬ前だったかもしれないですね？　コンラッドがやってきて、あなたに力を貸してルノルフルを殺害したということもあるのでは？」

「違います」

「確かですか？」

「前にも話したとおり、わたしはあのアパートで目を覚ました。リビングルームに行くとルノルフルが倒れていた。その後、わたしは父に電話をかけた。なぜわたしの話を信じないんですか？　わたしが思い出せるのは、これだけです。わたしがルノルフルに立ち向かって、そして……」

「いいですか。あのアパートには暴力沙汰があった痕跡がまったくなかった」エリンボルクが言った。「変な言い方だけど、殺害はきれいにおこなわれた。もちろん、流れ出た血だけは別ですが。犯人はルノルフルに気づかれないように近づき、プロの殺し屋のようなやり方で彼の喉を切り裂いた。自分にそんなことができたと思えますか？」

「ええ、もしかすると。もし状況が逼迫していれば。自己防衛のためなら。でもわたしは薬を飲まされていましたからなにも憶えていない」

「でも、あなたは返り血を一滴も浴びていなかった。これはあなたの母親の言葉によれば、ですが」

「そんなこと、わたしはなにも憶えてないわ！　家に帰ったとき、わたしはシャワーで体を洗った。でも、それさえわたしは憶えていないのですから」

「ルノルフルはなにか飲みましたか？　あるいは錠剤を飲み込んだとか？」

「さっきから言っているように、わたしは彼のアパートに行ったこと、彼の家に着いたことをまったく憶えていないんです。そこまで歩いた途中のことは微かに憶えています。それから彼のベッドで目を覚ましたことも」

「あなたはルノルフルにロヒプノールを与えましたか？　ナイフで喉を切り裂くときに面倒がないように」

ニナはエリンボルクの言葉が理解できないというように首を振った。何の話かわからないというように。

「わたしが、彼に、なにをあげたと……？」

「我々がわかっていることを言いましょう。彼は、あなたの言葉のとおりに言えば、あなたに飲ませた薬をたくさん口の中に詰め込まれていた。その薬のせいで彼は抵抗できなかった。いいですか。なにか、あなたが私たちに話していないことがあるはずです。あなたの父親を守るためでしょうか？　どんな理由かはわかりませんが。あなたは両親の背後に隠れている。まだかくれんぼをしている。それは父親をかばうためじゃありませんか？」

「わたしはあの男の口に薬を詰め込んだりしていない。わたしは誰かをかばおうとなんかしていません」

「でも、あなたは寝室から居間に出て、ルノルフルを発見したとき、警察に電話をかけなかった。なぜですか？」

「それはもう言いました」

「父親をかばうためですか？」

「いいえ、父をかばうことなんかしてません。父はすべてが終わってから来たのですから」

「しかし……」

「あの男を殺したのは父だと思わないでください。父はそんなことができる人間じゃない。絶対に。あなたはわたしの父を知らない。彼が子どもの頃からどんな人生を送ってきたかも」

「ポリオのことですか？」

ニナはうなずいた。エリンボルクは黙って話を待った。

「わたしは父に電話をかけるべきじゃなかったんだと思います。警察が、あの男を襲ったのは父だと考えるとは、わたしには思いもよらなかった」

「なぜ警察を呼ばなかったのか、説明してくれる？」

「わたしは……」

「あなたは？」

「わたしは恥ずかしかったんです」ニナが言った。「あそこにいることが恥ずかしかった。あそこに来たこと、知らないベッドに寝ていることも、なにも憶えていなかった。暴行されたことさえ記憶になかった。でもそれはすぐにわかった。わたしはそれが……恥ずかしかったんです。誰にも知られたくなかった。誰にも話したくなかった。すべてが気持ち悪かった。コンドームが床に落ちていた。人が聞いたら何と言うだろうと思った。わたしが彼をそそのかしたのだったら？　わたし自身に責任があるのでは？　わたしが悪かったのでは？　わたし自身が彼にそうさせたのでは？　床の上に横たわっているあの男を見た瞬間、わたしはなにも考えられなくなったんです。どう説明したらいいかわからない。ただ怖かった。目に映るものが怖かったし、こんな恥ずかしいところを人に見られたくないと思った。父に電話をかけたときも、何と説明していいかわからなかった。一人で、知らない男の家に裸でいる自分を。警察に電話をかけるなんて思いもつかなかった」

「恥は暴行した男が感じるべきものよ」エリンボルクが口を挟んだ。

「今わたしはあの人たちのことがよくわかる」ニナがつぶやいた。「ああ、本当に、よくわかるわ」

「あの人たちって？」

「あのような男たちに襲われた女の人たちのこと。そんな経験をした女の人たちがどんな目に遭うかということ。レイプ事件のことがよく報道されるけど、わたしは世の中にはひどいことがたくさんあるので、耳を塞いでしまっていた。レイプもわたしにはそんなことの一つだった。でも自分が経験して、ニュースの背後にはわたしが今経験しているような恐ろしいことが実際にあるんだとわかった。そしてわたしみたいに暴力で犯されてしまう女の人たちがいるんだということも。そしてあのような男たち！　何という卑劣な男たち……。わたしは……」

「あなたは？」

「こんなこと言うべきじゃないとわかってる。とくにあなたには言うべきじゃないということも。とくにこの部屋で言っちゃいけないのだということも。でもそんなこと、もうどうでもいい！　あの男がわたしにしたことを思うと怒りで頭がおかしくなりそう。クスリを飲ませてレイプするなんて！」

「なにが言いたいの？」

「でも、彼らの受ける罰と言ったら、馬鹿馬鹿しいほど軽いのよ！　それは私たちに対する侮辱だわ！　法律は彼らレイピストを罰してなんかいない。むしろ肩を叩いて奨励してるのよ！」

ニナは深く息を吸い込んだ。

「本当のことを言うと……」

ニナは嗚咽を堪(こら)えた。

「本当のことを言うと、あの男の喉を掻き切ったときのことをはっきり憶えていたかった。そう思うことさえある」


一時間後、コンラッドが取調室に入った。ニナと同じように、彼もまた弁護士に同席してもらった。始めは穏やかで落ち着いていたが、疲れた様子だった。前の晩はほとんど眠れなかったという。サンフランシスコにいる息子に説明するむずかしい役割は妻が担ってくれたと言った。コンラッドは娘のことを心底心配していた。

「ニナの具合はどうですか?」と彼は開口一番に訊いた。

「もちろん、いい状態とは言えません」エリンボルクが言った。「我々はできるかぎり迅速にこの取り調べをおこなうつもりでいます」

「なぜ私があの男の死と関係があると思われているのか、どうしても理解できない。確かに私は、あの男を殺したのが娘ではなく私だったらよかったのに、というようなことを言った覚えはあるが。私の立場におかれたら、どの父親でも言うセリフでしょう。あなただってきっとそう言うに違いない」

「わたしをその立場におくのはやめてください」

「今私が言ったことを自白と思わないでもらいたい」

「ルノルフルの家に来て状況を見たとき、なぜ警察に連絡しなかったのですか?」

「それは間違いだった。今となってはそう思います。隠し通せることではなかった。本当は、そんなことは我々にもすぐにわかったはずなのだ。なぜそうしなかったのか、あなたには理解できないかもしれないが、我々の立場になって考えてみてほしい。これはニナが十分に考えた上でのことだと私は思った。そして警察がニナのことを知らなければ、なかったことにできると思ったのです。ニナとルノルフルを結びつけるものはなにもないはず、と思った。ニナは自分がどこにいたか、誰と一緒にいたか、誰にも話さなかった。私はあのアパートにあったニナの所有物をすべて集めて持って帰った。スカーフのことは気づかなかったが」

「あのアパートにあなたはどうやって入ったのですか？　そこのところがはっきりしていない」

「アパートのドアは閉まっていなかった。私はただまっすぐに中に入っただけです。私が来ることを知っていたニナがドアを開けたのかもしれない。もしかするとそのアパートに向かって歩いていたときにニナがドアは開いていると教えてくれたのかもしれない。この点、私の記憶も定かではない」

「ニナもこの点は憶えていないと言ってます」

「もちろんそれは彼女の精神状態のせいでもある。私自身、ひどく興奮していた。部屋の中でなにかが燃やされたようだった。なにかが燃えていたような臭いがした」

「燃やされた？」

「あるいは……、警察はあの男のアパートに石油があったかどうか、調べましたか？」

「石油？」

「あのアパートに石油はなかったですか？」

「いや、そんなものはなにも」

「臭いは？　石油のような臭いは？」

「石油のようなものはなかった。ルノルフルのアパートにはそのようなものはありませんでした」

「私がそこに着いたとき、間違いなく石油の臭いがした」コンラッドが言った。

「我々の知るかぎり、彼は部屋の中でなにも燃やしていない。ろうそくはそこここにありましたが。それ以外はなにも。ナイフはどうしたんですか？」

「ナイフ？」

「ルノルフルを殺すために娘さんが使ったナイフのことですよ」

「私が着いたとき、娘はナイフを持っていなかった。それで、私はそのことは考えなかった。興奮した状態で、彼女はそのナイフをなくしたのだと思います」

「あなたは髭を剃るのになにを使いますか？　シェーバーですか？　それともカミソリですか？」

「シェーバーですが」

「カミソリを持っていますか？」

「いや、持っていない」

「以前カミソリを持っていましたか？」

コンラッドは考え込んだ。

「お宅を家宅捜査する許可を得ています。娘さんの住むファルカガータの方も同様です」

「私は今まで一度もカミソリを所有したことがないし、使い方も知らない。それが殺人に使われた道具なのか？　カミソリが？」

「もう一つ、我々を悩ませていることがあります」とエリンボルクは彼の問いには答えずに続けた。「ニナは、はっきり憶えていないけれども自分がルノルフルを襲ったに違いないと言っています。他の可能性が考えられないから、と。あのアパートにいたのは自分とルノルフル二人だけだったと。あなたはどう思いますか？　ルノルフルのような男を彼女が一人で殺せたと思いますか？　しかも、クスリを飲まされて朦朧としている状態で？」

コンラッドはしばらく考えた。

「娘がどのような状態にいたか、私ははっきりとは知らない」と言った。

「はっきり覚醒した状態だったら、もしかするとニナはルノルフルをナイフで殺すことができたかもしれない。そっと近づき、ルノルフルが用心していなかったならば。それもナイフをあらかじめ用意していたとしたらの話です」エリンボルクが言った。

「そのとおりでしょう」

「そうだったと思いますか？」エリンボルクが訊いた。

「そうだったとは？」

「ルノルフルの住居までついて行ったとき、彼女は彼を殺すつもりで用意していたのではないかということ」とエリンボルク。

「頭がおかしくなったのか！　どうやって彼女が用意できたと言うんです？　娘はそれまでその男を知らないんですよ。いったいあなたはなにを言おうとしているんだ？」

「今わたしは殺人の話をしているのです。あなたの娘ニナがあらかじめ殺すつもりで用意していたのではないかと言っているのです。その理由はなにか？　どうやってあなたをその計画に参加させたのか、わたしはそれを知りたいのです」

「こんな馬鹿げた話は今まで聞いたこともない！」コンラッドが叫んだ。

「ルノルフルの死因は単純ではありません。他の視点から見てみましょうか。メディアで報道されていないことですが、ルノルフル自身も死の直前ロヒプノールを口に突っ込まれているんです。あれは彼の意志ではない。誰かが彼の口に突っ込んだとしか考えられない。あるいは誤魔化して摂(と)らせたのかもしれない。ちょうど彼があなたの娘に飲ませたように」

「ちょっと待ってくれ。彼自身がレイプドラッグを摂取していたということか？」

「ええ。彼の口の中に錠剤が残っていました。かなりの量が。あなたとニナの話がこれで他の様相を呈することがわかりますか？」

「それはどういう意味です？」

「何者かが彼の口に強制的にクスリをねじ込んだということ」

「それは私ではない」

「ニナが本当のことを話しているとしたら、彼女にそのような行為ができたとは考えられない。また、他の人間がそんなことをしたとも考えられない。あなたではありませんか？　あなたが娘の復讐をしたのではありませんか？　これは仕返し、復讐の殺人ではないかとわたしはみています。殺人現場の状況がそれを語っている。ニナは我に返るとあなたに電話をかけ、助けを求めた。あなたはシンクホルトへ急いだ。ニナはあなたのためにドアを開けた。もしかしてルノルフルは眠っていた。なにがあったかを理解したあなたは激怒した。ルノルフルが娘になにをしたかわかったからです。あなたは犯行に使われた薬剤を彼の口の中に詰め込み、彼の喉を掻き切った。娘の目の前で」

「それは馬鹿げた言いがかりだ。私はそんなことはしていない！」コンラッドが抗議した。声が大きくなった。

「それじゃ、誰がやったというのです？」

「私ではない。ニナでもない」コンラッドの興奮した声が響いた。「彼女はどんなことであれ人を傷つけたりしないことは私がよく知っている。彼女はそんなことをしない。たとえクスリを飲まされて自分を失っていたとしても」

「追い詰められた人間がなにをするか、あなたはご存じないようね」

「彼女はやっていない」

「誰かがルノルフルの口の中に薬剤を入れたのは確かですよ」

「それじゃ、誰か他の人間があのアパートにいたのだろう。三番目の人間が」

コンラッドは取調室の机の上に体を乗り出して言った。

「ニナはやっていない。私もやっていない。残るのは一つの可能性だけだ。ルノルフルのアパートにはもう一人人間がいたはずだ。私の娘以外の誰かが」

25

三人目の人間がいたのではないかという想定は、警察にとっては新しいものではなかった。エリンボルクはルノルフルが殺された晩の行動を二度にわたってエドヴァルドに訊いていた。二度とも彼は、家にいてテレビを観ていたと答えた。それを証言する人間はもちろんいない。彼が嘘をついているという可能性は否定できない。しかし、エドヴァルドに友人のルノルフルを殺害する理由があったとも思えない。そしてエリンボルクの受けた印象では、殺害するという過激な手段をとるような男には見えなかった。また、リリヤの失踪に彼が関係しているのではないかという想定も根拠が不確かだった。リリヤがレイキャヴィクの街まで彼の車に乗せてもらったかどうかは不明だったし、万一彼が彼女を車に乗せたとしてもそれ以上の意味はないとも考えられた。彼女を街のどこで降ろしたかなど何とでも言えたし、彼女が車を降りたあとどこへ消えたかなど彼の知るところではないと言われればそれまでだった。

しかしそれでもエリンボルクはエドヴァルドのことが頭から離れなかった。

父親と娘の尋問は一日中続けられた。どちらも主張を一言も変えなかった。ニナは前よりも強くルノルフルを殺したのは自分に違いないと主張し、むしろそうであったらいいと望んでいるようにさえ見えた。コンラッドはその反対を強く主張し始めた。娘には人を殺すなどということは絶対にできないと言い、自分もそんなことは絶対にしていないと言い切った。

ニナがクスリを飲まされたということは証明できなかった。つまり、彼女がクスリを飲まされて昏睡状態だったから人殺しはできなかったという想定は成り立たなかった。警察側には、なにも憶えていないという彼女の言葉しかなかった。つまり、ニナは昏睡状態などではなく、ずっと覚醒していたということもあり得たのだ。ルノルフルに関して言えば、彼が自らクスリを口に詰め込んだとは考えにくい。何者かが彼の口に詰め込んだに違いない。彼が人に飲ませるクスリを何者かが自分も味わえとばかりに彼の口に詰め込んだと考えられた。それをしたのはニナだったのか？　答えが得られない問いがたくさんあった。エリンボルクは父親と娘が一緒にルノルフルを殺したという可能性が一番大きいと思っていた。父と娘が自白するのは時間の問題で、きっとそのときは殺害に使ったナイフのことも話すに違いないと思っていた。そう判明したとしても、彼女の気持ちは晴れなかった。ルノルフルは善良な二人の人間に罪を犯させたことになる。

その日の夕方、彼女はまたもやエドヴァルドに気づかれない距離のところに車を停め、彼の動きを観察した。エドヴァルドの車はいつものところに停められていた。エリンボルクは彼が今勤めている高校のホームページを呼び出して、担当している授業の時間割をチェックしていた。彼の授業はだいたい午後の三時頃には終わる。エリンボルクはこんなスパイのような行為をしてなにを得ようとしているのか、自分でもわからなかった。コンラッドとニナに感情移入しすぎていて、何とか二人が犯人ではないという証拠を探しているのかもしれないとも思った。

車を停めたところから造船所が見えた。まもなくここは取り壊され、レイキャヴィクの新しい住宅地として開発されることになっている。歴史ある場所がまた一つ町から消えることになる。エーレンデュルのことが心に浮かんだ。彼は古い時代にしがみついている人間だ。エリンボルクは必ずしも彼の意見に賛成ではなかった。発達、発展には空間が必要だ。エーレンデュルはグルンダールという場所に固執しすぎている。ここグルンダールにある古い建物が、今エリンボルクが車を停めているヴェスツールガータからアゥルバイルにあるミュージアムに移されることにエーレンデュルは憤慨している。なぜ建物が移転されなければならないのか、なぜここにそのままにおくことができないのか、レイキャヴィクの中心地にこの町の歴史とともに残すべき、という考えだ。建物は素晴らしいもので、十八世紀の作家ベネディクト・グルンダールによって記録されている。この作家の『時の流れ』というメモワールはエーレンデュルの愛読書の一つでもある。グルンダールの建物はレイキャヴィクの町に残っている数少ない古い建造物の一つで、それを土台石から根こそぎ壊してしまうのか、それをアゥルバイルなどのゴミ捨て場に移すのかというのがエーレンデュルの主張だった。

一時間ほど経って、ようやくエドヴァルドの家に動きが見えた。エドヴァルドが外に出てきて、車に乗った。エリンボルクはそのあとを追った。まず安売りスーパーに入り、その後ランドリーの店に行き、次にビデオ貸し出し店に入った。『閉店のためすべて大売り出し』と表に張り紙があった。エドヴァルドは中に入ったきりしばらく出てこなかったが、出てきたとき両手に袋いっぱいのビデオを持っていた。それを車の荷台に積み込むと、しばらくビデオショップのオーナーらしき人物と車のそばで談笑し、それからようやく車を出した。その後、テレフォンショップに入った。ルノルフルが働いていた会社の系列店だった。エリンボルクは窓越しにエドヴァルドが携帯電話の陳列棚の前にいるのが見えた。店員がやってきて、エドヴァルドと話している。それからかなり時間をかけて新しい携帯電話を買ったのが見えた。それから家の方に車を走らせたが、家に着く前にハンバーガーショップに寄って食べた。あまりにも動きがゆっくりしているので、エリンボルクはこの辺で尾行をやめようかと思ったほどだった。そもそも自分がなぜこの男を尾行しているのか、もしかすると彼はルノルフル殺しとはまったく関係ないのかもしれないという気もしていた。

家に電話をかけると、テオドーラが出た。クラスメイトが二人遊びに来ていて、ママと話している時間はないような様子だった。パパはまだ仕事から帰ってきていない、お兄ちゃんたちのことは知らないとそっけなく言った。

エドヴァルドが店から出てきて車に乗った。エリンボルクは電話を切り、あとをつけた。エドヴァルドは家の方に向かうらしく、西に折れてトリグヴァガータに入り、その後ミラルガータに入り、スピードを下げて造船所のところで歩道に乗り上げ、車を停めた。造船所の方角を見ているようだ。入江の先にエシャ山が見える。エリンボルクは車を彼の後ろに停めるわけにもいかず、そのまま通り過ぎてヘディンスフスのパーキングまで行って車を停めた。その後、エドヴァルドが通り過ぎるのを待って、その後ろを少し離れて追った。

エドヴァルドの家の近くまで来てスピードを落とし、静かに車を停めた。エドヴァルドはランドリーで受け取った衣類と食料品を持って家に入り、ドアを閉めた。あたりはすっかり暗くなっていた。エリンボルクは家族のことを思い、良心の咎めを感じた。このところ、まったく家で食事をしていない。子どもたちはテディが仕事帰りに買ってくるハンバーガーなどの食べ物しか食べていない。もっと家族と一緒に過ごす時間がほしい。テオドーラと息子たち、そしてテレビばかり観ているテディと一緒に過ごしたい。テディはテレビでドキュメンタリーとか自然観察の番組などを観ていると言っているが、本当はアメリカのお笑い番組やグラビアアイドルの女の子たちの追っかけ番組、ビーチで裸の女の子たちを撮りまくるルポ番組ばかり観ているのだ。それがテディの自然観察というわけだった。

少し離れたところにある隣の家の男が出てきて、ガレージのドアを開けるのが見えた。中にはオールドカーらしきものが見え、男は車を磨き始めた。それはいわゆるビンテージものらしかったが、エリンボルクは車のことはよく知らなかった。大型でいかにもアメリカの名のある古い車に見えた。もしそうなら、一九六〇年代に製造されたものだろう。水色でクロームの部分が銀色にピカピカ光っていて、リアの形がエレガントだった。テディはこのタイプの車をヤンキーと呼んでいて、熱烈なファンだった。とくにキャデラックが好きで、テディによれば、キャデラックは今まで製造された車の中でもっとも素晴らしい、最高の車なのだそうだ。

エリンボルクは今目の前に見えるビンテージカーがキャデラックなのかどうかはわからなかったが、この車の持ち主とうまく話をすることには自信があった。車を降りて、男の方に歩いていった。

「こんばんは」と、ガレージに近づきながら男に声をかけた。

車の持ち主は手を休めて見上げた。五十代だろうか。丸い顔に上機嫌な表情が浮かんでいた。

「あなたの車ですか？」エリンボルクが声をかけた。

「ああ、そうだよ。私の車だ」男が答えた。

「キャデラックですよね？」

「いや、これはクライスラー・ニューヨーカーだ。一九五九年型だよ。何年か前にアメリカから取り寄せたものだ」

「ああ、クライスラーですか？　もちろん、コンディションはいいんでしょう？」

「もちろん、最高だよ」男が即座に答えた。「手入れはまったく必要ないんだ。ときどき磨くことぐらいだね。君はオールドカーに興味があるの？　女性でビンテージものに興味がある人は滅多にいないもんだが」

「ええ、じつはわたしじゃなくて、夫がビンテージカーが大好きなんです。車の修理工場を持っていて、彼自身自動車修理工なんです。以前、こういう車を持っていたらしいんですが、手放してしまって。彼、この車を見たらきっと大喜びしますよ」

「それなら、今呼べば良いじゃないか！　車に乗せて街を一回りしてあげるよ」

「こちらに住んで、もう長いんですか？」エリンボルクが訊いた。

「ああ、結婚してからずっと。もう二十五年になる。海の近くに住みたくてね。よく妻と一緒に港の辺を散歩する。ウルフィリセイのあたりまで」

「でもこの辺の建物はもうじき全部取り壊されるんでしょう？　どう思います？　ここに住んでいる人として」

「さあねえ。他の人がどう言っているかはわからんが、私としては歴史ある建造物を壊すことにはあまり賛成しないね。この国にはあまり古いものがないからね。スクラガータを見てごらん。あそこで木材の取引がおこなわれていたことを憶えている人はあまりいないだろう。ヴルルンデュルとかクヴェルデュルフルとか、大きな食肉処理場とか。そして今度は造船所の建物もなくなるらしい」

「このあたりに住んでいる人たちは、みんな同じように思ってるでしょうね」

「そうだと思うよ」

「近所の人たちとはお付き合いがあるんですか？」

「まあ、少しはね」

「この道、よく通るんですが、屋根に木の枝がかかっている向こうの家に住んでいる人を以前知っていたと思うんです。名前がちょっと思い出せないけど」

「エドヴァルドのことかな？」

「そう、エドヴァルドだったわ」エリンボルクはまるで長いこと思い出せなかった名前が今やっとわかったというような声を出した。「そういう名前だった。前に同じ職場で働いていたんです」

「そうなんだ」

「今でも教師をしているのかしら?」

「ああ、そうらしい。どこかの高校で教えているとか。どこだったかは忘れたが」

「わたしは彼と同じ頃ハムラーリドの高校で教えていたんです」と言いながら、こんなことで嘘をつかなければならないことを悔やんだ。だが、自分は警察の者でエドヴァルドのことを調べているとは、できれば言いたくなかった。そんなことを言おうものなら、噂はすぐに広まり、彼の耳にも届くだろう。

「そう? でも彼のことはよく知らないよ。ほとんど近所付き合いはしない男だから。それにあまり出てこないし」

「ああ、そういえばそういう人だったわ。人付き合いが良くないというか。彼はここに来て長いのかしら」

「十年ほど前かな、引っ越してきたのは。その頃はまだ学生だったと思う」

「それでも、家を買うほどのお金があったんですね?」

「それは知らないが、しばらく部屋を貸していたようだった。それで少しは楽になったのかな」

「ああ、そういう話も聞いたことがあると思います。そういえば、彼、一時アクラネスでも教えていましたよね?」

「ああ、そう聞いている」

「毎日ここからアクラネスまで通っていたのかしら?」

「ああ、そうしていたようだ。あのオンボロ車でね。ま、さっきも言ったように、私はエドヴァルドは隣人だという以外、なにも知らないと言っていい」

「彼、今も独身かしら？」エリンボルクは話を続けようとして訊いた。

「ああ、女性の姿は見えないね。私が知らないだけかもしれないが」

「昔、彼を知っていた頃は、友達と陽気に遊ぶというタイプじゃなかったわ」

「今もそうじゃないかな。週末、彼の家から賑やかな音が聞こえたことはないしね」と言って、男は笑った。「週末にかぎらず、だがね。ま、一匹狼、というところかな」

「クライスラー、思う存分楽しんで！　本当に素敵な車！」

「ああ」男は応えた。「まさに車の王様だよ！」


家に着いて、車をガレージに入れようとしたとき携帯が鳴った。エンジンを止めてからディスプレーを見た。番号に見覚えがないので、応えずにおこうと思った。今日は長い日だったし、もう家に帰ったのだからなにもしたくないと思った。もう一度番号を見て、覚えがあるかどうか確認しようとした。子どもたちがたまに彼女の電話を借りて友達にかけることがあって、それで彼らがかけてくることもある。電話の呼び出し音が続くのには耐えられなかったが、かと言って、電話を切ることもできなかった。仕方がない、出てやろう、と思った。

「こんばんは」という女性の声がした。「エリンボルクさんですよね？」

「ええ、こちら、エリンボルク」と彼女はぶっきらぼうに応えた。

「こんなに遅く、ごめんなさい」

「かまいません。どなたですか？」

「あなたにはまだ会ったことがないんですが、わたし、心配でしょうがなくて。心配の必要はないのかもしれないんですけど。彼はなにがあっても自分で対処できる人ですし、なにより、一人でいるのが好きな人ですから」

「ちょっと待ってください。あなたは誰ですか？」

「ヴァルゲルデュルです。今まで会ったことはないと思いますが」

「ヴァルゲルデュル？」

「あなたの同僚のエーレンデュルの友達です。シグルデュル＝オーリにも電話をかけたのですが、応えてもらえなくて」

「ああ、彼は知らない人からの電話には応えませんから。なにかあったのですか？」

「そういうわけではないのですが。エーレンデュルからみなさんの方になにか連絡があったかと思ったもので。エーレンデュルが東フィヨルド方面に旅をすると言って出かけてからもうずいぶん経つのに何の知らせもないのが心配で」

「わたしもエーレンデュルからは何の連絡ももらっていません。出発してからもう何日になるかしら？」

「もうじき二週間です。なにか、面倒な事件を調べているとか言ってました。それに時間がかかっているのかと思っていましたが、何の連絡もないので少し心配になって」

じつは、エリンボルクもシグルデュル＝オーリも、直接エーレンデュルから出かけると聞いてはいなかった。ある朝署に着くと、エーレンデュルが休暇をとったと知ったのだった。その少し前に、二十五年前に失踪した人のものと思われる男性一体、女性一体の骨が発見されていた。エリンボルクらはその前にエーレンデュルが事件として取り上げることがむずかしい一件を調べていたことも知っていた。

「エーレンデュルはしばらく一人でいたいと思ったんじゃないかしら？」エリンボルクが言った。

「もしかすると、子どもの頃に住んでいたあたりを散策しているのかもしれないし、そうだとすれば二週間はそんなに長い時間じゃないかもしれない。それに彼はこのところものすごく働いていたからゆっくりしたいのかも」

「そうかもしれませんね。携帯電話を切っているか、電波が届かないところにいるのかもしれないし」とヴァルゲルデュルが相槌を打った。

「大丈夫よ。きっと帰ってきますよ」エリンボルクが言った。「今までも何の断りもなく休みをとったことがありますから」

「ああ、そうだといいけど。もし彼から連絡があったら、わたしが問い合わせてきたと伝えてくださいね」

26

家に帰るとテオドーラはまだ眠っていなかった。少し体を動かしてエリンボルクが横になれるように脇をあけ、そのまま母娘はしばらく静かに横たわっていた。エリンボルクはアクラネスで失踪したリリヤのことが頭から離れなかった。落ち込んで家に引きこもっているニービラヴェーグルで発見された若い娘のことも気になっていた。取調室でニナが目に涙を浮かべた光景を思い出した。そして彼女が手にナイフを持ってルノルフルの喉を掻き切る姿を想像した。

家の中は静かで、男の子たちはいなかった。テディは事務仕事で残業すると知らせてきた。

「ママ、あんまり心配しない方がいいわよ」とテオドーラが母親に声をかけた。「あたしたちきょうだいのことなら大丈夫だから。ママがときどきあたしたちのことに手が回らないほど忙しいのは知ってる。あたしたちのことは心配しないで」

エリンボルクは思わず微笑(ほほえ)んだ。

「世界中どこを探したってこんなにいい娘を持っている母親はいないと思うわ」

二人は静かに横たわっていた。風が強く窓ガラスに吹きつけていた。秋が終わりかけ、寒くて暗い冬がすぐそこまできていた。

「絶対にしてはいけないこと、わかってる?」エリンボルクが訊いた。「どんなことがあっても、絶対にしてはいけないこと」

「知らない人の車で送ってもらうこと」テオドーラが答えた。

「そう。そのとおりよ」

「絶対にダメ。どんなときでも。例外なしに」とテオドーラは、まるでずっと前にこう答えることを学んでいたかのように迷いなく言った。「女の人でも男の人でも、どんなことを言われても、とにかく知らない人の車に乗っては絶対にダメ」

「こんなこと言わなければならないなんて本当に嫌だけど……」とエリンボルクが言いかけると、テオドーラは続けてこう言った。

「たいていのおじさんおばさんはいい人だから、こんなことを言うのは本当に嫌だけど、中にはそうでない人もいるということ。だから知らない人の車に乗ってはいけない。たとえその人たちが自分は警察官だと言おうとも」

「はい、そのとおり。よく言えました」とエリンボルク。

「今、そういう事件を追ってるの？」

「よくわからないの。でも、そうかもしれない」とエリンボルクは答えた。

「誰か、銃で撃たれた人がいるの？」

「今どんな仕事をしているか、うちに帰ってまで話したくないわ」

「新聞で、二人の人が捕まったって読んだわ。一人はおじさん、もう一人はそのおじさんの子どもだって。若い女の人？」

「そう」

「どうやって見つけたの、その人たちを」

「クンクン嗅ぎ回って」と言って、エリンボルクは鼻を指差した。「本当のことを言うと、ママの鼻がいいから、その女の人を見つけたのよ。タンドーリ料理の匂いがしたの。その女の人もタンドーリ料理が好きなの、ママと同じように」

「それじゃ、その人の家もうちと同じような匂いがしてた？」

「そう、ほとんど同じ匂いだった」

「その人たちを捕まえるの、危険だった」

「ううん、テオドーラ。ちっとも危険じゃなかった。そういう人たちではないの。今まで何度も言ってるけど、わたしたち警察官が危険な目に遭うことは滅多にないのよ。わかる？」

「でも、街では警察官が襲われるってこと、あるじゃない？」

「ああ、ちんぴらたち、小さなギャングたちにね。でもそれは、あなたが心配することじゃないわ」

それからしばらくテオドーラは考えていた。ずっと前からママが警察官をしていることは知っているけど、実際になにをしているのかは知らない。それは子どもがまだ小さいうちは自分がどんな仕事をしているかを知らせたくないとエリンボルクが思っているからだった。テオドーラのクラスメイトたちはたいてい自分の親がどんな仕事をしているかを知っていたが、テオドーラはほとんど知らなかった。なにかの都合でテオドーラをクヴェルヴィスガータにある警察署に連れて行ったこともあるが、そんなことはめったになかった。

あるとき、テオドーラは母親の職場の小さな事務室で、母親が大急ぎで書類を作成したりするそばにおとなしく座っていた。男の人も女の人も、制服を着ている人も着ていない人も、大きくなったね、などと笑顔で挨拶してくれたが、一人だけ、オーバーコートを着た大きな男の人が怖い顔でテオドーラを見て、なぜこんなところに子どもを連れてくるんだと厳しい顔で母親に言った。テオドーラはその様子が気になった。あのおじさんは誰なのと訊いたが、母親はただ首を振って、あのおじさんはちょっと変わってるのよ、忘れてと言ったのだった。

そこでテオドーラは母親に訊いた。

「ねえママ、ママはどんな仕事をしているの？」

「普通の事務仕事よ。もうじき終わるわ」

だがテオドーラは母親の仕事が普通の事務などではないことを知っていた。警察の仕事がどんなものか、少しは知っていたし、母親が警察官であることも知っていた。そのとき、エリンボルクが話し終わる前に、廊下から男の大声が聞こえた。二人の警察官に連行されていた男が大声で暴れだした。蹴る殴るの大暴れをして、一人の警察官が顔を引っかかれ、血を流して床に倒れた。エリンボルクはテオドーラをドアから離し、大急ぎでドアを閉めた。

「どうしようもない奴らなんだから」とつぶやき、ごめんねというようにテオドーラを見て少し笑った。

テオドーラは少し前に、夜遅く母親が仕事からまだ帰ってきていなかったとき、兄のヴァルソルが言った言葉を思い出した。ママはアイスランドでもっとも凶悪な犯罪者たちを扱う仕事についているんだよと兄は言った。兄が母親を誇らしげに言うことは滅多になかったが、それはその稀（まれ）な瞬間だった。

「ママはどんな仕事をしているの？」とテオドーラは今、前と同じ問いを繰り返した。

エリンボルクはどう返事をしたらいいか迷った。テオドーラは今までいつも母親の仕事に関心を示してきた。どういう仕事をしているのか、どういう人たちと接しているのか、どんな人たちと一緒に働いているのか。エリンボルクはできるだけ正直に答えようとしてきた。殺人やレイプ、子どもや女性に対する暴力や残酷な攻撃などの話には触れずに。仕事の上で彼女はできることなら子どもに説明するのを避けたいと思うようなことをたくさん経験していた。

「そうねえ。私たちの仕事は人を助けること。私たちの力を必要とする人たちを助けることよ。みんなが安心して暮らせるようにね」

エリンボルクは起き上がり、娘に上掛けをかけた。

「ママはビルキルにちゃんと優しくしてなかったと思う?」

「そんなことない」とテオドーラ。

「それじゃ、どうしてこんなことになったのかな?」

「ビルキルはママのこと、自分のママと思ったことは一度もなかったと思う。そうヴァルソルに言ってた。あたしから聞いたってヴァルソルに言っちゃダメよ」

「ヴァルソルは変なことばかり言うんだから」

「ビルキルはもう家族ごっこはうんざりだってお兄ちゃんに言ったらしい」

「でも、他の方法があったかしら?」エリンボルクは娘に訊いた。

「なかったと思うよ」テオドーラが答えた。

エリンボルクは娘の額にそっとキスした。

「おやすみ、何でも知ってる小さなおばあちゃん」


コンラッドとニナの尋問はエリンボルク以外の警察官によっても続けられた。父と娘は別々に、ルノルフルが殺された晩の行動を繰り返し問われた。二人とも供述をまったく変えなかったし、内容もすっかり同じだった。二人は同じ話をするように打ちあわせていたに違いないと警察官たちは推測した。そんなとき男が一人、警察に連絡してきた。彼は帰宅途中、車に座っていた女性を見かけたと警察に伝えた。コンラッドの妻を見て、あの晩ルノルフルの住居の近くに停まっていた車に座っていた女性に間違いないと証言した。

その日の午後、エリンボルクはコンラッドが尋問を受けている部屋に入った。彼は見るからに疲れていた。隔離されていること、繰り返される質問、家族の心配、とくにニナに対する心配ですっかり困憊していた。エリンボルクを見るとすぐに娘の様子を訊いたのでエリンボルクは今のところ心配ない、元気にしていると答えた。そして、この事件が少しでも早く解決することを誰もが望んでいると付け加えた。

「もし娘が犯人なら、彼女の手や衣服に血がついていたはずではないか?」取調官がルノルフル殺害にニナが関与していたのではないかと問うと、コンラッドは訊き返した。「彼女には血などついていなかった。衣服にも手にも。血はまったくついていなかった」

「それは気がつかなかった、と前に言いましたね?」

「ああ。しかし、今思い出した」

「それを立証するものはありますか?」

「いや証拠はない。すぐに警察に連絡しなかったのは間違いだったということはわかっている。警察に来てもらって、ニナがあの男を殺したのではないということをその場で見せることができたらよかったのだ。そうしていれば、ニナを強かん救援センターにすぐに行かせることもできたはずだ。ニナが助けを得られるようにするべきだった。これらすべてをそのときするべきだったと悔やまれてならない。現場を離れるべきではなかった。あれは間違いだった。だが、どうか信じてほしい。ニナには絶対に人を殺すなどということはできない。絶対に」

エリンボルクは取調官に目配せし、ここからは自分が尋問すると知らせた。

「あなたの娘さんは今まさに自白するところですよ」と彼女はコンラッドに言った。「ニナはルノルフルを殺したのは自分だと言い出そうとしている。ただ、一つだけどうしても思い出せないのは自分がナイフを手に握っていたことだと言ってます」

「あの男は娘をレイプした。あの畜生にも劣る男は娘をレイプしたのだ」

　エリンボルクは初めてコンラッドが罵る言葉を聞いた。

「そう。だからこそ、ニナが意識を取り戻したとき、自分が飲まされたドラッグをルノルフルの口に押し込み、相手を押さえつけ、喉を掻き切ったということが考えられる。もしかすると薬をなにか他のものと一緒に水に溶かして無理やり飲ませたのかもしれない。そしてそのグラスをすすいだのかもしれない。他のことからその推察が可能です」とエリンボルクが言った。

「そんな推測はまったくあり得ない」コンラッドが言った。

「それをしたのはあなただとも考えられるのですよ」エリンボルクが言った。

「ルノルフルという男はいったいどういう人間だったのだ?」コンラッドが訊いた。

「どう答えたらいいのかわかりません。生きていたときは、警察は彼の存在さえまったく知らなかった。わかってほしいのですが、あなたたちはことをむずかしくしているんです。娘さんが強かんされたと言っているけれども、それは何の証拠もない。警察は彼女の言葉を信じる根拠がないんです。彼女の言っていることを警察がそのまま鵜呑みにするとでも思ってるんですか?」

「娘が言うことの一言一句を信じてほしい」

「できればそうしたいですよ」エリンボルクが言った。「しかし、そうするには、たくさんの障がいがある」

「よく聞いてくれ。私は娘がどんなことであれ、嘘をつくのを見たことがない。私にも母親にも、いや、他の誰にも。あの子がこの悲劇に、この悪夢に引き摺り込まれたと考えるだけで恐ろしい。

じつにじつに忌まわしい。これを終わらせることができるなら、私は何だってやる。そう、何だってやる」

「ルノルフルがニナのTシャツを着ていたのは知ってますよね」

「それはあとでわかった。私は上着を脱いで、すぐにニナの肩にかけてやった。それから急いで彼女の持ち物を掻き集めた。一つ残らず集められればよかった。あなたがサンフランシスコのことを訊いたとき、手がかりを摑んでいるのだとわかった。そしてあなたがあのとき罪のない犠牲者に会うためにだけ来たわけではないのだと私は知った」

「あなたは、ルノルフルを殺したのが自分だったら良かったと言いましたね。そしてニナはあの男の喉をナイフで掻き切ったのが自分だったらよかったと言っている。あなたたち二人のうち、どちらが実際にルノルフルを殺したのか？　それを話す用意ができていますか？」

「ニナは自分がやったと言ってるんですか？」

「ええ、ほぼそれに近いことを」

「私は何も話すことなどない。私たちは二人とも無実だ。あなたは私たちを信じるべきです。そしてこんな馬鹿げた尋問は今すぐにやめることだ」

27

その日の残りの時間はスーパーでの買い物に充てることに決めたエリンボルクは、夫と子どもたちがなかなか食べたがらない食料品を次々にかごに入れた。牛のフィレ肉の小さな塊を一つ買い、前菜にすることに決めた。これはヴァルソルのお気に入りできっと喜ぶだろう。彼は軽く表面を焼くだけの肉が好きだったが、エリンボルク自身は、生肉は苦手だった。鹿肉だけは別だったが。今スーパーで彼女は仕事から離れてホッとしていた。ここ数日集中的にしていた仕事から頭を切り替えることができそうだった。アーティチョークの缶詰、コロンビア産のコーヒー、アイスランドのヨーグルトなどを次々にかごに入れた。

家に帰ると、まず温かい風呂に入った。気がつくと眠っていて、自分がどれほど疲れているか思い知った。子どもが学校から帰ってきてカバンを廊下に放り投げた音で目が覚めたのだった。仕事のことは考えまいとしていたが、どうしても頭から離れなかった。頭の中にエドヴァルドがいて、ずっと彼女を苛立たせていた。港の近くの朽ちた家、そのそばに停められたオンボロ車、そしてまるで幽霊の手のようにその家の屋根に伸びている曲がった木の枝。リリヤのことを考えれば考えるほど、その家のこと、無精髭を伸ばし、不安そうな、そして人を避けているようなエドヴァルドの姿が頭から離れないのだった。ハエも殺せないような男に見えるが、本当のところはどうなのだろう。外見からは、人の中身はわからない。今エリンボルクにわかるのは、あの男は正体不明だということだけだった。

アクラネスに戻って、リリヤとエドヴァルドの両方を知っていた人たちの話を聞きたかった。彼が勤めていた高校の他の教師たちの話も聞きたかった。当時は重要な情報とは思われなかったことでも、今話を聞いたらなにか発見があるかもしれない。リリヤの母親、宗教にはまってしまった母親にももう一度話を聞きたかった。沈黙の中に引きこもってしまった父親にも会いたかった。しかし、なにか情報がなければ、もう一度彼らに会うのはむずかしいに違いない。今、エリンボルクは彼らに話せる新たな情報をなにも持っていなかった。会いたいと伝えると、彼らが微かな望みを抱いてしまうかもしれないという心配があった。偽りの望みを与えてはならなかった。

ルノルフルのこともっと知りたかった。コンラッドは、ルノルフルという男はいったいどういう人間だったのかと訊いた。警察の持っている情報を教えてくれと。実のところ、警察はルノルフルについてほとんどなにも知らなかった。もしかするとまた彼の出身の村を訪ね、以前彼を知っていた人々の話を聞く必要があるのかもしれない。

風呂から上がり、室内着を着てキッチンへ行った。テオドーラは帰ってきていて、友達の女の子二人と部屋で遊んでいた。ヴァルソルも部屋にいたが、エリンボルクは邪魔をしないことにした。今日はもう彼と話をすることにエネルギーを使いたくなかった。牛のフィレ肉の料理に取り掛かる前に、ラムのフィレ肉を取り出し(値段が高かったが今日は奮発した)、新しい料理に取り掛かった。家の裏に行って、外キッチンにあるタンドーリ用のオーブンを高温にセットした。タンドーリ鍋を取り出し、いつもの香辛料にアイスランドの香辛料を混ぜ合わせた。ラム肉を大きめに切り、タンドーリ鍋に入れ、香辛料をミックスしたものを全体によくふりかけ、そのまま三十分ほど置く。オーブンが十分に温まったころ、ラム肉の入ったタンドーリ鍋を入れ、ついでにフィレ肉の付け合わせにする大きなじゃがいも数個もオーブンに入れた。それからテディに電話をかけると、ちょうど家に帰るところだと言う。

料理をすると心が落ち着く。テンポがゆっくりになり、いつものストレスと緊張がなくなり、仕事から離れて家族の元に戻る。頭を空っぽにして新しい料理に取り組む。料理をすることで物を作る喜びを味わうのだ。今までの食材を、新しい組み合わせ、新しい香り、まったく新しい味に変えてしまう。料理を三つの段階で楽しむのだ。準備をする、実際に料理する、そして味わう。これは人生のレシピでもあると彼女は思っていた。

料理に関しては、一部始終その過程を記録する。次の料理本のためだ。彼女が最初に出版した本は『料理と一品（法と権利）』。それは、彼女の警察官という職業にからめたタイトルだった。テオドーラは変なタイトル、と言ったものだ。しかし好意的な書評が寄せられ、テレビの朝番組で取り上げられて、インタビューが新聞に載ったりした。次の本のタイトルはもう決まっている。前の本と同じく二重の意味の書名だ。『正しく料理する（権利と施行）』。

テディの車の音が聞こえた。家族の帰宅の様子は一人一人違うが、彼女は全員の音が区別できる。ヴァルソルは玄関ドアを乱暴に閉め、靴を蹴り脱ぎ、カバンを床に放り投げると、黙って自分の部屋に入ってしまう。アーロンも近頃では兄の真似をするようになった。彼にとって兄は称賛の対象である。帰ってくるとカバンを廊下に放り出す。ちゃんと決まったところに掛けるようにどんなに注意しても従わない。テオドーラは玄関ドアをそっと閉めると、カバンやコートをクローゼットに掛け、親たちがいれば、台所に入ってきて一緒に話をする。テディはガレージから賑（にぎ）やかな音を立てながらまっすぐ家の中に入ってくる。たいていは機嫌がよく、車の中で聞いたばかりの歌を口ずさみながら。廊下に放り出されたカバン、上着、脱ぎ捨てられた靴を片付けるのも彼だ。この日もそうしながらキッチンに入ってきた。

「うわっ、もう帰ってきてるんだ！」

「このステーキを作るってずっと前に約束したよね」とエリンボルク。「もう一品、タンドーリ料理がもうじき出来上がるわ。ライスをお願いね」

「もう事件は解決したんだ？」米を棚から出しながらテディが訊いた。

「わからない。もうじきわかるでしょうけど」

「君はまさに天才探偵だね！」エリンボルクがいつもより早く帰ってきたため、彼は大喜びだった。いつもはこの時間、ファストフードの店でハンバーガーなどを買って帰ってくるのだ。妻と一緒にちゃんとした食事ができるのが嬉しくてたまらないようだった。「赤ワインを開けようか？」

そのとき、玄関の方で携帯が鳴る音が響きだした。テディの顔から笑いが消えた。仕事の電話だとわかったようだ。

「電話だよ。応えないの？」と言いながら、ワインボトルを棚から取り出した。

「今までわたしが電話に応えないことがあった？」と言って、エリンボルクは玄関に向かった。電話など受けたくないと思いながら、バッグから取り出した。

テディのジャケットが玄関ホールの椅子に置かれているのが目についた。いつもなら、テディは家に入る前にジャケットをガレージの釘に掛けてくる。仕事場で使う油やガソリンなどの臭いが染み付いているからだ。

「今、うち？」シグルデュル＝オーリの声だ。

「どうしたの？　なにかあった？」エリンボルクが苛立った声で訊いた。

「いや、ただ、おめでとう、やったね、と言いたかっただけさ。でもご機嫌斜めのようだから、また……」

「おめでとう？　なにが？」

「彼が認めたんだ」

「彼って？」

「君が捕まえた男だよ。ほら、ミスター鉄の足。ルノルフルを殺ったと自白したよ」

「コンラッドが？　いつ？」

「たった今」

「それで？　他になにを言った？」

「いや、それ以外はなにも。今日の尋問が終わりかけたとき、彼は突然、もういい、と言ったんだ。その場にいなかったからわからないけど、そんな言葉を言ったらしい。殺しを認めたんだ。現場に行って、なにが起きたかを知ったとき、頭に血が上ったと。ただし、ルノルフルの口に薬を詰め込んだのは自分ではない、アパートに着いたとき、ルノルフルは何だか変な状態だったと。台所のナイフを使った、そのナイフは海に放り投げたと言っている。場所ははっきりわからないと」

　エリンボルクは黙って聞いた。

「でも、わたしが最後に話を聞いたとき、彼は、自分たちは二人とも無実だ、と言ってたわ」

「これ以上尋問に耐えられなかったのかな。なにを考えているのかわからないが」

「それで、娘のニナは何て？」

「何て、とは？」

「父親が認めたということ、知ってるの？」

「いや、まだ話してない。それは明日にしようということになった」

「どうもありがとう」とエリンボルク。

「一件落着だね、エリンボルク。まさか、きみのインド料理への関心が事件解決の手がかりになるとは思わなかったよ」

「それじゃ、また明日」

エリンボルクは電話を切り、考えに沈みながら床に落ちていたテディの上着を拾い上げ、ガレージに持っていって掛けようとした。上着に染み付いた自動車修理工場の臭い、鼻を突くオイルとタイヤの臭いが玄関中に広がっていた。テディはいつも修理工場の臭いを家に持ち込まないように気を配っているのだが、今日は忘れたらしい。少しでも早くわたしに会いたかったのかもしれない。エリンボルクはいつもテディが家にジャケットを持ち込むと注意する。仕事場の臭いをうちの中に持ち込まないでと。

上着をガレージに掛けてくると、キッチンに戻った。

「何だった？」テディが訊いた。

「自白したそうなの。シンクホルト事件の関係者が」

「そうか」とテディ。手にはまだ赤ワインのボトルを持ったままだ。「これ、開けていいのかな？」

「開けて」とエリンボルクは言ったが、その声に喜びはなかった。「あなた、玄関にジャケット置きっぱなしだったわよ」

「いけない！　ちょっと急いでいたからね。どうした？　何だか機嫌が悪そうだね。事件は解決したんじゃないの？」

ポンという明るい音がキッチンに響いた。グラス二つにワインを注ぐと、一つを妻に差し出した。

「スコール！」とテディの声が響いた。

エリンボルクは上の空でグラスを上げた。妻が上の空なのはテディにはすぐにわかった。エリンボルクの目は米を炊いている鍋に注がれていた。テディは黙って妻を見ながら一口ワインを飲んだ。

「もしかして……」とエリンボルクがつぶやいた。

「もしかして？」

「でも信じられない、もしそうだったら！」

「え、なに？　ライスがうまく炊けてない？」テディが訊いた。

「ライス？」

「うん、いつものように炊いたつもりだけど？」

「石油の臭いがしたと彼は言ってたけど、きっと別のものだったんだわ」

「え、何の話？」

エリンボルクはテディをじっと見ていたが、そのまま玄関に戻り、ガレージへ行って彼のジャケットを手に持って戻ってきた。夫にそれを渡すとこう訊いた。

「この臭いはなに？」

「上着の？」

「ええ。石油？」

「いや、石油じゃないな」と言って、テディはジャケットの臭いを嗅いだ。「これはエンジンオイルの臭いだよ。潤滑油（じゅんかつゆ）とかガソリン系の」

「ルノルフルって、いったい何者だったのか？」エリンボルクがつぶやいた。「どんな人だったんだろう？　今日、コンラッドに訊かれたけど、答えられなかった。わたしは彼を知らない。わからなかった」

「君はなにがわからなかったと言ってるの？」

「コンラッドが嗅いだのは石油の臭いじゃなかったのよ！　ああ、私たち、もっと彼を調べなくちゃならなかった！　そう、ルノルフルを徹底的に調べなくちゃならなかったのよ！」

28

エリンボルクはそのガソリンスタンドに入る前に、しばらく車を停めて中に座っていた。時間の余裕はまったくなかったのだが、それでもラジオから流れてくるアイスランドの古い流行歌が懐かしく、最後まで聴きたかったからだ。今では当時のほとんどの曲が外国のメロディーにアイスランド語の歌詞をつけたものだったことがわかっているが、それでも彼女は昔流行ったそんな歌が大好きだった。今、当時のそんな曲が次々にカーラジオから流れていた。〈ヴァグラスコーグルの春〉、〈リラ・ローア〉、〈シンビ・シューマン〉などの曲が彼女に昔を思い出させた。とくに前夫のベルクステインのことを。

ベルクステインはそんな歌が大好きで、新しい歌との違いをよく話していた。無邪気で単調なダンス曲が社会批判と怒りの音楽に変わってしまった変革の時期のことを。またエリンボルクは音楽を聴きながら、エーレンデュルのことも思い出していた。子ども時代を過ごした土地へ一人で出かけ、誰とも連絡をとらず、携帯電話ももしかすると持っていかなかったかもしれない。彼は今までも何度かそんな旅をしたことがあった。そんなときエリンボルクは自分の判断で彼が行ったと思われる地方のペンションに問い合わせたこともあったが、誰も彼の所在を知らなかった。今度も電話するのはためらわれた。誰よりもエーレンデュルのことを知っていたので、彼は探されることを極端に嫌がると知っていたからだ。

車を降りてガソリンスタンドに向かって歩きだした。

エリンボルクは記録を読んで国道で起きた交通事故死を調べ、ルノルフルの父親が自動車事故で死んだときの記事からそのときの大型トラックの運転手の名前を探し出した。その運転手はレイキャヴィクの貨物運送会社の従業員で、エリンボルクはその運転手を雇っていた運送会社の責任者に会いに来たのだ。

「ラグナル＝ソールに会いたいのですが、携帯番号しかわからないんです。でも彼、携帯には出ないので」エリンボルクは自己紹介した上で、事情を話した。

「ラグナル＝ソール？」相手は答えた。「彼ならもうだいぶ前に辞めたよ」

「そうですか。今はどこの会社で働いているか、わかりますか？」

「運転手として？　いや、彼は車の運転をやめたはずだよ。例の事故のあと」

「例の事故って、死亡事故のあと、ということですか？」

「そう。彼はあのあと、運転そのものをやめたんだ」

「事故が原因で？」

「そう」と、書類をめくりながら男は言った。エリンボルクがやってきてから、男は一度も顔を上げていない。

「そうですか。もしかしてラグナル＝ソールが今どこで働いているか、わかりますか？」

「ああ。ハフナルフィヨルデュルのガソリンスタンドにいるよ。二カ月ほど前にそこで見かけたから、まだそこにいるんじゃないかな」

「事故のことが原因で運転をやめたのかしらね？」

「ああ、そういうことだと思う。あいつは車の運転そのものをやめたからね、キッパリと」

エリンボルクは今、その貨物運送会社からまっすぐにこのガソリンスタンドにやってきたのだ。

ガソリンスタンドは静まり返っていた。客が一人、自分で給油していた。店の中には店員が二人——三十代の女性がレジの前に、そして六十前後の男性が一人いた。男性の店員がエリンボルクの方を向いた。女性の方はエリンボルクには目も向けずに知らんふりしていたが、男性は立ち上がり、声をかけてきた。

「ラグナル＝ソールという人を探しているのですが」とエリンボルクが言った。

「私だが」男が言った。

「携帯電話が壊れていますね」

「そう。電話をかけたのかね？　新しい携帯を買う気になれないもんで」

「ちょっと二人きりで話をしたいんですが」と言って、エリンボルクはレジの前の女性の方に目をやった。「少し訊きたいことがあるので。すぐに終わりますから」

「そう？」と言って、男もまたレジの女性の方をチラリと見た。「ちょっとだけなら、外に出てもいいけど、いったい……？」

二人は外に出た。エリンボルクは警察の者だと言い、今捜査している事件に関連してちょっと訊きたいことがあると続けた。そして、数年前に彼が巻き込まれた人身事故のことだと言った。

「人身事故のこと？」と言って、ラグナル＝ソールは瞬間的に体を硬くした。

「報告書を読んだのですが、詳しくは書かれていないんです。それであなたに会って話を聞こうと思ったのです。もう、運転手はやめたんですね？」

「私は……、手伝えることはない」と言って、彼は一歩後ろに体を引いた。「あの事故については誰とも話したことがないんだ」

「それはわかります。あんな事故に巻き込まれたら、誰だって、話したくないと思うでしょう」

「いや、実際に経験していなかったら、絶対にわからないと思う。悪いけど、手伝うことはできない。そっとしておいてもらいたい。事故のことは誰とも話したことがないんだ。今までもそうだったし、これからもそうだ。どうか、わかってほしい」

そう言うと、彼は店に戻ろうとした。

「今、わたしが捜査しているのはシンクホルトの殺人事件なんです」エリンボルクが言った。「ニュースで知ってますか?」

ラグナル＝ソールは足を止めた。給油のところに車が一台入ってきた。

「殺された若い男は、喉を掻き切られたのですが、あなたのトラックにぶつかってきた男性の息子なんです」

ラグナル＝ソールはエリンボルクを振り返った。今聞いたことがよく理解できない様子だった。

「え、あの男の息子とは?」

「ルノルフルという名前で、あなたのトラックにぶつかって亡くなった男性の息子なんです」

スタンドに乗り込んできた男は店員が来るのを待っていた。レジの女性は動かない。

「あの事故は私が起こしたんじゃない。私はスピードを出していなかった」ラグナル＝ソールが言った。

「それはみんな知っていることです。向こうがあなたの車線に突っ込んできたんですよね」

ポンプの前の男がクラクションを鳴らした。ラグナル＝ソールは客の方に目を向けた。レジの前の女性は顔色一つ変えず、視線も動かさない。ラグナル＝ソールは車の方へ行った。エリンボルクはその後ろについて行った。客の男は五千クローナ札を出して彼に渡すと、一言も言わずにまた窓を閉めた。

「なにを知りたいんです？」ラグナル＝ソールがガソリンを注入しながら訊いた。

「あの事故でなにかおかしなことはなかったですか？　報告書には書かれていないことで、なぜあんな事故が起きたのかを説明できるようなことを、あなたが知っているのではないかと思ったので。報告書には、ルノルフルの父親はハンドルを切り損ねたとだけ書いてありましたけど」

「ああ、それは知ってる」

「彼の妻は、居眠り運転だろうと言ってました。そのとおりなのかしら？　それともなにか、他のことが原因だったのか？　頭が混乱してしまった？　タバコの灰が膝の上に落ちたとか？　いったいそのときなにが起きたのか知りたくて」

「あのときトラックごと飛び込んできた男は、シンクホルトで殺された男の父親だったと言うのか？」

「そう」

「それは知らなかった」

「でも、今はもう、知りましたよね？」

「事件の取り調べのときに言わなかったことを、俺が今言ったら、ここだけの話にしてもらえるだろうか？」

「誰にも言いません。約束します」

給油が終わり、ラグナル＝ソールは給油機のそばに立った。昼近くなり、天気は曇り空になっていた。

「あれは、間違いなく意図的なものだった」ラグナル＝ソールが言った。

「意図的なもの？　どういうこと？」

「これは誰にも言わないと約束してくれ」

「ええ、約束します」

「あの男、俺に笑いかけてきたんだ」

「笑いかけてきた？」

「そう。車がぶつかる瞬間に、あの男は俺に向かってニッと大きく笑いかけた。あの男は俺を選んでぶつかってきたんだ。俺が運転していた車はデカくて、トレーラーを引っ張っていたから重かった。あの男は何の予告もなく、いきなりハンドルを切って、俺の運転している車に向かってきた。俺は避けることもできなかった。あの男はまっすぐ俺に向かってきて、衝突する直前に大きくニッと笑ったんだ」


飛行機はレイキャヴィク空港を午後出発した。客席は半分ほどしか埋まっていなかったが、まもなく機体は上空をまっすぐに進みはじめた。利用客が少なく、この路線はまもなく廃止されるという話があった。国が支援の手を差し伸べれば別だという噂も流れていた。目的地付近が霧のため、飛行機は予定より少し遅れて午後二時に出発していた。

パイロットの挨拶があり、遅延を謝って飛行予定時間を言い、到着地の天候は曇りで、強風、気温は零下四度と告げ、良い旅行を、と最後に付け加えた。エリンボルクはシートベルトを締め、数日前に飛行機に乗ったときのことを思い出した。声が前回と同じパイロットではないかと思われた。あのときはほとんどの時間、雲の上を飛び、エリンボルクは左側から差し込む太陽の光を心ゆくまで楽しんだ。レイキャヴィクの秋の天候では滅多にお目にかかれない太陽の光だった。

エリンボルクは、一〇一事件——マスコミはシンクホルト殺人事件のことをこう呼び始めていた

――に関する様々な資料を持ってきていた。一〇一事件と呼ばれる所以は、若者たちの間で住所を言うときに、その土地の郵便番号を言うのが流行っているためだった。シンクホルトは郵便番号一〇一。そこで報道機関も一〇一事件と呼び始めていた。

　エリンボルクはコンラッドの尋問調書を読んだ。彼はすべて供述どおり、一言も変えるつもりはないと言い切っていた。だが、留置所に入れられると人は思いがけない行動をとったり、話したりすることがあるとエリンボルクは承知していた。

　調書には「娘に会いたい」とコンラッドが言ったとある。「娘に会うまではなにを訊かれても答えるつもりはない」と。

「それはできない」と尋問を担当した警察官が答えた。エリンボルクはその担当官は前にエドヴァルドとリリヤに接点があったと言ったフィンヌルではないかと思った。

「娘はどうしている？」コンラッドが訊いた。

「彼女はもう完全に神経が参ってしまっている」担当官は答えた。

　ここまで読んで、エリンボルクは顔をしかめた。コンラッドはずっと娘のことを訊いていた。それに対して尋問担当官は不必要な心理戦を仕掛けていた。

「娘は元気なのか？」

「今のところは」

「今のところは、とは何だ？　どういう意味だ？」

「わからない。独房に入れられてずっと壁ばかり睨んでいるのは面白いことじゃないだろうから」

　そのあと少し経って、コンラッドは意を決したようだった。質問はどのようにして彼がルノルフルのアパートに入ったかに集中した。その問いが何度も繰り返されたのち、ついに彼は決心したらしかった。エリンボルクはコンラッドが椅子の上で急に姿勢を正し、深いため息をついて話し始めるのが見えるようだと思った。

「もうこんなことをこれ以上続けても意味がない。なぜこんな芝居を打ってうまく逃げ果せるなどと思ったのか、自分でもわからない。あの男を殺してから、すぐに警察に連絡するべきだった。そうしていれば、ニナが無駄に苦しめられることもなかっただろう。警察に連絡しなかったことは大失敗だった。だが、それでもあれは自己防衛のためにやったことだと私は言いたい」

「ということは……?」

「ルノルフルを殺したのは私だ。ニナを解放してくれ。私が彼を殺した。私がもっとも後悔しているのは、娘をこの犯人探しに引き摺り込んでしまったことだ。私が罪を犯したのだ。すべて、完全に私一人が犯したことだ。ニナがおかれた状況を見、どういうことなのかがわかったとき、私は頭がおかしくなるほど怒った。ニナは電話してきてどこにいるか、男の住んでいるところを言った。それは彼女の緊急電話だった。私はその場所に急いだ。ニナは何とかドアが開けられたらしかった。私は中に入った。テーブルの上にナイフが置かれていた。そのナイフで娘は脅かされたのだと思った。いったいなにが起きたのか、私はわからなかった。ニナは床に座っていて、男は半裸でその上にのしかかるように立っていた。一度も見たことのない男だった。私の方に背中を向けていた。私は彼がニナを襲おうとしていると思い、ナイフを手に取って彼の喉に切りつけた。彼は一度も私を見なかった。私は大急ぎで娘の衣類を集め、部屋を出て建物の内庭を抜けて次の通りに出、停めていた車に乗り込んだ。途中、車を一度止めてナイフを海に投げ捨てた。場所ははっきり憶えていない。これが全部だ。すべて本当のことだ」

翌朝、警察はコンラッドの妻と話した。彼の話が本当なら、彼女も共犯ということになる。彼女は夫が娘と一緒に車に戻ったということは認めたが、途中車を止めて凶器となったナイフを投げ捨てたことは憶えていないと言った。この間に三人の上に起きたことのショックで、ことの成り行きをよく憶えていないと言った。警察はこの状況下で彼女まで警察に拘束することは不要だろうと判断した。

飛行機がエアーポケットに入ったとき、エリンボルクは数メートルも落ちた気がして、椅子にしがみついた。読んでいた書類が飛び散り、飛行機が安定するまで数分かかった。パイロットがマイクを通し、エアーポケットに入ったためシートベルトをしっかり締めるようにとアナウンスした。エリンボルクは書類を掻き集め、順番に並べ直した。これだからプロペラ機は嫌だと思った。

再び取り調べ調書に戻った。コンラッドは次々に質問され、そのすべてに彼は淀みなく答えていた。だがエリンボルクがもっとも重要だと思う問いに対しては答えていなかった。ルノルフルの体内にあったロヒプノールのことだった。コンラッドはルノルフルにその薬を飲ませてはいなかったし、ニナはその場での記憶はまったくなかった。

飛行機が降下し始めた。地面には少し前に降った雪が残っていて、木の葉の紅葉と鮮やかなコントラストを見せていた。飛行場には警察官が二人待っていて、前回と同じように村まで送ってくれることになっていた。頭の中には昨晩テディとキッチンで交わした会話が蘇(よみがえ)っていた。玄関ホールに漂っていたテディの上着から発せられた臭いのことで、コンラッドの言った言葉が頭の中に響いていた。

「臭いがどうしたというんだい?」テディが言った。

「コンラッドは部屋の中でルノルフルがなにか燃やしてたのだろうと言ったの」エリンボルクが言った。「でも、ルノルフルはなにも燃やしていなかった。コンラッドは石油の臭いと言ったけど、彼が感じたのは石油じゃなかったのよ」

「石油じゃなかったとして、それがどうしたというんだい？」

「コンラッドは私たちに、ルノルフルのアパートで石油の臭いがしたと言った。でも彼のアパートに石油はなかった。またコンラッドも石油とは言ったもののあまり自信がなさそうだった。少なくともわたしにはそう感じられた。今わたしが思うのは、あのときコンラッドが嗅いだ臭いは、あなたの上着についている臭いと同じではないかということ。付着したエンジンオイルの臭い。それだけ。それでもほら、あなたが上着を玄関ホールに放り投げていたりしたら、玄関中が臭うじゃない？」

「それがどうした？」テディが繰り返して訊いた。

「臭いの元が石油か、それともエンジンオイルかは、とっても大きな違いよ」そう言うと、エリンボルクは携帯電話に手を伸ばし、シグルデュル＝オーリに電話をかけた。

「コンラッドの自白、忘れて」

「え、なにそれ、急に」

「コンラッドは自分が唯一正しいと思うことをしているつもりなのよ。つまりそれは娘の罪を自分がかぶるということ。わたしはあの親子は二人ともルノルフルの殺害とは関係ないと思っている」

「いったいなにを言い出すんだ？　あの二人でないというのなら、犯人はいったい誰なんだ？」

「それを探し出そうとしてるのよ。明日の朝、コンラッドに会うつもり。彼、絶対に嘘をついてる。確信があるわ」

「あのさ、ことをわざわざ複雑にしないでくれよな。事件が解決しておめでとうと伝えたばかりじゃないか、こっちは」

よと答えた。

「早まったのよ、そっちが。残念ながら」

そう言って、エリンボルクは夫のテディに声をかけた。

「明日、あなたのジャケット借りてもいい？」

翌朝早くエリンボルクは署の取調室でコンラッドと対面した。彼は前の晩は一睡もできなかったと言い、髪の毛は乱れ、衣類も崩れてげっそりしていて、エリンボルクが声をかけてもほとんど返事もしなかった。それでも開口一番ニナはどうしているかと訊いた。エリンボルクはいつもどおりよと答えた。

「あなたは嘘をついているとわたしは思う」エリンボルクは切り出した。「あなたは始めからずっと本当のことを言っていた。でも私たち警察はそれを信じなかった。娘さんのことに関しても同じで、彼女の言うことを私たちは信じなかった。それであなたは罪を自分が被ることに決めた。自分が刑務所に入る方が、彼女が入るよりもいいと決めたのでしょう。あなたは中年だけど、彼女はまだ若い。人生はこれからですよね。でも、あなたの自白には二つ、無理がある。あなたは十分に考えなかったのでしょう。一つ、ニナはあなたの今回の告白は真実ではないと言うでしょう。もう一つは、ニナはあなたが殺人を犯したと認めないでしょう。なぜなら、それは嘘だからです」

「あんたになにがわかる？」

「わたしはあなたが嘘をついていると知っているだけです」

「あんたは私の言うことを信じない」

「いいえ、それは違う。部分的に、いいえ、ほとんど全部信じます。ただ一点、あなたがルノルフルを殺したということだけは信じません」

「彼を殺したのはニナではない」

「あなたが憶えているかどうかわからないけど、ルノルフルのアパートに入ったとき、石油のような臭いがしたと言いましたね。彼がなにか燃やしたようだったとも言った。煙の臭いもしましたか？」

「いや、煙の臭いはしなかった」

「そう。と言うことは石油の臭いだけがしたということですね？」

「そう」

「石油がどんな臭いがするかはっきりわかっていますか？」

「いや、とくに。他の人も感じる程度にしか。空中に漂っている臭いでわかる程度だ」

エリンボルクはビニール袋からジャケットを取り出した。前日の夜、テディが帰宅して玄関ホールに放り投げたものだ。今彼女はそれを取調室のテーブルの上に置いた。

「私はそんなジャケットは今まで見たことがない」コンラッドは急いでそう言った。これ以上面倒なことに巻き込まれるのはごめんだとばかりに。

「ええ、知ってます」エリンボルクが言った。「触らないでください。クンクン嗅ぎ回らないで。なにか、臭いますか？」

「いや、なにも」

エリンボルクはジャケットに手を伸ばすと、数回振ってから折り畳み、またビニール袋の中に戻した。立ち上がり、ドアを開けて廊下の床にその袋を置いた。それから改めてコンラッドの前に腰を下ろした。

「今わたしがやっていることは科学的な実験ではないと承知しています。でも、今、なにか臭いますか？」

「ああ、今は臭う」

「これはあなたがルノルフルのアパートで感じたという臭いと同じですか？」

コンラッドは深く息を吸い込んだ。さらにもう一度そうした。

「ああ、これはルノルフルのアパートに入ったときに嗅いだ臭いと同じだ。あのときの臭いの方がこれより少し弱かったかもしれないが」

「確かですか？」

「ああ、同じ臭いだ。そのジャケットはなに？　誰のジャケットだ？」

「わたしの夫のジャケットですよ」エリンボルクが言った。「彼は車の修理工で、友人と共同で修理工場を経営しています。このジャケットは彼が仕事をしている間中、修理工場の片隅の事務室の壁に掛けてあるので、工場で使うエンジンオイルの臭いに一日中浸かっているんです。アイスランド中のどの自動車修理工場にもこの臭いが充満している。この臭いはものすごく強烈かつ頑固なので、ちょっとやそっとのことでは消えないいんですよ」

「エンジンオイル？」

「ええ、エンジンオイル」

「それで？」

「まだよくわからないけど、これから調べます。あなたはこれ以上なにも話さない方がいい。わたしが連絡するまではなにも」

パイロットは着陸が下手だった。ドシンと大きく揺れて、エリンボルクはそれ以上考えを続けることができなくなった。

29

エリンボルクはその村で前と同じ宿、同じ部屋に案内されて、到着後しばらく休んだ。急いではいなかったし、午後もだいぶ遅くなっていた。飛行場から村までの間、この事件を担当しているシグルデュル＝オーリを始めとする担当官たちに電話し、ルノルフルについてもっと情報を送ってくれと頼んだ。母親について、そして大型トラックに突っ込んだ、それも笑顔でぶつかってきたとトラックの運転手が言う父親のこと、ルノルフルの幼友達とその家族についてもっと知りたかった。短時間でさらなる情報が入手できるとは思えなかったが、エリンボルクの直感が当たっていれば、今回再び村を訪ねることでもっと情報が得られるはずだ。

ペンションの女主人はエリンボルクがこんなに早く戻ってきたことに驚いたと同時に、好奇心を隠せない様子だった。

「なにか、特別の理由があって戻ってきたんでしょう？」と部屋に案内しながら女主人は尋ねた。

「単なる儀礼的な訪問ではないですよね？」

「この村ではなにも特別なことは起きないと、前に言ってましたよね？」エリンボルクが言った。

「そのとおりよ。ここはなにも起きない村だから」と女主人は答えた。

「それなら、なにも心配しないでください」

エリンボルクは前回行った村に一軒しかない食堂に入り、魚料理を頼んだ。客は彼女一人だった。食堂を取り仕切っている女主人ロイガはエリンボルクの注文を受けると、注文を繰り返して確かめることもなく厨房に消えた。前回ロイガは饒舌だったが、エリンボルクを憶えていなかったのか、客と無駄話をする気がなかったのか。まもなく厨房から出てきて、注文の品をエリンボルクの前に置いた。

「ありがとう。憶えているかしら、十日ほど前にわたし、こちらに来たんですよ。そのとき食べた魚料理がとてもおいしかったもので」

「それはどうも。うちの魚は新鮮ですからね」と言ったが、ロイガはエリンボルクに見覚えがあるとは言わなかった。厨房に戻ろうとした彼女にエリンボルクが再び話しかけた。

「前回こちらに来たとき、向こうの隅のビデオの貸し出しコーナーに立っていた若い女性と話をしたんですよ」と言って、エリンボルクは入り口近くのコーナーを振り返った。「どこに行ったらまたあの女性に会えるかしらね？」

「まだ村に少しは若い娘が残ってるからね。あなたが見かけたというのが誰かはわからないけど」とロイガは言った。

「二十歳ぐらいかしら。金髪で顔が細く、きれいな子。手足が長く、ブルーのダウンジャケットを着てたわ。ここにはしょっちゅう来ている感じだった。この村ではここしかビデオの貸し出しをしたりする店はないんでしょう？」

　ロイガはすぐには答えなかった。

「もし教えてくれたら……」と言いかけたとき、ロイガが急に口を挟んだ。

「名前、知ってるんですか？」

「いいえ」

「さあ、誰だろう。隣村の子かもしれないし」

「そうですか。あなたに訊けばわかるかと思ったんですけど。仕方がないわね」と言って、エリンボルクは魚料理を食べ始めた。前回同様、素晴らしくおいしかった。新鮮で、味付けがよく、こんな片田舎にいるのがもったいないほどの腕前だと思った。そう思いながら、自分は田舎に対して偏見があると気がついた。むしろ、ロイガの料理が食べられて、この村の人は幸せだと思うべきなのだ。

エリンボルクはゆっくり味わって魚料理を食べ、その後、コーヒーと焼きたてのチョコレートケーキをデザートに頼んだ。

堅信式年齢の若者三人、男の子二人と女の子一人がやってきて、ビデオ貸し出しコーナーへ行った。男の子の一人が食堂のバーの上の巨大なテレビをつけ、スポーツ番組を観始めた。音量を上げたので、ロイガが注意すると、少年は素直に音を下げた。

「明日のランチ時間のあとならへアカットしてあげるとママに伝えて」とロイガが言い、その子はうなずいた。エリンボルクの方を見たので、彼女が笑いかけると、少年は黙って下を向いた。女の子も一緒に座り、まもなく三人ともスポーツ番組を熱心に観始めた。

エリンボルクは気分がよかった。食後のリキュールを一杯飲むかどうか迷ったが、やめることにした。明日はけっこう忙しくなると思ったからだ。

コーヒーを飲み終わり、立ち上がってレジに行った。ロイガは無言で料金を受け取った。エリンボルクは少年たちに注視されているような気がした。ロイガに礼を言い、少年たちに声をかけたが、少女だけがうなずき返し、他の二人は反応しなかった。

エリンボルクは翌日の仕事をどのように始めるか考えながらペンションに向かった。そのとき、少し離れたところにブルーのダウンジャケットを着た若い女性の姿が見えた。村に一本しかない大きな通りの向かい側にいた。エリンボルクは足を止めて、その女性を見た。前に見かけた女性だろうか。そうに違いないという気がした。女性は足を止めて、エリンボルクの方を見ていた。

「ハロー！」と声をかけて手を振った。

二人は道の両側に立っていた。

「わたしを憶えていない？」エリンボルクが声を上げた。

女性は大きく目を見張って彼女を見た。

「あなたのこと、ちょうど探していたところなの」と言って、エリンボルクは道路に一歩踏み出した。

女性は返事もせずに歩きだした。エリンボルクはその後を追いかけたが、彼女はなぜか走りだし、二人の距離はみるみるうちにひらいていった。エリンボルクは止まってと声を上げたが、女性は答えず、それどころか一層速く走り始めた。エリンボルクは走りやすい靴を履いていたのでできるかぎり走ったが、向こうの足はもっと速く、みるみるうちに引き離されてしまった。しまいにエリンボルクは速度を緩(ゆる)め、女性の姿は家々の間に見えなくなった。

エリンボルクはペンションの方に戻り始めた。女性の反応にショックを受けていた。なぜ自分を避けたのだろう？　彼女は前回、自分から話しかけてきたではないか？　食堂の店主のロイガはブルーのダウンジャケットの女性が誰か知っているとエリンボルクは確信していた。何らかの理由でロイガは知らないふりをしたのではないか。なにか隠したいことがあるのか？　それとも自分の気のせいか？　この村が自分にそういう印象を与えているだけなのか？　この静かで暗い村が。

入り口の鍵を持っていたので、人を煩わせずにペンションに入ることができた。テディに電話をかけると、すべていつもどおり、いつ帰ってくるのかと訊く。わからないと答えて電話を切った。

ベッドへ行くと、持参していた東洋哲学がアジア料理に与える影響について書かれた本を読み始めた。

本を手に持ったまま眠りかけたとき、窓を小さく叩く音が聞こえた。

二度目に、今度は少し大きくトントンと叩く音がして、エリンボルクは起き上がった。

部屋は一階だったので、エリンボルクは窓辺へ行き、そっとカーテンを開けて真っ暗な外をうかがった。最初はなにも見えなかったが、すぐに闇の中から人の顔が現れた。ブルーのダウンジャケットの女性だった。

女性は外に出てくるように身振りで知らせると再び暗闇の中に消えた。エリンボルクはすぐに着替えて外に出た。上の階に住んでいるペンションのオーナーを起こさないようにそっとドアを閉める。暗闇に目を向けたが、ほとんどなにも見えなかった。建物の周りを一周してみたが、ブルーのダウンジャケットの若い娘の姿はなかった。呼びかける勇気はなかった。人の注意を引きたくないそぶりだったからだ。エリンボルクに近づくのを人に見られたくないことは明らかだった。エリンボルクが首都からやってきた警察官であることはこの村のみんなが知っている。一緒にいるのを人から見られることはまずいのだろう。

諦めて部屋に戻ろうとしたとき、道路の方でなにかが動くのが見えた。街灯からはかなり離れている。道路に近づくと、彼女が待っていた。エリンボルクが近づこうと足を早めると、彼女は急ぎ足で少し進み、振り返った。エリンボルクは立ち止まった。ここでまた追いかけっこをするつもりはなかった。彼女は数歩戻ったが、エリンボルクが数歩前に進むと彼女は後退りし、さらに足を速めて歩きだした。これは少し離れて歩けということか、とエリンボルクは理解し、ゆっくり彼女の後ろを歩き始めた。

空気が冷たく、風が吹いていた。氷のような北風がコートを通して一気に体を冷やしてくる。勢いが強いので、エリンボルクはコートをきつく体に巻きつけて進んだ。海の近くの道を、港付近の家々を通り過ぎ、建物のない北に向かって坂を上がって歩いてた。これからどれくらい歩くのだろう、彼女はわたしをどこに連れて行こうとしているのだろうと思った。もう港からはだいぶ離れている。人家から離れ、大きな建物のそばを通った。その建物はおそらく村の共同農場の一部だろうと思った。入り口に一つだけ照明がついていた。川音が聞こえ、橋を渡った。何度か女性の姿を見失った。暗い空に月が昇っていた。風も強く、エリンボルクはあまりの寒さに震え始めた。

突然前方に明かりが見えた。近づくと、彼女が懐中電灯をつけて道端に立っていた。

「何でこんなやり方でわたしを誘い出したの？」エリンボルクは息を切らして女性に近づいた。「言いたいことがあったら、言えばいいじゃない？　夜中にこんなところに呼び出して、わたしは凍え死にしそうよ！」

女性はエリンボルクの方は見ずに、急ぎ足で道から離れて海の方へ向かった。エリンボルクはその後を追った。石塀が現れた。エリンボルクの腰のあたりまでの高さだ。暗い中、その石塀に沿って歩いていくと、鉄柵があった。女性がその鉄柵を開ける鈍い音がした。

「ここはどこ？」エリンボルクが訊いた。「どこへ行こうとしているの？」

答えの代わりに彼女はどんどん歩いていく。数本の高い木の下を通ると、その先に石段が見えた。上っていくとそこに建物が一軒あったが、暗くてエリンボルクにはどんな建物か、わからなかった。女性はそこで右に曲がり、なだらかな丘を登っていき、その先で立ち止まった。懐中電灯の光が小さな十字架を照らしていた。光はその隣にある石に当たった。石にはなにか文字が刻まれていた。

「ここは墓地なの？」エリンボルクが囁（ささや）いた。

女性は答えずそのまま歩を進め、質素な白い十字架の前で足を止めた。その手前の板に細かな文字が刻まれていた。その下に墓があり、最近置かれたと思われる花束が添えられていた。

「これは、誰の墓？」と言って、エリンボルクは懐中電灯の弱い光で刻まれた小さな文字を読もうとした。

「ついこのあいだ、この人の誕生日だったの」と彼女がつぶやいた。

目を凝らして墓石を見た。懐中電灯の光が消え、足音が遠ざかるのが聞こえた。エリンボルクは墓場に一人残されたのだと知った。

30

エリンボルクはその晩遅く眠りについたが、わずかな時間だけで、しかもよく眠れないまま翌朝早く目を覚ました。夜の間に風は止んだようだった。夜中にようやく宿に戻った頃には雪が舞い始めていた。もう一度あのブルーのダウンジャケットの女性に会えるか、そもそもなぜ彼女が自分を教会の墓地に連れて行ったのか、それがわからなかった。十字架に記されていた文字は何とか読み取れた。それは女性の名だった。そのままエリンボルクはそこに埋葬されている女性のことを長いこと考えた。つい最近誰かが置いたに違いない花束、十字架の下に横たわる女性の生涯を思った。

午前中はそのまま部屋にいてレイキャヴィクへ電話をかけたり、その日の仕事の準備に追われた。食事をしに例の食堂へ行った頃はすでに十二時を回っていた。ランチタイムは終わっていたが、まだ人がいて賑(にぎ)やかだった。食堂にはロイガの他にも人がいて、厨房(ちゅうぼう)に手伝いが入っていた。エリンボルクはベーコンエッグとコーヒーを頼んだ。まるでUFOでも見るかのような人々の視線を感じたが、無視することに決めた。急いでいなかったので、ゆっくり時間をかけて食事をし、二杯目のコーヒーを注文して、逆に自分の方から人々を観察した。

ロイガが来て、皿を片付け、テーブルを拭いた。

「いつ帰るの?」と訊いた。

「さあ、わからないわ」とエリンボルクは答えた。「この村ではなにも起きないとか聞くけど、それでも少し仕事はできそうだから」

「そう?」とロイガ。「あんた、夜中に村中を駆け回ってたみたいじゃない?」

「え?」

「もっぱらの噂よ。噂好きだからね、みんな。こういうところでは人の話なんか鵜呑みにしちゃだめよ。あんたが人の噂を信じなきゃいいと思って」

「噂などには関心ないから大丈夫。今日はこれから雪が降るのかしら?」と話を逸らして、エリンボルクは食堂の窓からどんよりと暗い空を見上げた。黒い雲が気になった。

「天気予報ではそう言ってるわ。今日の夕方から夜にかけて、悪天候になるそうよ」

食堂にはもう人影がなく、エリンボルクは最後の客だった。

「過去のことを嗅ぎ回ったって、何の役にも立ちゃしないよ。起きたことは起きたことだから」ロイガが言った。

「過去のことと言えばこの村にアダルヘイデュルという女性がいたこと、知ってますよね? 二年前に死んだという」エリンボルクが訊いた。

ロイガがたじろいだ。

「ええ、まあ、知ってると言えば知ってるけど」としまいにつぶやいた。

「死因はなに?」

「死因?」とロイガは訊き返した。「そんなこと、あんたと話したくない」

「なぜ?」

「そんな気にならないから」

「それじゃ、彼女を知っていた人を教えてくれない? 彼女の親族でも、誰か話が聞ける人を」

「そんなことはできないわ。あたしはここを経営してる。それがあたしの仕事よ。知らない人に話をしてやることなど、あたしの仕事じゃないからね」

「そうですか。それじゃとにかくありがとう」と言って、エリンボルクはドアへ向かった。ロイガはその場に立ったまま彼女を見送った。なにか、まだ言いたそうな様子だった。

「あんたがまっすぐレイキャヴィクに帰ってくれれば、みんなにとって一番いいのよ。二度と戻ってこないで」

「みんなにとって、のみんなとは誰のこと?」

「この村のあたしたちみんなにとって、よ。ここにはあんたの役に立つものなんか、なにもないんだから」

「それはいずれわかるでしょう。食事おいしかったわ。あなたは本当に料理上手ね」

エリンボルクは墓地に戻ってみるつもりだったが、気が変わり、ルノルフルの母親の住んでいる住宅地の方に向かった。ドアベルを押すと、中で人の気配がした。すぐにドアが開けられクリスチャーナが顔を出した。エリンボルクとわかると、中に入れと合図した。

「今度は何だい?」と言うと、前回と同じ椅子に腰を下ろした。「何の用事でまた村に戻ってきたんだい?」

「答えがほしくて」エリンボルクが言った。

「この村に答えなんぞあるものか。ここはねえ、じつに陰気な村さ。この村は死んでるんだ。あたしにもう少し勇気があったら、とっくにこんな村は出て行ってやったのに」

「ここは住むのに良い村ではないってこと?」

「良い村?」と言って、クリスチャーナはティッシュペーパーを取り出し、唇をぬぐうと、またその紙を伸ばした。「あんた、この村の人間が話す嘘っぱちに耳を傾けちゃダメだよ」

「そう？　村の人たちはどんな嘘をつくと言うんですか？」と言いながら、エリンボルクはさっきロイガから聞いたばかりの村の人たちは噂好きという話を思い出した。

「何でも。なにもかもだよ。頭の足りない者ばかりだからね、この村に住んでいるのは。人の悪口ばかり言ってるくだらない連中だよ。あんた、あたしのことだって聞いてるんだろ？　あいつらは今、ルノルフルのことで舌なめずりしていることだろうよ。あいつら、いつもルノルフルのアラを見つけては悪口を言ってたからね。あんた、あいつらの言うことに耳を貸しちゃダメだよ」

「わたしはこの村のことはまだほとんどなにも知らないんですよ」と言いながら、エリンボルクはルノルフルの母親の態度が前に来たときより硬化していることに気がついた。夫の死について彼女と話すつもりはなかった。クリスチャーナが彼の最後の瞬間のことを知っているとは思えなかったし、他にクリスチャーナに訊かなければならないことがあったからだ。エリンボルクはしばらく考え、むずかしい質問だが訊いてみることに決めた。

「一つだけ、村の人たちから聞いたことだけど、あなたはルノルフルに厳しかったそうですね？」

「厳しかった？　ルノルフルに対して？　あたしが？　馬鹿げたことを！　子どもにしつけをしてはいけないとでもいうのかね？　誰から聞いたんだい、そんなくだらないことを？」

「さあ、名前は知らないけど」

「ルノルフルに対してあたしが厳しかったって？　自分の子どものしつけもできない連中が、よく言うよ！　馬鹿者らが！　あいつら、この間うちの窓ガラスを壊しやがった。それでも誰もそれを責めない。石を投げたのは誰か、あたしは知ってるよ。だからあいつらの親に言ってやったんだ。だが、誰もあたしの言うことなど聞かないのさ。年寄りを敬う気持ちなど、これっぽちもないんだから」

「でも、ルノルフルに対して、あなたは厳しかったの？」エリンボルクが繰り返した。

クリスチャーナは鋭くチラリとエリンボルクを見た。

「あの子があんなふうになった責任はあたしにあるとでも言うのかね？」

「わたしはルノルフルという人を知らないんです。あなたの口から息子さんのことを聞きたいんですよ」

クリスチャーナは椅子に座ったまま、ティッシュで唇を拭いては、その紙を膝の上で伸ばしていた。

「この村の連中がなにを言ったか知らないが、信じちゃダメだよ。あの子の命を奪った人間はもう捕まえたのかい？」

「いいえ、まだです。残念ながら」

「容疑者が何人か、捕まったとニュースで見たよ」

「ええ」

「あんたが村に戻ってきたのは、あたしに犯人を捕まえたと報告するためじゃなかったのかい？」

「いいえ、そうじゃないです。この村に、あなたの息子を殺したかもしれない人間がいるかとあなたに訊きたくて来たんです」

「あんたは前に来たときも、息子に敵はいたか、この村に、と訊いたね。いなかったと思うよ。まあ、それも確かじゃないがね。あんたは息子のことをひどい男だと思っているんだろ？」

「前に来たとき、女友達はいたかと訊いたと思いますが？」とエリンボルクは慎重に話を進めた。

「ああ、そしてあたしはそんなことは知らないと答えた」

「とくにわたしが知りたい女の人がいるんです、この村に住んでいた人で。アダルヘイデュルという名前の女性です」

「アダルヘイデュル？」

「ええ」

「その子なら知ってるよ。直接に知っていたわけじゃないが。自動車修理工場の男の姉だろ？」

「自動車修理工場？」

「そうさ」

「その女の人はヴァルディマルの姉だと言うんですか？」

「ああ、そうだよ。父親違いのね。姉弟の母親はとんでもない尻軽女だった。漁師や船員となら誰とでもって女だったよ。何とかいうあだ名がついてたよ。あたしはもう憶えていないがね。まあ、あまりいいあだ名じゃなかったがね。二人子どもがいてね。もちろん、婚外子だよ。私生児二人というわけさ。まあ、大酒飲みだったね、あの女は。人生のもっともいいときに死んだんだ。やり尽くしたってことだろうよ。仕事はできたよ。魚工場で一緒に働いたから知ってるんだ。決して怠け者じゃなかったね」

「ルノルフルは彼女のこと知っていたかしら？　アダルヘイデュルのことを」

「アダルヘイデュルのことをルノルフルが？　ああ、もちろん。同じ年齢だったしね。同じ学校に通ってた。あたしはあの子のこと、あまりよく知らなかった。いつも母親のスカートを引っ張って仕事について来てた。洟垂らしてさ。ちょっと普通じゃなかったから。ぼーっとしてたね」

「ルノルフルはその子と付き合ってた？」

「何だい、その、付き合ってたっていうのは？」

　エリンボルクはためらった。

「ただの知り合いというだけでなく、もっと親しい関係だったかしら？」

「いや、そんなことはなかったね。なぜそんなことを訊くんだい？　ルノルフルは一度も女の子をうちに連れてきたことはなかったよ」

「この村にいたとき、付き合っていた女の子はいましたか？」

「いないね。いや、ほとんどいなかったと言っていい」

「そのアダルヘイデュルという娘さんは二年前に亡くなったらしいですね？」

「自分が嫌になったんだろ」クリスチャーナはこともなげに言い捨て、手を頭に当て、髪の毛を撫でた。この人は若い頃、黒っぽい髪だったに違いないとエリンボルクは思った。茶色い目の色からそれがうかがえた。

「誰が？　アダルヘイデュルが？」エリンボルクが訊き返した。

「ああ、そうだよ。教会の下の海岸で見つかったそうだ」とクリスチャーナはまるで天気の話でもしているような軽さで言った。「海に身を投げたらしいよ」

「自殺したってこと？」

「ああ。そういうことらしい」

「理由は？　知ってますか？」

「なぜその娘が自殺したのかって？　その理由？　知らないね。調子が悪かったんだろ。自殺したっていうんなら、生きるのが大変だったんじゃないかい？」

31

明るくなってから行ってみると、教会の墓地の位置はすぐにわかった。村の北側にあって、低い石塀に囲まれていた。石塀は長いこと手入れされていないらしく、荒れた状態だった。ところどころ石が崩れ落ちて、背の高い枯れ草の陰に隠れて塀そのものが見えなくなっているところもあった。低い塔のある小さな昔ながらの教会が墓地の隅に建っていた。壁は白く、屋根は赤いトタン板だった。石塀に小さな鉄のゲートがあって、半開きになっていた。昼間来てみると、数多い墓石の中で、夜中に見た十字架はすぐに見つかった。冷たい地面の上に苔の生えた古い墓石が並び、年月を経てほとんど文字が読めなくなっているものもあった。そうかと思えば、過酷な天候に逆らってまっすぐに立っている墓石もあり、それらの間にシンプルな白い十字架がところどころに立っていた。その一つがアダルヘイデュルの墓だった。

墓石はごく目立たない、普通の黒い石で、文字が刻まれていた。生年月日と死亡年月日の下に『安らかに眠れ』とある。エリンボルクはアダルヘイデュルの誕生日がルノルフルの死亡日と同じことに気がついた。空を見上げた。雲が重く垂れ下がっていたが、墓地は風もなく静かで、墓地から見える海もまた穏やかだった。遠くに見えるフィヨルドは一面の紅葉で美しく、エリンボルクは平和な風景に心が休まった。ただときどき墓石の上に飛び降りてきてはまた飛び去るツグミだけがこの静かな風景の中の動く点だった。

気がつくと、エリンボルクは一人ではなかった。道路の方にブルーのダウンジャケットの女性が立っていて、こっちを見ていた。二人はそのまま見つめ合っていたが、女性の方が先に動き、低い石塀をまたいで墓地の中に入ってきた。

「ここは眺めがいいところね」エリンボルクが言った。

「ええ。ここから見る景色は村で一番いいの」

「ここに教会を建てた人たちはここが一番いいとわかっていたんでしょうね。夜中、ここまでわたしを連れてきてくれてありがとう」とエリンボルクは付け加えた。

「ごめんなさい。あたし、どうしていいかわからなかったの。今だって、自分のやっていることがわからないまま、ここに来ているんです。あなたが村に戻ってきたとき……」

「わたしが戻ってくると思っていたの？」

「いえ、でもあなたが戻ってきたのを知っても驚かなかったから、多分そう思っていたんだと思う。あなたが来るのを待っていたんです」

「あなたの胸にあることを教えてちょうだい。あなたはわたしに話したいことがあるんでしょう？」

「クリスチャーナの家に行ったでしょう？」

「なるほど。この村ではなにも隠せないということね」

「べつにスパイしていたわけじゃないの。たまたまあなたが彼女の家に入るのを見たんです。あの人はすべて知ってるのよ、なにが起きたか。彼女から聞いた？」

「なにが起きたかって？」

「この村の人は、みんな知ってるんです」

「なにを？　その前に、あなたは誰？　名前を教えてちょうだい」

「ヴァラ」

「どうしてみんな隠したがるの？　いったいどういうことなの、ヴァラ？」

「たいていの人はなにが起きたのか、知ってると思う。でも絶対になにも言わない。あたしだって本当は言いたくない。彼を巻き込みたくないし。だから……、そもそもあなたと話すこと自体いいのかどうか、わからないんです。ただあたし、これ以上黙っていることに耐えられない。もう本当に嫌になってしまったんです」

「それじゃ、どうぞわたしだけに話してちょうだい、あなたが胸に秘めていることを。なにができるかは、その上で考えましょう。なにをそんなに恐れているの？」

「誰もこのことについて話さないの」ヴァラが言った。「あたしだって誰かが困るようなことはしたくない」

「え、誰が困るの？　何の話かちゃんと話して」

「まるでなにも起きなかったかのように、みんなが口をつぐんでるんです。何事もなかったかのように」

「でも、そうではないのね？」

「ええ、そうではないの」

「それじゃ、どうだというの？　あなたはなぜわたしをここまで連れてきたの？」

ヴァラは答えなかった。

「わたしになにをしてほしいの？」エリンボルクが訊いた。

「あたしは告げ口屋じゃない。人の悪口は言いたくないの。とくに死んだ人の悪口は」

「あなたがわたしに話すことは、他の人は知らないわ」エリンボルクが言った。

ヴァラは急に他の話を始めた。

「警察官になってから長いの？」

「ええ、そうね、十分に長いと言っていいわ」

「大変な仕事でしょう？」

「そうでもないわ。ま、ときどきは大変だけど。今回のようになにが何だかわからないところに送り込まれたりすることもあるから。でも、大変じゃないときもある。とくにあなたのように警察に手伝おうと思ってくれる人に出会ったりすると嬉しくなるし。死んだ人の悪口って言ったけど、誰のこと？」

「あたしね、高校卒業しなかったの。いつか卒業資格をとって、大学へ進みたい。ちゃんと勉強したいの」

「この墓石に刻まれているアダルへイデュルって、誰？」と言って、墓石を見下ろした。

「あのとき、あたしはまだ八歳だった。でも、噂を聞いたのは、しばらく経ってから。多分十二歳か十三歳の頃のこと。当時、何だかとても変な怖い話を聞いたわ。悲しい話だったけど、ちょっと怖くてスリルがあった。頭がちょっと変になった女の人の話。頭の病気に罹ったと聞いた。働くこともしなかった。その人、弟の世話をしてた。何だかよくわからない人だったわ。いつも一人で、他の人と話もしない、この村の暮らしとは何だか関係ないみたいにしていたわ。誰とも関係なく暮らしてた。自分の弟としか口をきかなかったんじゃないかしら。その弟はお姉さんが病気になってからは、彼女の世話をとてもよくしてたわ。そう、あたしがまだ子どもの頃、人はよくこう言ってた。アディは病気で、かわいそうな子、と。あたしの目にはアディは大人だった。あたしより十二歳も年上だから。あたしたち同じ月に生まれているの。そう、五日違い。それが起きたとき、彼女は今のあたしと同じ年だった」

「あなたはアディのことよく知ってたの？」

「ええ。あたしたち魚工場で一緒に働いていたから。年齢が違うから親しくなるのはむずかしかった。アディは誰にも心を許さなかった。彼女は昔からそういう人だったと、みんなが言ってた。ちょっと変わっていたと。他の人と関係を持たないし、他の人も彼女にはかまわなかった。体が弱くて神経も細かった。いてもいなくても誰も気がつかない感じだった。彼女が犠牲者になったのは意外じゃなかったということになるのかも」

　ヴァラはここで深く息を吐いた。この人にとって、この話をするのは大変なことなのだとエリンボルクは理解した。

「それから、あたしがもう少し大きくなると、アディについて、いろんな噂を聞くようになった。アディがどんな目に遭ってきたか。そのことを知っている人もいたけど、そういう人は口を固く閉じていた。もしかすると、話しても信じてもらえないとか、あまりにもひどい話、スキャンダルだと思ったのかもしれない。村中の人が知るに至るまで、長い時間がかかった。何年も。でも、今ではみんなが知っていることだと思う。どうしてこのことが漏れたのか、あたしにはわからない。アディの口から漏れることは絶対になかったと思う。あの男が、自分で、酔っ払ったときに話したのかもしれないと思う。自慢げに話したのかもしれない。あの男なら後悔などこれっぽちもなかったに違いないから」

　ヴァラは話をやめた。エリンボルクはそのまま彼女が話を続けるのを静かに待った。

「アディは自分がどんな目に遭ったかを決して人に話さなかった。唯一死の直前に、話したのが弟だった。彼はそれまでも噂を耳にしていたのではないかとあたしは思う。アディは恥という殻の中に閉じこもって暮らしていた。アディのような女の人の話をたくさん読んだわ。そのほとんどの人が、外からの援助も治療も必要なの。その女の人たちは自分が悪かったと自分を責めるのよ。そして怒りで気が狂いそうになるの。自分の殻に閉じこもるのよ」

「いったいなにが起きたの?」

「あの男、アディをレイプしたの」

ヴァラは墓石に目を落とした。

「そのうちに噂が広まった。彼女がレイプされたこと、誰が暴漢だったかも。でも、アディは決してなにも言わなかった。責められた人はいなかった。そしてアディを助けようとした人もまた誰もいなかったの」

「誰だったの? アディをレイプしたのは?」

「クリスチャーナは知ってるはずよ。誰がアディをレイプしたか。自分の息子がなにをしたかを。でも彼女はなにもかも否定して生きている。あの人には一瞬たりともこの村で平穏なときがないに違いないわ。子どもたちまで彼女に石を投げるから。そう、彼女の家の窓に」

「ルノルフルが犯人なのね?」

「そう。ルノルフルがアディを暴行した。アディはそれ以来おかしくなってしまったの。彼女はこの教会の下の入江で見つかったわ。ようやくゆっくり休めるところまで戻ってきたのよ」

「それで、ルノルフルはどうしたの?」

「この村の人なら誰でも彼を殺したのは誰か、知ってるわ」

エリンボルクはじっとヴァラを見つめた。脳裏に、大きく笑いながら反対車線に向けて車をぶつけてきた年配の男の姿が浮かんだ。

32

ペンションに戻ったエリンボルクはそのまま臨時のオフィスとなった客室で数時間働いた。レイキャヴィクに立て続けに電話をかけ、情報を集め、とくにシグルデュル＝オーリとはよく話し合い、必要な手筈を整えた。彼は警察官を数名送り込むが、少し時間がかかるから、それまで一人で行動したりしないようにと注意した。それは心配しなくていいとエリンボルクは言った。

　コンラッドとニナはまだ勾留されたままだった。コンラッドが供述を変えたと聞いてもエリンボルクは驚かなかった。彼はルノルフルを殺害したのは自分ではないと言いだしていた。自分の娘もルノルフルを殺してはいないという主張を繰り返していた。

　エリンボルクがようやくペンションから出て村の道を歩きだした頃にはもう日が落ちかけていた。村の大きな通りから港の方へ向かった。前回村に来たときもこの道を歩いた。自動車修理工場は村の北端にあった。歩きながら彼女は今日はこれからもっと気温が下がり、雪が降りだすのではないか、雪が積もって外に出られなくなるのではないかと不安になった。修理工場に着き、入り口に掛けてある看板の穴を見て、これは以前猟銃で撃たれた跡だと聞いたことを思い出した。ヴァラが話してくれたのだ。修理工場のオーナーのヴァルディマルが昔、酒を飲んで酔っ払って猟銃を撃ち、看板に穴を開けたと。彼は数年前に酒をやめたらしかった。

　工場に入り、受付に向かった。前回来たときとまったく変わっていなかった。おそらくこの工場ができたときからそのままなのだろう。受付デスクの後ろの壁に水着姿の女性のカレンダーが掛けてあった。一九九八年とある。ここではもう、日も月も年も何の意味も持たないのだろう。時が止まってしまったようだ。カウンター、くたびれた革の椅子、レジ、受注書などすべてがそのままなのだ。うっすらと埃が溜まっている。部品、オイル、そしてタイヤの上にまで黒いススがついているように見えた。

エリンボルクは工場の中に向かって声をかけたが、返事はなかった。そっと中に入って前に進んだ。ヴァルディ・ファーガソン・トラクターは健在だった。それ以外には工場の中にはなにもなかった。それも前回と同じだった。部品の入ったキャビネットが壁を背に立っていて、その扉が開いていた。

「あんたが戻ってきたことは聞いていた」と、突然後ろから声がした。

エリンボルクはゆっくり振り返った。

「わたしが戻ってくると思っていたのね」と言った。

ヴァルディマルはすぐ後ろに立っていた。チェックのシャツに穴の開いたジーンズ姿だった。手に作業用のつなぎを持っていて、それを着ようとしているところだった。

「一人で来たのか？」ヴァルディマルが訊いた。

おそらくすでにそれは知っていたことだろう。その声に脅かすような調子はなかった。むしろ二人の間の信頼感を確認するためだったかもしれない。恐怖を与えるためではなかった。

「ええ」とエリンボルクは迷わずに答えた。彼に対して正直でいたかった。頭から作業服をかぶり、両腕の部分から手を出す姿は、夫のテディを思わせた。

「俺はこの上に住んでいる」と言って、ヴァルディマルは天井を指差した。「いつも暇でね。今日もさっきまで昼寝してたんだ。今何時かな？」

エリンボルクは答えた。危険な状況にいるという気はしなかった。ヴァルディマルは礼儀正しく、落ち着いていた。

「そう、職住近接、というわけね?」と言って、笑いかけた。

「そう。とても便利なんだ」とヴァルディマル。

「わたしは教会の墓地に行ってきたの」エリンボルクが話し始めた。「あなたのお姉さんのお墓を見てきたわ。二年前に自分で命を絶ったと聞きました」

「あんたはこのような小さな村に住んだことがあるかい?」と言って、ヴァルディマルはエリンボルクの前に立った。エリンボルクは道具の入ったキャビネットと彼の間に挟まれた感じになった。

「いいえ、一度も」

「こういうところには変なこともあるんだ」

「そうでしょうね」

「外から来た人間には、いや、ちょうどあんたのような人には、絶対にわからないようなことがさ」

「きっとそうだと思います」

「俺自身、とてもわかったとは言えないようなことがたくさんある。それでもここに住み続けている。また、たとえあんたに俺が懸命に説明したとしても、真実のほんの一部しか伝わらないと思う。またそのほんの一部の真実さえ、例えば、近くのガソリンスタンドで働いているハッディはそんなことは嘘だと言うだろう。そしてまた、たとえあんたが二十年かけてこの村の全員から話を聞いたとしても、このような村に住むということはどんなものか、決してわからないだろう。村の人間たちの考え方とか、人々の間の絆とか。何年も、いや永久に人を縛りつける絆、そして離れ離れにさせるもの、これらすべて。俺は生まれたときからこの村に住んでいる。そんな俺にもわからないことがたくさんある。それでも俺はこの村に住んでいる。友達が突然腐った卵になることもある。そして村の人たちは墓場まで秘密を抱えていくんだ」

「話がよくわからないけど……」

「俺がなにをあんたに伝えようとしているか、わからないんだな？」

「なにが起きたのか、少しわかったとは思いますが……」

「今、村の連中はみんな、あんたが俺のところに来ていると知っている。あんたがなぜこの村に戻ってきたのかも知っている。あんたが来た理由は俺と話をするためだということもみんなが知っている。村の連中はみんな、俺がしたことを知っている。だが誰もなにも言わない。誰もなにもだ。これ、大したもんだと、あんた思わないか？」

　エリンボルクは答えなかった。

「アディは父親違いの姉だ。四歳年上で、俺たちは本当に仲がよかった。俺は実の父親に会ったことがない。誰なのかも知らない。知りたいとも思わない。姉の父親はノルウェーの男だった。船乗りで、俺たちの母親を妊娠させただけですぐにいなくなった。母親はこの村で評判がいいとは言えなかった。俺がそんなことを知るよりずっと前に村の連中は知っていた。俺はいじめられる年になって初めて、みんながそれを知っているとわかった。そんなことでもなければ、絶対にわからなかったと思う。母親は俺たちをよく育ててくれた。俺たちは母親に対しては何の文句もない。ときどき黒いカバンを持った大人がやってきて俺と姉の健康診断をしたり、いろんなことを訊いたりしたけれども。そう、母親はいろんな問題を抱えていたが、俺たちにとってはいい母親だった。魚工場で働いていて、魚を捌くのは一番上手だったし、一生懸命働いて俺たちを育ててくれた。俺たちには何の問題もなかった。婚外子二人の母親になった彼女は、口に出すのも忌まわしいあだ名で呼ばれていた。俺はそのことで三回大喧嘩をしたことがある。一度など、俺は腕をへし折られた。しばらくして母親は亡くなった。今ではその母親のそばに姉が埋められている」

「神の恵みはあなたのお姉さんには与えられなかったようね」エリンボルクが言った。

「あんた、誰と話した？」

「それはどうでもいいことでしょう」

「この村にもいい人間はいる。誤解しないでほしい」

「ええ、それはわかっています」エリンボルクが言った。

「アディは俺に話してくれたが、あまりにも遅すぎた」顔が歪んでいた。手を伸ばしてトラクターの前輪の上に置いてあった大きなレンチを手に持った。「よくあることかもしれないが、姉は自分の中にこもってしまった。あの男に襲われたとき、周りに人がいなかった。俺たちは貧乏だったから、俺はトロール船に乗って遠洋漁業に出かけていた。一度出ると、しばらく帰ってこなかった。姉が襲われたのは、俺が船で出かけたばかりのときだった」

　ヴァルディマルはうつむいたままレンチで手のひらを静かに叩きながら、しばらく無言だった。

「姉はなにも言わなかった。誰にもなにも言わなかった。俺が遠洋トロール船から戻ると、姉はすっかり変わっていた。説明がつかないほど、別人になっていた。俺を近づけなかった。いったいなにが起きたのか、俺にはまったくわからなかった。俺はまだ十代だった。十六歳だった。姉は二十歳。姉はほとんど外にも出なかった。誰にも会わなかった。二人仲良しの女友達がいたが、姉は会おうともしなかった。医者に行ってみたらと勧めたが、頑として拒絶した。一人にして、落ち着くまで、と言った。なにから落ち着こうとしているのか、姉は絶対に話さなかった。ある意味、そうしているうちに落ち着いたと言えるのかもしれない。二年経っても、姉は決して元には戻らなかった。ときどき、俺にはまったくわからない理由で、突然猛烈に怒ることがあった。じっと座って、ただただ泣いていることもあった。落ち込み、怖がっていた。あとで俺は本を読んでそんな症状を知ったが、姉はまさに典型的な例だった」

「なにが起きたの？」

「この村の男の一人が、姉をひどいやり方でレイプしたんだ。あまりにもひどくて、姉はそれを話すことができなかった。俺にも、他の誰にも」

「ルノルフル？」

「ああ、そうだ。あいつにとっては、軽いダンスのようなものだったんだろうよ。あいつは村の北側にある廃屋に姉を連れ出した。農業組合の建物の近くだ。姉はなにも疑わずについていった。ルノルフルはよく知っている男だったからだ。基礎学校の初等も中等も同じクラスだった。あいつは姉のことなど簡単にだませると思ったんだろう。そのあとあいつはみんなが踊っていたダンスの輪に入って踊っていたんだ。まるで何事もなかったかのように。一人の友達に自慢げに話したことで、噂は広まった。村中の者が知るところとなった。俺だけが知らなかったんだ」

「それが始まり、というわけね」とエリンボルクが低い声で言った。

「あいつの強かんを他にも知っているのか？」

「今、事件のことで逮捕されている女性がいる。その人も強かんされている。他にもいるけど、表に出てこないの」

「アディのような女性は他にもいるだろう。あいつは話したら殺すぞとアディを脅していたんだ」

ヴァルディマルは片手をレンチで叩くのをやめて、顔を上げ、エリンボルクと目を合わせた。

「姉はそれからだいぶ時間が経ってからもおかしくなったままだった。年月はなにも変えはしなかった」

「わかります」エリンボルクが静かに言った。

「俺にすべてを打ち明けたとき、姉にはもう生きる力が残っていなかった」


アディが話し終わると、姉弟は自動車修理工場の上の階の住居で、しばらくなにも言わずにじっと座っていた。ヴァルディマルは姉の手を握り、静かに髪の毛を撫でていた。姉が話している間に次第に口が重くなり、話をやめたときも、彼はずっと姉の手を握ったまま黙って待った。

「とても、とっても苦しかったの」とようやくアディはつぶやいた。「何度も、もう、あたし、だめだと思った」

「なぜ俺に話さなかったんだ?」とヴァルディマルは姉の手を強く握って声を上げた。「なぜ今までなにも言わなかった? 話してくれれば、助けられたのに」

「あんたになにができたというの、ヴァルディマル。あんたはまだとても若かった。あたしだって、まだ子どもだった。あたしはどうすればよかったの? あのモンスターに対して、誰がなにをすることができたというの? あいつを捕まえて刑務所にせいぜい数カ月送り込んだところで、何になるというの? こんなことは大したことじゃないと見られてるんだから。力のある人たちにとっては、こんなこと、何でもないことなのよ。あんただってわかってるでしょう」

「あれからずっと、姉さんはこのことを隠してきたんだ。どうやってそんなことができたんだ、姉さんは?」

「あたし、それでも生きていこうとしてたの。少しは大丈夫と思える日もあったわ。あんたがいるだけで、あたしは本当にありがたかった。本当よ、ヴァルディマル。あんたのような弟がいる人は世の中にいないと思うわ」

「ルノルフル、か」ヴァルディマルがつぶやいた。

「馬鹿なことをしちゃダメよ、ヴァルディマル。あんたの身になにかが起きることが心配だわ。あたしはあんたに話さなきゃよかったと後悔したくない」


「アディは俺にこの話をしたその日に生きるのをやめたんだ」と言って、ヴァルディマルはエリンボルクを見つめた。「俺は一瞬だけ、アディから目を離した。一瞬だけ。その一瞬で姉には十分だった。姉がどんなに苦しんだか、あいつがどんなに深く姉を傷つけたか、俺にはわかっていなかった。その晩、姉は教会の墓地の下の入江で見つかった。ルノルフルは姉を襲ってからすぐにレイキャヴィクへ引っ越していた。そしてその後は滅多に帰ってこなくなっていた。帰ってもほんの短い時間しかいなかった」

「あなたには助けが必要よ。弁護士の助けが」エリンボルクが言った。「今はもうこれ以上なにも話さないで」

「弁護士の助けなどいらない。俺に必要なのは正義を下すことだった。俺はあいつに会いに行った。そして、あいつがまだ同じことをやっているのを知った」

33

薬は思ったよりも早く効いた。足元がおぼつかなくなったようで、ルノルフルはシンクホルトの自宅への最後の距離を、相手の体を支えて歩かなければならなくなった。この女は薬にすぐ反応するタイプなのだと彼は思った。相手の体がのしかかってくるので、アパートの近くに来たときには、ほとんど抱きかかえなければならないほどだった。住んでいるアパートの通りではなく、一つ手前の通りに入り、建物と建物の間の内庭を通った。人に見られていないといいが、と思いながら。アパートに入ると電気はつけず、女を居間のソファに横たわらせた。

玄関ドアを閉め、キッチンへ行って、ろうそく立てにろうそくを灯してベッドルームの窓辺に置き、キッチンに戻ってさらに二本のろうそくを灯した。それから上着を脱いだ。ろうそくの明かりがぼんやりと家の中を照らし出した。喉が渇いていたので、コップ一杯の水を飲み干した。それから好きな映画音楽をかけた。女の上にかがみ込み、肩にかかっていたスカーフを丸めてベッドルームの床に放り投げた。それからサンフランシスコと小さく書かれているTシャツを脱がせにかかった。女はブラジャーをしていなかった。

ルノルフルは女を抱きかかえてベッドルームへ行き、衣服を剝いだ。そして、脱がせた女の衣類を自分の身につけ始めた。女はまったく意識がなかった。女のTシャツを着ると、ルノルフルは意識のない裸の女の体に目を移した。笑いを浮かべながらコンドームを取り出し、袋の端を嚙み切った。

そして、全神経をこの若い女に集中させた。

完全に意識を失っている女の上にのしかかると、胸を撫でながら、舌を女の口に入れた。

三十分後、ベッドルームから出てきた彼は、音楽をかけ直した。その動きはゆっくりと落ち着いていた。音楽を別の映画音楽に変えると、少しボリュームを上げた。

ノックの音がしたとき、彼はベッドルームに戻るところだった。玄関ドアの方に振り返ったが、耳のせいかと思った。こんな夜中にノックの音がするはずがないと思った。ここシンクホルトに引っ越してきてから夜中に邪魔をされたことは今まで二度あった。一度目は酔っ払った男たちが近くの友達の家で飲み続けたくてやってきたときのこと。ドアを開けて、失せろ！と言わないかぎり、いつまでも叩き続ける連中だった。ルノルフルはリビングの床に立ったまま、まずベッドルームに、そして玄関の方に目を走らせた。ドアを叩く音が大きくなった。この手の客は決して諦めない。二度目に夜中にドアを叩いたのは、シッゲとかいう男を探しているというやつだった。ここに住んでいるはずなんだと大声で怒鳴っていた。

ルノルフルは素早くズボンをはいた。ベッドルームのドアを半開きにしたまま、玄関に行ってドアを開けた。外に灯りはなく、そこに立っている人物の姿がぼんやりとしか見えなかった。

「いったいどういう……？」とルノルフルが言いかけたとき、相手はドアを勢いよく開けるとアパートの中に入り、素早くドアを閉めた。

ルノルフルは驚きのあまり、なにもできなかった。

「お前、一人か？」とヴァルディマルが言った。

ルノルフルはすぐに誰かわかった。

「お前か？　何だ？　いったい何の用だ？」

「誰かいるのか?」ヴァルディマルが訊いた。

「出て行け!」ルノルフルが叫んだ。

ヴァルディマルの手に鞘に収まった刃物があった。一瞬後、ぎらりと光るカミソリが現れた。あっという間もなく、ヴァルディマルの手がルノルフルの喉を押さえて壁に押しつけ、カミソリを喉に突きつけた。ヴァルディマルはルノルフルよりも体が大きく頑丈だった。ルノルフルは恐怖でまったく動けなかった。

ヴァルディマルは素早くあたりを見回した。少し開いているドアから女の足が見えた。

「あれは誰だ?」

「付き合ってる女の子だ」ルノルフルが途切れ途切れに答えた。ヴァルディマルががっちり顎(あご)を摑んでいるので、言葉が出ない。まるで顎が万力で押さえられているようで、ほとんど呼吸できなかった。

「付き合ってる女? すぐ出て行けと言え」

「眠ってる」

「起こせ!」

「それは……できないと……思う」ルノルフルがつかえながら言った。

「おい、そこの女!」ヴァルディマルが声を上げた。「聞こえるか?」

女は微動だにしない。

「なぜ目を覚まさない?」

「深く眠ってるから」ルノルフルが答えた。

「眠ってる?」

ヴァルディマルはルノルフルを前に立てて、カミソリを喉に当て、もう片方の手で髪の毛を摑んでベッドルームの前まで行って、ドアを蹴った。

「お前の喉などいつだって搔っ切れるんだ」とルノルフルの耳元で囁(ささや)くと、片足で女の足をつついた。まったく反応がなかった。

「どうしたんだ？　なぜこの女は目を覚まさない？」

「眠ってるだけだ」とルノルフル。

ヴァルディマルは彼の喉に当てたカミソリの刃を軽く引いた。切り口がヒリヒリと痛み、ルノルフルは悲鳴を上げた。

「やめてくれ！」

「こんなに深く眠れるはずがない。クスリを飲ませたな？　なにかにクスリを混ぜて飲ませたな？」

「切らないでくれ！」とルノルフルが悲鳴を上げた。

「お前、この女になにか飲ませたな？」ヴァルディマルが繰り返した。

ルノルフルは答えなかった。

「この女にクスリを飲ませたのはお前だな？」

「彼女は……」

「クスリはどこにある？」

「これ以上切らないでくれ。クスリは向こうの上着のポケットの中だ」

「持ってこい」

ヴァルディマルはルノルフルを前に突き出して歩かせ玄関脇の廊下に出た。

「やっぱり、お前は続けてるんだな」

「彼女があしてほしいと言ったんだ」

「そうかい、俺の姉もそうしたと言いたいんだろう？　お願いだからレイプして、と言ったというんだろう？　クズめ！」

「お前が……お前の姉さんからなにを聞いたかわからないが」ルノルフルが声を上げた。「あんなことするつもりはなかったんだ、許してくれ、俺は……」

と言いながら、ルノルフルは上着のポケットからクスリを取り出すと、ヴァルディマルに差し出した。

「それは何というクスリだ？」ヴァルディマルが訊いた。

「知らない」ルノルフルが恐怖に引き攣った声で言った。

「それは何というクスリだと訊いてるんだ！」

喉に突きつけたカミソリの刃が食い込んだ。

「ロヒプノール。睡眠薬だ」ルノルフルが息を吐き出すように言った。

「レイプドラッグだな⁈」

ルノルフルは答えなかった。

「飲み込め！」ヴァルディマルが命令した。

「頼む……」

「飲むんだ！」とヴァルディマルは強く言い、ルノルフルの喉をまた少し引き裂いた。血が流れだし、喉を伝わって下にしたたり落ち始めた。

ルノルフルはクスリを一錠口に入れた。

「もう一つ」ヴァルディマルが命じた。

ルノルフルは涙を流し始めた。

「なにをするつもりなんだ?」と言って、もう一錠口に入れた。

「もう一錠」とヴァルディマル。

ルノルフルは抵抗せずにもう一錠口に入れた。

「やめてくれ。お願いだ」

「黙れ!」

「これ以上クスリを飲んだら、俺は死ぬかもしれない……」

「ズボンを脱げ」

「ヴァルディマル、まさか、お前……」

「パンツを脱げ」と言って、ルノルフルの喉にまたもやカミソリの刃を当てた。ルノルフルは痛みで悲鳴を上げた。下着とズボンが床の上に落ちた。

「どうだ? どんな気分だ?」ヴァルディマルが訊いた。

「気分? 気分とは?」

「どんな気分かと訊いてるんだ」

「え、いったい……?」

「レイプされるのはどんな気分だと訊いているんだ」

「頼む……」

「スリル満点か?」

「お願いだ、やめてくれ!」泣き声になっている。

「俺の姉はどんな思いだったと思う?」

「助けてくれ……」

「言え、どんな気分だ? 姉が毎日どんな気分でいたと思う?」

「お願いだ!」

「話すんだ! 姉もまた今お前が感じているように感じたとは思わないか?」

「許してくれ。俺は知らなかった。そんなつもりは……」

「死ね」ヴァルディマルはルノルフルの耳元で囁いた。

ヴァルディマルの手が素早く動いた。カミソリが左耳下から真一文字に動き、ルノルフルの体が床に崩れ落ちた。喉から血が勢いよく流れ出た。ヴァルディマルはそばに立って見ていたが、まもなく玄関ドアに向かい、闇の中に姿を消した。


エリンボルクはなにも言わずに最後まで話を聞いた。ヴァルディマルの表情、声の調子に注意を払いながら。だが、その話しぶりは後悔しているようには聞こえなかった。むしろ、魂に平和を得るためにどうしてもやらなければならない任務を遂行した、というように聞こえた。姉の話を聞いてから二年かかったが、今、それは達成されたと言わんばかりだった。この話をする彼から感じるものはただ、心が軽くなった、ということだけだった。

「後悔はない?」と訊いた。

「ルノルフルは当然の報いを受けたんだ」ヴァルディマルが言った。

「そう。あなたは裁判官と死刑執行人両方の役割を一人で果たしたということね」

「あいつこそ姉に対して裁判官で死刑執行人だった」とヴァルディマルは即座に言った。「俺があいつにやったことと、あいつが姉に対してやったことには何の違いもない。俺が唯一心配したのは、俺自身が怖くなるんじゃないかということだけだった。人を殺すのはもっと面倒な、手のかかる、むずかしいことだと思っていた。もっと激しい抵抗があるだろうと思った。だが、あいつはへっぴり腰の臆病者だった。そもそもレイプなどする奴らはみなそうなんだろうよ」

「正義を下す方法は他にもあると思うけど」

「他にもある？　どんな方法があるというんだ？　アディは正しかった。ルノルフルは一年かせいぜい二年の刑を受けただろう、それももし捕まって刑が下されたとすればの話だと言っていた。アディは……、自分はルノルフルに殺されたも当然だと言ってた。あのあと生きることと死ぬことには何の違いもなかった、と。俺は自分がとんでもない凶悪な犯罪を犯したとは思っていない。結局、人は最終的に自分の手でことを解決しなければならないんだ。魂の平和を得るために、自分の手で決着をつけなければならない。なにもしないで、ただあいつにやりたい放題させておく方がよかったと言うのか？　俺はその問いを自分に向けて何度も何度も問うた。頭がおかしくなるほど。悪者にやりたい放題やらせるままでいいのか、まるで彼らの側に正義があるようではないか、と」

エリンボルクはコンラッドとニナの父娘、そしてあの家族全員のことを思った。あの家族は全員が今回のことで大きな傷を受けた。また、ルノルフルのアパートに来てもらったウンヌルと彼女の両親のことも。彼らはただ黙って耐えているのだ。

ヴァルディマルは黙って耐えるのを拒んだのだ。

「長いこと、計画してたの？」とエリンボルクは訊いた。

「ああ。アディが話してくれてからずっと。姉は俺になにもするなと言った。俺が面倒なことに巻き込まれるのを恐れたんだ。いつも弟のことを心配してくれる姉だった。あんたに今回のことが正しく理解できるかどうか俺にはわからない。姉がどんな目に遭ったか、実際にあいつが姉を辱めたことも、その後のことも。姉はもうその前の姉ではなくなった。姉の格好をした抜け殻で、ゆっくりと、しかし確実に生きる気力を失って、死んでいったんだ」

「あなたのために、二人の罪のない人たちが警察に捕まっているわ」エリンボルクが言った。

「ああ、知ってる。申し訳ないと思っている」ヴァルディマルがうなずいた。「俺はニュースを追っているから知っている。自首しようと思っていた。俺がやったことのために罪のない人たちが苦しむのはよくない。俺は自首するつもりでいたが、その前に片付けておかなければならないことがあった。もうここに戻ることはないと思うから」

ヴァルディマルはそれまで手に持っていたレンチをそばに置いた。

「どうやって、ルノルフルを殺ったのが俺だとわかったんだ？」

「わたしの夫は自動車修理工なの」エリンボルクが答えた。

ヴァルディマルが不審そうな顔をした。

「娘と一緒に警察に逮捕されている男性が、ルノルフルの家に入ったとき石油の臭いがした、と言った。その娘は、あなたがルノルフルの家に行ったときに寝室にいた女性です。あなたが出て行ってからすぐに彼女は目を覚ましたのだと思う。と言うのも、彼女を助けに来た父親はあなたの服の臭いを嗅いでいるんです。彼は、それを石油の臭いだと思った。彼はルノルフルがなにかを石油で燃やしたんじゃないかと思った。わたしはその話を聞いて、これ、わたしにも覚えがあると思ったの。そんな臭いがわたしの家でもすることがあると。それで、その父親にもう一度訊いた。確かに石油の臭いだと彼は言った。でも、それはエンジンオイルである可能性もある。自動車修理工場でよく使われる潤滑油のことね。そこで、あなたのことがまず頭に浮かんだ。一日中、修理工場で過ごしているあなたのことが。それでルノルフルの過去を調べ始めた。彼が生まれ育った村のこと、他にもいろいろと」

「俺は作業服のまま車をレイキャヴィクへ走らせた。その日は土曜日で日曜日はアディの誕生日だった。ことを正すのにふさわしい日だと思った。村の人間は誰も俺が車で出かけたことに気づかなかっただろうと思う。日が暮れるとすぐに出かけ、明け方には戻っていた。何の準備もしていなかったし、何の計画もなかった。どうするか決めてもいなかった。俺は作業着のまま、昔式のひげ剃り用のカミソリ一つを持って出かけた」

「解剖医は、切り口は柔らかく、女の手によるもののようだったと言ってたわ」

「俺は羊を始末するのに慣れてるから」ヴァルディマルが言った。

「そうなの？」

「昔、まだ村で羊を飼っていた頃、処理するのも俺たちの仕事だった」

「村の人たちは、ルノルフル殺害のニュースを聞いて、納得したのでしょうね」

「そうかもしれない。だが、俺にそれを言いに来た者は一人もいない。みんな、これで貸し借りなし、帳尻が合うと思ったのかもしれない」

「ルノルフルの父親は、息子がしたことを知っていたと思う？」

「ああ。知っていた。それは確かだと俺は思う」

「あなたはルノルフルと以前レイキャヴィクで一度会ったことがあると言ってたわね？　でも当時はあなたはまだレイプのことは知らなかったのね？」

「そうだ。俺は偶然レイキャヴィクの中心街でルノルフルとバッタリ会った。うちに来いよと言われて、あいつのところへ行った。長くはいなかった。同じ村の出身ではあったが、あいつのことはあまり知らなかったし……、あまりいい印象も持っていなかったから」

「賃貸のアパートだった？」

「いや、友達の家の部屋を借りてた。エドヴァルドとかいう名前だった」

「エドヴァルド？」

「ああ、そう」

「それ、いつの話？」

「五年か六年前」

「もっと正確に言って。何年前だった？」

ヴァルディマルは考えた。

「六年前のことだ。一九九九年。レイキャヴィクに中古車を買いに行ったときのことだから」

「ルノルフルは六年前にエドヴァルドの家に住んでいたということ？」と言って、エリンボルクはあの家の近くのアメ車を持っていた男との会話を思い出した。彼もエドヴァルドが部屋を貸していたと言っていた。

「ああ、彼はそう言ってた」

「それって、街の西側よね？」

「中心街から遠くなかった。造船所の近くだった。ルノルフルはそこで働きながら勉強していると言っていた」

「それで？　そのエドヴァルドという人には会ったの？」

「いや、話に聞いただけだった。ルノルフルはその男を馬鹿にしていた。その男のことを憶えているのは、ルノルフルが彼を頭から馬鹿にしていたからだ。哀れなやつよ、と言って笑っていた。ルノルフルは……」

ヴァルディマルは話を途中でやめた。携帯電話が鳴って、エリンボルクが携帯を取り上げたのと、自動車修理工場の前に警察の車が一台停まったのが同時だった。警察官が二人、車を降りた。エリンボルクはヴァルディマルを見た。

彼は一瞬ためらったようだった。工場を見回し、がっしりした手でトラクターの運転席を撫で、ドアが半開きの道具入れの棚に目をやった。

「長くなるかな？」と訊いた。

「わからない」エリンボルクが答えた。

「やったことは後悔していない」ヴァルディマルが言った。「これからも決して後悔することはないだろう」

「さあ」とエリンボルクが声をかけた。「これで終わりにしましょう」

34

　エドヴァルドが尋問を受けている七時間の間、警察は徹底的に彼の家を捜索したが、なにも結果は得られなかった。エリンボルクはその間ルノルフルが彼の家に下宿していたときのことを何度も繰り返し質問した。エドヴァルドはルノルフルがアパートを探していた短期間、自分の家に下宿させていたことは認めた。それはリリヤが失踪したのと同じ時期だった。エドヴァルドはまた家から歩いて行けるところにある造船所でルノルフルが働いていたことも認めた。だが、リリヤがルノルフルに会いに来たかどうかは、まったく知らないと言った。ルノルフルがリリヤをどうしたかなど、自分はまったく関知しないと言い切った。自分はその女性とは何の関係もないと言った。

「リリヤをレイキャヴィクまで車に乗せたか?」

「いや」

「クリングランのそばで彼女を降ろしたか?」

「いや、降ろしていない」

「レイキャヴィクへの道中、車の中でなにを話したか?」

「私は彼女を車に乗せていない」

「リリヤは祖父へのプレゼントを探していた。彼女はその話を車中でしたか?」

　エドヴァルドは答えなかった。

「他には?　リリヤはあなたの家に遊びに行ってもいいかと訊いたか?」

エドヴァルドは首を振った。

「あなたはアクラネスへの帰りも車で送っていこうと言ったか？」

「いや」

「なぜ高校の女生徒に街まで車に乗せてあげようと言ったのか？　その真意は？」

「私はそんなことは言っていない」

「我々は一例を知っている」

「それは嘘だ。その女性は嘘をついている」

「ルノルフルに頼まれてリリヤを車に乗せたのか？」

「いや、私は彼女を車に乗せていない」

「ルノルフルがリリヤの話をしたことがあるか？」

「いや、一度も」

「あなたはリリヤのことをルノルフルに話したことがあるか？」

「ない」

「あなたはリリヤを自宅で殺したのか？」

「いや、彼女は一度も私の家に来たことがない」

「当時ルノルフルの態度はおかしかったか、いつもと違ったか？」

「いや、いつもどおりだった」

「買い物をし終わったら、家に寄っていいとリリヤに言ったか？」

エドヴァルドは答えなかった。

「リリヤにはあなたの家に寄る何らかの理由があったか？」

エドヴァルドは依然として口をつぐんでいた。

「リリヤはあなたがどこに住んでいるか、知っていたか?」

「それは彼女が自分で調べることができたかもしれない。私は知らない」

「ルノルフルはリリヤをあなたの家で殺したのか?」

「いや」

「ルノルフルは死体を造船所で始末したのか?」

「造船所?」

「ルノルフルは当時そこで働いていた」

「何の話か、わからない」

「リリヤの遺体を始末するのを手伝ったか?」

「いや」

「あなたはルノルフルがリリヤを襲ったと思ったのではないか? そのことが心に引っかかっていたのではないか?」

エドヴァルドはためらった。

「あなたは疑いを持ったのでは……?」

「リリヤがどうなったのか、私はまったく知らない」

エリンボルクは何時間もこのような尋問を続けたが、エドヴァルドからは何の情報も得られなかった。六年前にリリヤがエドヴァルドの家でルノルフルの手にかかって殺された疑いを証拠立てるものはなにもなかった。もしそれが事実だとしても、そもそもエドヴァルドがそのことを知っているという証拠がなかった。また、エドヴァルドが嘘をついていることも十分に考えられたが、それを証明することはむずかしかった。

エリンボルクがヴァルディマルを連行してレイキャヴィクに戻ってから一日が過ぎた。ヴァルディマルはレイキャヴィク警察の留置所に入れられた。コンラッドとニナ父娘は留置所から出されて、警察本庁のエリンボルクの部屋で家族全員と再開することができた。サンフランシスコに住むニナの兄も飛んできて、家族全員と再会した。が、家族が喜び合うような場面は見られなかった。ニナは自分が人を一人殺したと思っていたことの重みから解き放たれていなかったし、自分も父親も殺人を犯していなかったと知ったことは救いではあったが、彼女にはこれから取り組まなければならない苦しいプログラムがあった。

「あなたに紹介したい人がいるわ」とエリンボルクが言った。「ウンヌルという人よ」

「誰、その人？」

「あなたがどんな目に遭ったかがわかる人。彼女もあなたに会いたいと思ってると思うわ」

エリンボルクは別れの握手をしながら言った。「その気になったら、連絡して。紹介するから」

エドヴァルドを送り出すと、エリンボルクは車に乗り込んだ。家に帰るつもりだったが、行き先を変え、ルノルフルのアパートへ行った。まもなくこの部屋は大家に返され、すぐにも次の借り手が入るだろう。運転しながら、その日の朝に受けた電話のことを考えた。今朝からずっと気になっていた。

「エリンボルク警察官と話したいのですが」疲れ切ったような男性の声がした。

「わたしです」

「こちらの教会の敷地に停めてあるレンタカーのことで、あなたと連絡をとる役割を受け持った者ですが」

「こちらの教会とは、どこのことですか？」

「エスキフィヨルデュルです。車は教会の敷地に停められていたのですが、引き取り手が来ないようで」

「はい？　それがわたしとどう関係があるのかしら？」

「車両登録番号を調べたのですが、これはレンタカーだと思われます」

「はい、さっきもそう言いましたね。あなたはエスキフィヨルデュルの警察官ですか？」

「ああ、失礼、そう言いませんでしたか？　このレンタカーの借り手はあなたの同僚らしいのです」

「名前は？」

「借り手はエーレンデュル・スヴェインソンとあります」

「エーレンデュル？」

「レンタカーの会社の人間は、その人物がそちらで働いているというのですが」

「ええ、そのとおりです」

「エーレンデュルがこちらでなにをしているか、知りませんか？」

「知りません。二週間前から休暇をとって、そちらの方へ行くとは聞いていますが、それ以上のことは知りません」

「なるほど。車は教会の墓地の前にしばらく停められていたんですが、動かしてくれと言われて、こちらで動かしたんです。ただ、車の借り手が見つからない。ま、それほど重要なことではないのですが、なにしろ、停めてあった場所が教会の墓地のそばだったので、ちょっと調べた方がいいかと思ったもので」

「悪いけど、お役に立てないわ」

「わかりました。それじゃこれで」

「それじゃ」

ルノルフルのアパートに着くと、エリンボルクはリビングと寝室に明かりをつけながら頭の片隅でエスキフィヨルデュルからの電話のことを考えたが、なにもわからなかったので目の前のアパートのことに集中することにした。まだ現場はそのままだった。ここでなにが起きたか、今ではわかっている。ニナがここにほぼ意識のない状態で運ばれてきたこと、姉の復讐をするべくやってきたヴァルディマルがルノルフルに襲いかかったこと、娘のSOSを受けたコンラッドが茫然自失のニナを見つけたこと。ルノルフルは当然の罰を受けたのか、殺されて当然だったのか、エリンボルクにはわからなかった。そもそも天の采配などというものがあるとは信じていなかった。

エリンボルクは探し物がなにか、わかってはいなかった。なにか見つかると思っていたわけではなかったが、それでも探さずにはいられなかった。鑑識課がこのアパートを徹底的に捜索したあとだったが、彼女は別のものを探していた。

キッチンから探し始めた。引き出しという引き出し、棚という棚をすべて開け、鍋、食器、そして調理道具も一つ一つ点検した。冷蔵庫、冷凍庫、期限切れの冷凍食品をチェックし、玄関脇のクローゼット、その上の棚を見、床板を叩いて中に隠れた空間がないかチェックした。リビングルームに行って肘掛け椅子、ソファ、クッション、本を本棚から取り出した。プラスティック製のスーパーヒーローの人形も一つひとつ吟味した。

寝室へ行って、マットレスを持ち上げ、ベッドサイドテーブル、ベッドの両側も調べた。クローゼットから洋服を取り出し、すべてチェックした上でベッドの上に放り投げた。靴をクローゼットから全部取り出してクローゼットの中に入り、壁と床を叩いて隠されているものがないかチェックした。彼女はその間ずっとルノルフルのことを考えていた。彼の中にあった悪意、深く、冷たく、そして絶え間なく彼の中に流れていた暗い流れのことを思った。

急がずに、見逃すことがないように、時間をかけて徹底的に調べ上げた。すべてを終えたのは真夜中だった。

探しているものは見つからなかった。アクラネスの少女の身に起きたことを説明するものはなにもなかった。

35

エリンボルクはベッドに潜り込んだ。テディのそばで安心して眠りたかった。頭の中に渦巻く様々な考えを止めたかった。しかし次々に後悔の念ばかりが押し寄せてくる。

「眠れないのかい？」暗い寝室にテディの声が響いた。

「起きてたの？」彼女は驚いて訊いた。

「君が家にいると安心するよ」テディが応えた。

エリンボルクは彼にキスをして、体をぴったりとつけた。明日の朝までもう時間はあまりない、眠りは短いものになるとわかっていた。

娘のテオドーラのことを思った。

「ママはどんな仕事をしているの？」

このテオドーラの問いの背後にはさらに重い問いがある。娘に向かって少しずつドアが開き、彼女を怯えさせる世界があるのだ。そして娘は「あたしがこれから生きる世界は、いったいどんなところなの？」と問うているのだ。

エリンボルクは目を閉じた。

アディが川のそばの沼地からそっと抜け出し、恐怖に打ちひしがれながらも極悪人のあとをそっと尾けていく姿が見える。男が戻ってきたらどうしよう。もう一度あんな目に遭わされたら！　村の共同農場の建物からはまだダンス音楽が聞こえてくる。彼女の頭の中にあるのはただ一つ、誰にも見つからないように家に帰ることだけだ。ドアをすべて閉め、窓も全部閉め切って、台所の椅子に腰を下ろし、体を前後にゆする。そう、前に後ろに、前に後ろに。そうやって頭の中にある嫌なことを全部消してしまうのだ。涙が絶え間なく流れる。泣いて、泣いて、泣き続けるのだ。

エリンボルクは頭を枕の中に埋めた。

遠くからドアをノックする音が聞こえてくる。ノックする小さな手が見える。もっと強く叩きだした。エドヴァルドの家だ。リリヤが玄関前の階段の上に立ってドアを叩いている。と、ドアが開き、ルノルフルが顔を出した。

「あ……、ここ、エドヴァルドの家じゃないんですか?」

ルノルフルが彼女を見て笑っている。あたりを見回し、リリヤが一人であることを確かめている。見ている者がいないことを確かめている。

「ああそうだよ。エドヴァルドはすぐに戻ってくる。中に入って待ったら?」

リリヤはためらう。

「あたし……」

「エドヴァルドはあと三分で戻ってくるよ」

リリヤは振り返って、海を見る。半島が湾の向こう側に見える。彼女は人の言うことを素直に聞く娘だ。よくしつけられた行儀のいい娘だ。

「さあ、どうぞ入って!」ルノルフルがドアを開ける。

「それじゃ」とリリヤが言う。

エリンボルクはルノルフルとリリヤの姿を飲み込んだドアを凝視した。そして、このドアは二度と開かれることはないと確信しながら眠りに落ちた。

訳者あとがき

アイスランドの作家アーナルデュル・インドリダソンの捜査官エーレンデュルシリーズ七作目の作品である。今回はこれまでの作品で脇役だった女性警察官エリンボルクが初めて主人公として描かれる。事件解決に取り組む彼女の仕事ぶりと、今までのエーレンデュルシリーズでは少ししか描かれてこなかったエリンボルクの個人生活が披露される。エーレンデュルは言及されるのみで登場しない。いつもコンビを組むシグルデュル＝オーリもエリンボルクの護衛のような形で麻薬密売人のところへ行った時など脇役で数回登場するだけである。

まずエリンボルク個人を少し紹介しよう。年齢は四十代半ばで、四人の子どもの母親。そのうちの一人は養子である。二十代の前半、大学で地理学を勉強していた当時の同級生ベルクステインと結婚。ベルクステインの裏切り、そして離婚。現在のパートナーのテディとは結婚の形をとらず、リビングトゥゲザーである。テディは自動車修理工場共同経営者で、自らも自動車修理工として働いている。エリンボルクが仕事に没頭して得意な料理ができないときは、外食を利用したりしてごく普通に子どもたちの世話をしている。

同居している三人の子どもたちはみな十代。高校生で反抗期のヴァルソル、その弟のアーロン、末っ子で十一歳のテオドーラ。テオドーラはしっかり者で、スポーツも勉強もよくできるエリンボルクのお気に入りの子。すでにエリンボルクの賢い相談相手でもある。そして夫テディの亡くなった姉の子で養子のビルキルは今、スウェーデンに住む実の父親のところにいる。エリンボルクはそのことでヴァルソルに責められるけれども、ビルキルが急にそれまで付き合いもなかった実父の元に行った理由がわからず、不安を感じている。

　息子ヴァルソルがプライベートなことや家族の悪口をブログに書いているのをエリンボルクは不愉快に思っている。十代の反抗期の子どもなら誰でも通る道とエリンボルクの母親は言うが、エリンボルク自身は納得していない。彼女と息子の間には不穏な空気が漂っている。しかし、ヴァルソルは警察官である母親を誇りに思っているふしもある。

　今回エリンボルクが担当する事件は、レイキャヴィクの中心街のアパートで半裸の男が首を刃物で切り裂かれて失血死した状態で見つかったところから始まる。まもなく男の口に大量の錠剤が押し込まれていることがわかる。殺された男の名前はルノルフル、年齢は三十歳前後で中肉中背、ジムで鍛えた体。電気通信会社のインターネット回線などの設置担当者で、個人宅を訪問して配線などの作業をするのが仕事である。事件発生は夜中で、犯人の目撃者はいない。

　エリンボルクは地方に住んでいるルノルフルの母親を訪ねる。気丈な母親で、悲しみも見せず、エリンボルクを突き放す。村人の話からルノルフルは義務教育を終えたあと、村から出て行ったことがわかる。

　殺害現場に残っていたのは、被害者の口中に押し込まれていた大量のレイプドラッグ、ロヒプノールと、彼が着ていたSan Franciscoという文字が胸に印刷された女物の白いTシャツ、そして床に落ちていたスカーフ。そのスカーフにはインド料理タンドーリの香辛料の匂いが微かに残っていた。被害者ルノルフルは殺される直前に性行為をしていたことも判明した。

　エリンボルクは被害者ルノルフルと彼の口中にあったロヒプノール錠剤との関係を探る。そしてルノルフルの数少ない友人のエドヴァルドから、ルノルフルがロヒプノールを精神安定剤として使っていたという話を聞く。

エリンボルクはまた、スカーフに残っていたタンドーリ料理の香辛料の匂いを追う。タンドーリ料理は独特の香辛料を使うので、その強い香りが作品に異国情緒を与えている。また、タンドーリだけでなく、インドの織物らしきスカーフも登場する。インドの織物といえばカシミール地方で生産されるカシミアのスカーフやストール。最高級の毛織物はパシュミナと呼ばれ、その柔らかい風合いから、最高の贅沢品だと言われている。今回の作品の中にもそのようなスカーフが登場する。

物語はルノルフル殺害の犯人探しを中心に展開されるが、これはもちろん単純な殺人事件ではない。そして読者は次第に本当に〝悪い男〟は誰かを知るようになる。

ここでアイスランドの犯罪率、とくに殺人件数を見てみよう。

アイスランドでは年によっては年間四、五件の殺人事件があるという。実際のところを調べてみると、人口十万人単位の年間殺人数の国際統計（国連の犯罪調査統計などに基づく）があった。それを見ると二〇二一年アイスランドの殺人件数は十万人単位で年間〇・五四件で世界で百三十五位。人口三十五万人の国だから単純計算で年間の殺人実数は一・八九件ということになる。参考までに人口一億二千万人の日本は年間殺人数は世界一五二位で、殺された人の数は十万人単位で年間〇・二三件とある。参考までに、この統計によれば日本は世界で最も殺人件数の少ない国の一つに数えられている。

一方、オーストラリアに本部をおく経済平和研究所（ＩＥＰ）によれば二〇二二年の世界平和度指数の第一位が十五年連続でアイスランド、続いてニュージーランド、アイルランド、デンマーク、オーストリアと続く。アジアからは九位にシンガポール、十位に日本が入っている。またアイスランドは世界でも稀な軍隊を保有しない国で、犯罪率が極めて低く、受刑者が十万人に三十三人という、率で言えば欧州では一番、世界でも八番目に犯罪者の少ない国とある。

しかしそんな殺人や犯罪の少ない平和な国でも、暴力事件は実際に起きている。この本は、暴力を振るう者たちはしたたかで、どんな姿をしているかわからない、〈気をつけろ!〉と私たちに警告する。それと同時に、エリンボルクが暴力の犠牲者たちに示した毅然とした態度——あなたは悪くない、隠れる必要はない、堂々と胸を張って生きるのだ、悪いのは人間の尊厳の破壊者、暴力を振るう者たちなのだから——という真っ当な態度を、私たち自身が身につけるように促(うなが)している。エリンボルクのこのような態度は、悪行の被害者が隠れて暮らすのではなく、加害者こそ世間の目が厳しくて社会生活が継続できない、そういう社会であってほしいという作者の強い願いが込められているように思う。

振り返って、残酷なこと、恐怖を感じることに目をつぶる自分がいる。日々の戦争のニュースの映像を直視できない自分がいる。そしてそんなやわな自分を恥じる自分がいる。レイプも戦争も、絶対に、断固として暴力は嫌なのに。Seeing is believing という言葉を中学校で習ったことを思い出す。「見ることは信じること」? 百聞は一見にしかずと習ったが、直視せよ、目を伏せるな、と訳したい。世界レベルで暴力が大っぴらに横行する今、少なくとも個人レベルでの励ましの言葉として胸に迫る。

ルノルフルの事件が解決した後、エリンボルクはエスキフィヨルデュル警察から電話を受ける。教会前に二週間放置されている車がある、その車はレンタカーで、借主はエーレンデュル・スヴェインソンだという。今回の話はここで終わる。

アーナルデュル・インドリダソンは一九六一年、アイスランドの首都レイキャヴィクに生まれた。

アイスランド大学で歴史を専攻し、一九八一年からアイスランドの有力新聞モルゴンブラーディットで記者を務めたが、その後フリーランスになり、一九八六年から二〇〇一年まで映画評論家として同紙で執筆。一九九七年にエーレンデュルを主人公とするレイキャヴィク警察署のシリーズを書き始める。最初の作品 *Synir duftsins*（1997）と第二作 *Dauðarósir*（1998）は、アイスランド語から他言語へは未訳だったため、第三作の『湿地』（*Mýrin* 2000）から国際的なデビューとなる。当時、人口三十万人程度の国、北欧五カ国でも最も国土が狭く人口も少なかったアイスランドの国語アイスランド語から直接他言語に翻訳する訳者は少なく、英語、ドイツ語、そしてスウェーデン語に訳されて初めてインドリダソンはインターナショナルな注目を浴びるようになった。

『湿地』と『緑衣の女』は北欧ミステリ大賞であるガラスの鍵賞を二〇〇二年と二〇〇三年に連続して受賞している。『緑衣の女』は二〇〇五年に英国推理作家協会（ＣＷＡ）のゴールドダガー賞を受け、アイスランド作家アーナルデュル・インドリダソンの名を不動のものにした。

アイスランド語から英語に訳された作品とスウェーデン語に訳された作品を読み比べると、内容は同じなのに、雰囲気がまるで違う。英語に訳されたものは何もかも明瞭なのだ。まるで明るい照明が当てられた光景のように全てがくっきり、はっきりしている。これはおそらく英語は語彙（ごい）が豊富なので、訳者がたくさんの言葉の中から最もピッタリした形容詞や動詞を選ぶからではないか。それでくっきりと際立つ表現になるのではないか。一方、スウェーデン語は語彙がたくさんない代わり、少ない言葉を組み合わせた表現で読者の想像を駆り立てて複雑な意味合いを持たせているのではないかと思う。語彙が少ない分、読む人の想像力を刺激するのかもしれない。今回の『悪い男』を含め、私自身はインドリダソンのエーレンデュルシリーズをスウェーデン語から翻訳している。

次作はシグルデュル＝オーリを主人公にした第八作*Svörtuloft*（黒い空）である。内容が時期的にエリンボルクを主人公にしたこの『悪い男』と重なっているので、エーレンデュルはこの作品でも行方不明のままのようである。ご期待ください。

柳沢由実子

二〇二三年　年末

MYRKÁ
by Arnaldur Indriðason
Copyright © Arnaldur Indriðason, 2008
Title of the original Icelandic edition: Harðskafi
Published by agreement with Forlagið, www.forlagid.is
This book is published in Japan
by TOKYO SOGENSHA Co., Ltd.
Japanese translation rights arranged with Forlagið, www.forlagid.is
through Japan UNI Agency, Inc., Tokyo.

悪い男

著　者　アーナルデュル・インドリダソン
訳　者　柳沢由実子

2024年1月19日　初版

発行者　渋谷健太郎
発行所　(株)東京創元社
〒162-0814　東京都新宿区新小川町1-5
電話　03-3268-8231（代）
URL　http://www.tsogen.co.jp
写　真　Sergey Gordienko / Getty Images
MaximFesenko / Getty Images
装　幀　東京創元社装幀室
装幀フォーマット　本山木犀
印　刷　萩原印刷
製　本　加藤製本

ISBN978-4-488-01131-4 C0097